BERNWARD SCHNEIDER
Todeseis

DIE NACHT DES UNTERGANGS Die Flucht vor dem Mörder ihres Geliebten führt die schöne Gladys auf die Titanic, als diese am 10. April 1912 von Southampton aus zu ihrer Jungfernreise nach New York in See sticht. An Bord des mondänen Schiffes begegnet Gladys einer illustren Reisegesellschaft aus Bankiers und Millionären, Aristokraten und Prominenten, für die die Jungfernfahrt des Meeresgiganten einen der gesellschaftlichen Höhepunkte des Jahres darstellt. Doch Gladys fühlt sich auf dem Schiff nicht sicher. Sie ist eine gefährliche Zeugin für ihre Feinde. Unheimliche Erlebnisse an Bord vermitteln ihr schon bald den Eindruck, dass sie verfolgt wird. Gibt es unter den vornehmen Passagieren der ersten Klasse etwa jemanden, der eine Verbindung zu den Mördern ihres toten Freundes hat und ihr Böses antun will?

Bernward Schneider, Jahrgang 1956, studierte Jura und arbeitet seit 1986 als Rechtsanwalt in Hildesheim. »Todeseis« ist sein dritter Kriminalroman im Gmeiner-Verlag.

Bisherige Veröffentlichungen im Gmeiner-Verlag:
Flammenteufel (2011)
Spittelmarkt (2010)

BERNWARD SCHNEIDER

Todeseis

Kriminalroman

Original

GMEINER

Dieses Buch wurde vermittelt durch
die Literaturagentur erzähl:perspektive, München
(www.erzaehlperspektive.de).

Die automatisierte Analyse des Werkes, um daraus
Informationen insbesondere über Muster, Trends und
Korrelationen gemäß § 44b UrhG (»Text und Data Mining«)
zu gewinnen, ist untersagt.

Bei Fragen zur Produktsicherheit gemäß der Verordnung
über die allgemeine Produktsicherheit (GPSR) wenden Sie
sich bitte an den Verlag.

Besuchen Sie uns im Internet:
www.gmeiner-verlag.de

© 2012 – Gmeiner-Verlag GmbH
Im Ehnried 5, 88605 Meßkirch
Telefon 0 75 75/20 95-0
info@gmeiner-verlag.de
Alle Rechte vorbehalten

Lektorat: Claudia Senghaas, Kirchardt
Herstellung: Christoph Neubert
Umschlaggestaltung: U.O.R.G. Lutz Eberle, Stuttgart
unter Verwendung eines Fotos von: http://commons.wikimedia.org/
wiki/File:Titanic_Eisberg.jpg?uselang=de
Druck: Libri Plureos GmbH, Friedensallee 273, 22763 Hamburg
Printed in Germany
ISBN 978-3-8392-1252-3

VORWORT

Der Kriminalroman entstand nach historischem Tatsachenmaterial. Ich habe mich bemüht, meine fiktive Kriminalerzählung so vollständig in den historischen Kontext einzupassen, dass keine Unstimmigkeiten im Vergleich zu den tatsächlichen Geschehnissen auftreten. Die Schilderung der Ereignisse in der Unglücksnacht beruht in erster Linie auf den Berichten von Überlebenden, nämlich Lawrence Beesley *Wie ich den Untergang überlebte* und Archibald Gracie und John B. Thayer *Titanic Zwei Überlebende berichten*. Eine große Hilfe waren mir auch die Tatsachen- und Hintergrundschilderungen anderer Autoren, die Augenzeugenberichte von Passagieren und historische Details zusammengetragen und sich in vielfältiger Weise mit den Hintergründen der Katastrophe auseinandergesetzt haben, insbesondere Walter Lord *Die letzte Nacht der Titanic*, John P. Eaton *Titanic Legende und Wahrheit*, Wolf Schneider *Mythos Titanic*, Robin Gardiner & Dan van der Vet *Die Titanic-Verschwörung* sowie Susanne Störmer *Titanic Mythos und Wirklichkeit*. Weitere Hinweise und Anregungen verdanke ich den Romanen von Robert Prechtl *Der Untergang der Titanic*, Pelz von Felinau *Titanic*, France Huser, Bernard Genies *Die Nacht des Eisbergs*, und nicht zuletzt dem Roman *Titan* von Morgan Robertson, der in meiner Kriminalerzählung erwähnt werden konnte, weil er schon 14 Jahre vor der Katastrophe von einem Autor geschrieben wurde, der den Untergang der Titanic in verblüffender Weise vorausgeahnt hat.

»*Ich sah einen hoch aufgeschossenen Engländer von bestem Schlag – und eine junge Frau, die ich mehrfach mit einer Art stiller Einladung anblickte, doch ins Boot zu kommen – – vergebens.*«

Charles M. Lightoller, Zweiter Offizier der Titanic

1. KAPITEL
DIENSTAG, 9. APRIL 1912

Gladys erkannte sofort, dass Phil und sie in eine Falle gelockt worden waren. Bereits beim Abendessen hatte sie das Gefühl gehabt, dass irgendetwas nicht stimmte. Doch Phil, der sich in seinen Gedanken wohl schon auf der Reise nach Amerika befand, hatte es nicht bemerkt.

Es passierte, als sie das Lokal verließen, dass plötzlich mehrere Männer sie umringten; zwei oder drei kamen von der Straße, doch die anderen waren Phils Freunde, mit denen sie eben noch zusammengesessen hatten.

»Finger weg!«, zischte Phil, als der Erste der Männer Hand an ihn legte, aber gegen die Übermacht seiner Feinde, die eben noch Vertraute gewesen waren, kam er nicht an. Schon hatten die Männer sie an den Bordsteinrand gedrängt, wo zwei Silver Ghost mit der Spirit of Ecstasy als Kühlerfigur mit laufenden Motoren warteten, und durch die geöffnete Tür des vorderen Wagens stießen sie Phil in den Fond.

Gladys erging es nicht anders. Fast gleichzeitig griffen Männerhände nach ihren Armen, und einige Augenblicke später fand sie sich auf der Rückbank des zweiten Wagens wieder, der sich unverzüglich hinter dem ersten Automobil in den Straßenverkehr schob.

»Warum tut ihr das?«, rief Gladys erzürnt. »Haltet an und lasst mich raus!«

Sie saß eingekeilt zwischen zwei grobschlächtigen Kerlen, die ihr unbekannt waren und auf ihren Protest nicht reagierten. Von diesen Männern erhoffte sie sich keine Hilfe, wohl aber von dem Dritten im Wagen, von Jeffrey, dem Fahrer, der ihr als einer von Phils besten Freunden bekannt war, aber auch dieser blieb still.

»Jeffrey! Hast du nicht gehört?«

»Tut mir leid, Gladys«, gab Jeffrey zurück und warf ihr einen Blick durch den Rückspiegel zu. »Ich habe meine Befehle.«

»Befehle? Was für Befehle?«

Jeffrey antwortete nicht.

»He, ich habe dich was gefragt? Es hat dir niemand etwas zu befehlen, außer Phil, aber der ist gerade nicht hier!«

»Du weißt, was mir blüht, wenn ich mich nicht an die Anweisungen halte, Gladys«, sagte Jeffrey. »Also lass mich in Ruhe!«

Gladys sah, dass sie in die Tower Bridge Road eingebogen waren, wo sie hinter einem der neuen Autobusse herfuhren. Die nächtliche Straße war belebt; Straßenbahnen, Omnibusse und Mietdroschken waren unterwegs, und auf den Bürgersteigen sah man zahllose Passanten.

»Wer hat dir Anweisungen gegeben?«

Jeffrey reagierte nicht; unverwandt sah er durch die Windschutzscheibe nach vorn.

»Das Ganze ist ein böser Scherz, nicht wahr, Jeffrey?«

»Es geht nicht gegen dich, Gladys, also sei vernünftig und bleib ruhig«, sagte er. »Es ist das Beste, was du für dich tun kannst. Sei tapfer, es geht vorbei.«

Mit einem Gefühl von Bestürzung und Panik registrierte Gladys ihre Machtlosigkeit. Sie empfand ihre Hilflosigkeit umso eindringlicher, weil sie sich inmitten dieser Stadt der glitzernden Lichter ereignete, einer Stadt, von der sie gedacht hatte, dass sie sie beschützen würde; aber nun erinnerte sie sich daran, dass London in Wahrheit ein Ort voller Schrecken und Rätsel war, aller Glanz nur ein Trugbild über einem Abgrund, der diejenigen, die sorglos über seine rissige Oberfläche wandelten, täuschte. Wie hatte sie nur die bedrohliche, monströse Unmenschlichkeit dieser Stadt aus den Augen verlieren können? London war blind für menschliche Not.

»Klar geht es vorbei, aber am Ende bin ich tot oder was, Jeffrey?«

Der Fahrer des Silver Ghost blickte stumm auf den Straßenverkehr.

»Bitte, Jeffrey, antworte mir doch! Wohin fahren wir?«

Die Themse kam in Sicht, ein blaues, von schwarzen Schatten gesäumtes Band, tückisch und gefährlich, mit dem schaurigen Aussehen von Schwärze und gespiegeltem Licht. Die Unermesslichkeit Londons schien ihren Schatten erdrückend auf den Fluss zu werfen.

»Jeffrey, fahr an den Straßenrand!«, gab Gladys nicht auf. »Das ist auch ein Befehl! Phil wird sehr ärgerlich sein, wenn ich ihm erzähle, wie du mich behandelt hast.«

»Du wirst kaum die Gelegenheit haben, mit ihm darüber zu sprechen«, erwiderte Jeffrey, »und wenn du jetzt nicht still bist, Gladys, werde ich den beiden Herren an deiner Seite befehlen, sie sollen dafür sorgen, dass du mich nicht länger beim Fahren störst.«

Die beiden Silver Ghost rollten über die Tower Bridge mit ihren gotischen Brückentürmen, und Gladys schwieg. Dann erreichten die Wagen die alten Hafenanlagen der St. Katherine Docks, von wo aus sie sich weiter nach Osten wandten in Richtung der scheinbar endlosen, finsteren Straßenzüge, in denen es nur wenige Laternen gab und die menschenleere Stille einen furchtbaren Kontrast zu den geschäftigen Straßen bildete, die sie verlassen hatten.

Hier gab es weder Pferdeomnibusse noch Straßenbahnen, nur die eine oder andere menschliche Gestalt, die schattenhaft vorüberhuschte, und ganz selten einmal ein anderes Auto oder Gefährt. London war auch eine schweigende Stadt, wurde Gladys in diesem Moment klar, und dieses Schweigen war das seiner ungeheuren Größe. Bei Nacht, erkannte sie bestürzt, war London eine Stadt der Toten.

Vorbei an Häusern mit wenigen Fenstern, zwischen nackten Ziegelwänden hindurch, verlief die Straße unterhalb der großen Mauern und alten Lagerhäuser, während die angrenzenden Straßen sich hinter Gasanstalten und Mietshäusern zu verstecken schienen. Zu allen Zeiten war dies eine Gegend der Gesetzlosigkeit gewesen, das wusste sie nur zu gut, und am Execution Dock, auch eine Stätte des Todes, hatte man diejenigen in die Ewigkeit befördert, denen man Verbrechen auf hoher See zur Last legte.

Im Fahrzeug herrschte dumpfes Schweigen. Keiner der Männer schien ein Interesse daran zu haben, darüber hinwegzutäuschen, dass die Fahrt kein gutes Ende nehmen würde. Während der Wagen durch die engen Straßen eines finsteren, einsamen Viertels holperte, saß Gladys in den Sitz gepfercht, erfüllt von bangen und hoffnungslosen Gedanken an die Schrecken der Nacht. Die Magazine und Häuser ringsum waren alt und verfallen, und zwischen ihnen taten sich schmale Gassen auf. Es ging um ein paar dunkle Ecken, und dann rollte der Wagen minutenlang auf einer leicht abschüssigen Straße weiter, bis er auf ein verlassenes Grundstück abbog.

Nachdem der Wagen gestoppt hatte, wurden die Türen aufgerissen und Gladys aus dem Fond des Wagens gezerrt. In kaum mehr als 20 Metern Entfernung erblickte sie wieder die Themse, und mit einem Gefühl bohrenden Entsetzens wurde ihr klar, dass die Fahrt nicht zufällig in unmittelbarer Nähe des Flusses geendet hatte.

»Verdammte Idioten«, schrie Phil, der kurz vor ihr aus dem vorderen Wagen geholt worden war; »damit kommt ihr nicht durch!« Er fasste den neben ihm stehenden Mann an der Kehle, erreichte damit aber nur, dass der Kerl, der rechts neben Gladys stand, ein Messer zückte und es ihr an die Kehle drückte, eine unmissverständliche Warnung, wie man weiterem Widerstand von seiner Seite begegnen würde.

Phil ließ die Hand sinken und fügte sich in das Unvermeidliche, aber Gladys wusste, dass er es nur ihretwegen tat. Wäre er allein gewesen, hätte er sich nicht besänftigen lassen.

»Ich habe keine Zeit für einen Ausflug«, sagte Phil zu dem Mann, der ein paar Meter schräg vor ihm stand. »Es ist spät, Frank! Bringt uns zurück oder fahrt uns am besten gleich nach Hause!«

Der Angesprochene sah ihn lächelnd an. Er hieß Frank Jago und war Phils Partner im gemeinsam betriebenen Vergnügungsgeschäft. Wie Phil trug er einen schwarzen Smoking, weiße Fliege und eine weiße Hemdbrust. An seinem Revers steckte eine Blume.

»Ja, es ist spät«, entgegnete Frank Jago lächelnd, »zu spät, aber hab etwas Geduld, es wird nicht mehr lange dauern, dann ist es vorüber. Wir halten uns nicht lange mit dir auf!«

Gladys wurde schlecht. »Lass es dir nicht gefallen, Phil«, sagte sie laut. »Du bist der Chef. Sie dürfen das nicht mit uns machen!«

»Gladys hat recht«, fauchte Phil und sah zu den anderen Männern. »Jeffrey! Du bist mein Freund – verteidige mich gegen diesen Narren!«

»Tut mir leid, Phil«, sagte Jeffrey zögernd, »ich kann nichts für dich tun.«

Das war deutlich, umso mehr, weil es aus dem Mund eines alten Freundes kam, und Gladys dachte, dass auch Phil spätestens in diesem Moment wusste, was ihm blühte.

Die Männer, die sie verschleppt hatten, nahmen sie nun in ihre Mitte und stießen sie in Richtung des Flusses. Das ging alles so schnell, dass Gladys kaum Zeit hatte, darüber nachzudenken, was sie unternehmen könnte, um dem Schlimmsten zu entgehen.

Sie sah die Lagerhäuser und Backsteinmagazine, die sich an der Themse erhoben, dazwischen verlassene Docks, eingebettet in die Anmutung von Düsternis, die unter der schwach bewegten Wasseroberfläche lag. Der Geruch vergangener Zeiten lag über dem Ort, die trübselige Erinnerung an Heerscharen von Verlorenen – ein Ort des Jammers und des Elends, den man normalerweise mied. Die Themse war ein dunkler Fluss, der eine beängstigende Stimmung verströmte, die ihr die Kehle zuschnürte, ein Fluss, der die Hoffnungen und Träume der Menschen mit sich forttrug, um sie zu verschlingen; ein Todesfluss, der schon zahllose Selbstmörder und Mordopfer aufgenommen hatte.

Gladys wusste, dass hier auf Hilfe von dritter Seite nicht zu rechnen war. In dieser Gegend, die so weit entfernt von den großen Straßen lag, gab es kein Gesetz. Niemand würde ihnen beistehen, selbst Hilfeschreie, sollte sie jemand hören, würde keiner hier beachten. Die Menschen, die in diesen Straßen hausten, waren vom Schicksal und den Verhältnissen gebeutelt und mischten sich nicht in Dinge ein, von denen sie wussten, dass sie ihnen nur Ärger einbringen würden.

»Jeffrey, hör mir zu«, ließ sich die Stimme von Phil vernehmen, die all ihre Souveränität verloren hatte und mittlerweile einen spürbar gequälten Ton besaß. »Hast du vergessen, was ich für dich getan habe? Bin ich nicht immer großzügig zu dir gewesen? Glaubst du, ohne mich würde dein Junge heute auf eine bessere Schule gehen?«

Jeffrey war ein großer Mann mit freundlichem Gesicht.

»Ist schon recht, Phil«, sagte er. »Es tut mir auch wirklich leid, und du darfst es nicht persönlich nehmen. Aber so ist das Geschäft. Du weißt das selbst am besten.«

Mit Phil und Gladys in der Mitte war die Gruppe ein paar Schritte in Richtung Themse vorangegangen, aber nun blieb Phil stehen und machte eine Drehung, als wolle er zurückgehen.

»Okay, Frank«, sagte Phil, »ich bin bereit, mit dir zu verhandeln. Stell deine Forderung!«

Frank Jago lächelte höhnisch.

»Fesselt ihn«, sagte er, und zwei seiner Schergen traten hinter Phil, rissen ihm mit brachialer Gewalt die Arme auf den Rücken und banden seine Handgelenke fest aneinander.

»Du glaubst doch nicht wirklich, dass du damit durchkommen wirst«, schrie Phil verzweifelt sein Gegenüber an, während er vergeblich an seinen Fesseln zerrte.

»Sei ein Mann«, fauchte Frank, »und hör auf zu jammern.«

Phil trat mit den Füßen um sich, weil die Helfer seines Peinigers nun auch begonnen hatten, ihm die Füße zusammenzuschnüren, aber er verlor auch diesen Kampf, und am Ende waren seine Füße so fest gebunden, dass er keinen Schritt vor und zurück mehr machen konnte.

»Was soll das?«, rief er. »Wollt ihr mich tragen wie ein Baby?«

Gladys schrie auf, da die Antwort auf Phils Frage schrecklicher Gewissheit wich. Es war ihr nun ganz klar, was mit ihrem Geliebten geschehen sollte. Jemand packte sie von hinten und legte ihr eine dicke Hand über den Mund.

»Still, Täubchen!«, zischte er ihr ins Ohr. »Noch ein Muckser, und du wirst das Schicksal deines Geliebten teilen.«

»Damit kommst du nicht durch!«, heulte Phil auf, der noch nicht aufgegeben hatte. »Niemals, man wird mich rächen; lass ab, noch ist es nicht zu spät, wenn du es tust, wirst du es später bitter bereuen!«

»Ich bin schon damit durchgekommen, Phil«, sagte Frank Jago zu dem gefesselten Mann. »Glaubst du, ich würde dich ohne Zustimmung von oben ins Jenseits befördern? Nein, es ist alles geregelt. Morgen oder irgendwann in den nächsten Tagen wird man deine Leiche aus dem Hafenbecken fischen.« Er zuckte mit den Achseln. »Niemand wird graue Haare bekommen, weil du nicht mehr da bist, Phil. Der Polizeichef wird zu seinen Jungs sagen: Na prima, da haben sie uns mal wieder die Arbeit abgenommen.«

Phils markantes Gesicht war totenbleich geworden.

»Warum sagst du nicht einfach, wo dich der Schuh drückt, Frank? Erwachsene Männer reden miteinander und klären die Probleme, die entstanden sind. Wenn es ein Missverständnis gibt, hören sie zu, was der andere zu sagen hat, aber sie greifen nicht zu solchen Mitteln.«

»Spar dir deine schlauen Reden!«

»Schlaue Reden? Wie dumm muss eigentlich jemand sein, damit er sich auf dein Niveau begibt? Wer sich so verhält wie du, beschwört das Schicksal herauf; er sorgt dafür, dass das, was er anderen antut, irgendwann ihm selbst widerfährt. Wenn du dieses Vorhaben zu Ende bringst, fällt der Fluch deiner Tat auf dich zurück. Weißt du das nicht? Also gib dich mit dieser Drohung zufrieden und rede mit mir.«

Frank gab keine Antwort, sondern schenkte seinem Opfer ein letztes müdes Lächeln und wandte sich dann von ihm ab.

»Wer wärst du denn ohne mich?«, rief Phil seinem Peiniger hinterher. »Wenn ich dich nicht gefördert hätte, wärst du nie an deine Position gelangt. Geht man so mit seinem Partner um?«

»Besser reden als ich konntest du schon immer – aber bei mir wird dir das nichts nützen. Denk nicht an mein Schicksal, sondern bereite dich besser auf das deinige vor.«

Er machte eine Kopfbewegung in Richtung seiner beiden Kumpane, und diese packten Phil links und rechts an den Armen und schleppten den sich heftig sträubenden Mann ein paar Meter auf die Böschung des Flusses zu.

»Gib mir wenigstens eine saubere Kugel«, flehte Phil, und Gladys sah, dass ihr Geliebter jetzt weinte. »Lass mich nicht auf eine so elendige Weise krepieren. Wir sind Freunde, Frank – waren es lange Zeit; so etwas tut man einem Freund nicht an. Bitte, wenigstens diesen letzten Dienst musst du mir erweisen!«

Frank zeigte sich unbeeindruckt, und die beiden Helfer, die ihn in der Mitte hatten, zogen ihr Opfer noch zwei, drei Schritte näher an das Wasser. Dann ließen sie ihn los, und so stand er einige Augenblicke hilflos und allein an der Böschung des Flusses, ohne dass er irgendeine Chance gehabt hätte, dem nassen Monstrum zu entkommen. Er drehte den Kopf nach hinten und erblickte Gladys.

»Lass das Mädchen in Ruhe, Frank. Das musst du mir versprechen, sie hat mit unserer Fehde doch nichts zu tun.«

»Sie hat es selbst in der Hand, Phil«, sagte Frank. »So ein entzückendes Täubchen versenkt man nicht im Wasser, jedenfalls nicht, solange es sich an die Regeln hält. Und diese Braut wird schon verstehen, wie sie sich zu verhalten hat – die weiß, wo sie hingehört – und du …«, er warf Gladys einen larmoyant lächelnden Blick zu, »verstehst sicher auch, was ich damit meine.«

Phil stöhnte, heulte noch verzweifelter auf als beim ersten Mal, und Tränen quollen ihm aus den Augen.

»Wir sind so weit, Phil«, sagte Frank. »Falls du noch etwas loswerden willst, dann sofort, deine Zeit ist um.«

Phil hob das bleiche Gesicht. »Gladys, vielen Dank für alles, du warst ein tolles Mädchen; vergiss mich nicht. Ich kenne kein Gebet, aber falls du eines weißt, sprich es für mich, wenn ich nicht mehr bin. Mag ja sein, dass es mir da oben hilft. Wirst du das für mich tun, Gladys?«

Sie riss sich zusammen. »Aber klar, Phil. Solange ich lebe, werde ich an dich denken und für dich beten. Du warst ein guter Freund, ich hatte eine schöne Zeit mit dir.«

Phil schluchzte. »Danke, dass du das sagst, Gladys.« Er sah zu seinem Peiniger. »Du kannst mich jetzt erschießen, Frank, wenn du es dir nicht noch einmal überlegen willst. Dann hätte ich Grund, mich auch bei dir herzlich zu bedanken. Werde nicht zum Verräter an mir!«

»Verräter?« Frank stemmte die geballten Fäuste in die Hüften. »Dass du dieses Wort in den Mund nimmst, macht mich wütend. Der Verräter bist du!«

»Unsinn, Frank! Verdammt, wie oft soll ich es wiederholen! Ich habe eine Sache in petto, die uns allen Gewinn gebracht hätte. Du musst etwas missverstanden haben. Nimm mir die Fesseln ab, und dann unterhalten wir uns wie vernünftige Männer!«

»Ich habe meine Befehle. Vergiss es!«

»Ausgerechnet du, Frank, ausgerechnet du, mein bester Freund, willst mir das antun.«

»Nenn mich nicht deinen Freund!«

Phil weinte. »Jetzt weiß ich, wie Julius Cäsar sich gefühlt haben muss«, schluchzte Phil, der in seiner Verzweiflung Zeit zu gewinnen suchte und deshalb daherredete, was immer ihm in den Sinn kam. »Nun, warum soll es mir besser ergehen als ihm. Nur wollte ich wenigstens auf eine saubere Art gehen, so wie es ihm beschieden war. Damals war das Messer die saubere Waffe, heute ist es die Kugel.« Seine Stimme versagte, als ihm plötzlich die Vergeblichkeit seiner Bemühungen bewusst wurde. Während er nach weiteren Worten suchte, sprang Frank, der hinter ihm stand, auf sein Opfer zu und stieß ihm mit der ganzen Kraft des eigenen Gewichts ins Kreuz. Es war eine so gewaltige Attacke, dass Phil nicht nur den Halt verlor, sondern sein Körper regelrecht in den mächtigen Fluss hineinschoss.

Er ging im schwarzen Wasser unter, kam aber wieder hoch und kämpfte verzweifelt gegen das Ertrinken. Immer wieder schluckte er Wasser, röchelte. Als Gladys schreien wollte, wurde sie von dem Mann neben ihr grob gepackt, und sie wandte ihr tränenüberströmtes Gesicht zur Seite, um den Todeskampf ihres Geliebten nicht länger mit ansehen zu müssen. Sie schluchzte, am ganzen Körper bebend, dann hörte sie plötzlich einen Schuss, und als sie wieder zum Fluss blickte, war Phil nicht mehr zu sehen.

Am Ufer stand Jeffrey, die Pistole in der Hand.

»Er ist tot, Gladys«, sagte er. »Mein Schuss hat ihn mitten in die Stirn getroffen. Er hat es hinter sich.«

Er sah zu seinem Boss. »Er war kein übler Kerl, Frank. Es ist nicht in Ordnung, jemanden wie ihn unnötig zu quälen.«

Frank Jago nickte. »Wenn du es nicht gemacht hättest, hätte ich ihm den Gnadenschuss verpasst. Danke, dass du es für mich erledigt hast. So, und nun lasst uns verschwinden, und das Mädchen …«, er deutete auf Gladys, »nehmen wir mit!«

Die Männer packten Gladys, und zügig ging es zurück zu den Silver Ghosts. Frank öffnete die Tür zur hinteren Bank und, indem er Gladys ein Stück zu sich heranzog, musterte er sie genüsslich.

»Von solchen Prachtexemplaren, wie du eins bist, gibt es selbst hier in London nicht viele. Du kennst die Spielregeln, nicht wahr?« Sie antwortete nicht. Er fasste sie grob am Kinn. »Antworte!«

»Ja, ich kenne sie«, sagte sie leise.

»Lauter!«

Statt einer Antwort riss sie den Kopf zurück und schlug die Hand des Mannes beiseite.

»Bist du etwa taub?«

»Ah«, sagte Frank. »Sie hat echt Klasse, das beste Pferd im Stall. Aber das Rassepferdchen bekommt nun einen neuen Rennstallbesitzer. Erst beißt sie um sich, aber wenn sie zugeritten ist, wird sie sich schon fügen, nicht wahr?« Ohne abzuwarten holte er aus und schlug Gladys ins Gesicht. »Antworte!«

Ihre linke Gesichtsseite brannte höllisch. Sie fühlte einen unbändigen Hass auf Jago, aber sie nickte.

»Ja, ich weiß Bescheid.«

Er stieß sie auf die Rückbank des Silver Ghost, sprang hinter ihr in den Wagen und ließ sich neben sie in die Polster fallen.

»Fahr los, Jeffrey!«

Die anderen beiden Männer waren ebenfalls zugestiegen. Jeffrey startete den Motor, und der Rolls-Royce rollte an.

»Du wirst mir noch heute Nacht beweisen, dass du die Spielregeln kennst, und dich mir in der Art unterwerfen, wie es sich gehört.«

In den Straßen, durch die sie fuhren, blitzten und schimmerten allenthalben Lichter durch die Schwärze, aber gegen die grässliche Dunkelheit kamen sie nicht an. Die Stadt war ein Ungeheuer, dachte Gladys, greifbar und präsent wie ein lebendiges Wesen. Verfluchte Stadt, dachte sie, am besten wäre es, sie ginge von hier fort.

Der Chauffeur schien keine Eile mehr zu haben. In langsamer Geschwindigkeit schob sich der Rolls-Roys durch die Nacht, und erst südlich der Themse kamen sie in hellere Gefilde.

»Wo soll ich hinfahren, Chef?«, fragte Jeffrey, als sie in Bermondsey in Richtung Borough fuhren.

»Fahr das Mädchen und mich ins Tabard Hotel«, erwiderte Frank.

»Ich muss noch meine Sachen holen«, sagte Gladys.

»Wo sind die?«

»In Phils Wohnung.«

»Du hast einen Schlüssel?«

Sie nickte.

»Phils Wohnung?«, sagte Frank. »Auch nicht schlecht. Gut! Jeffrey, ich habe es mir anders überlegt. Nicht ins Hotel. Setz mich mit dem Mädchen vor Phils Wohnung in Southwark ab!«

Es war eine gute Gegend, die der Wagen einige Zeit später erreichte. Jeffrey steuerte den Silver Ghost ein paar Straßen weiter und hielt dann vor einem hohen Gebäude mit Türmen an jeder Ecke, was das Gebäude wie eine mittelalterliche Burg aussehen ließ. Der zweite Wagen stoppte hinter ihnen.

»Ihr könnt nun nach Hause fahren, Jungs. Bei dem Mädchen brauche ich euch nicht.«

Gladys warf einen Blick die Straße hinunter. Die Allee wirkte wie ein blauschwarzer Tunnel aus Schatten, hie und da durchbrochen von goldenen Lichtern. Ihr Blick fiel auf Männer in schwarzen Abendanzügen und mit Zylinderhüten und Frauen, deren Diamanten blitzten wie Sternbilder am Winterhimmel, Menschen, für die die Welt noch in Ordnung war.

»Gladys ist eine Katze, Frank«, hörte sie Jeffrey sagen; »pass gut auf dich auf.«

Frank lachte. »Ich mag diese Sorte, keine Angst, mit Katzen werde ich schon fertig. Wenn sie nicht gehorchen, kommen sie in einen Sack und werden ersäuft.«

»Okay, dann bis morgen, Frank!«

»Ja, bis morgen, wir sehen uns zum Mittagessen in meinem Lokal.«

Der Türklopfer war neu, das Haus wirkte gepflegt, und es gab einen Lift, der sie in das oberste Stockwerk brachte.

Sie betraten die Wohnung, und Frank sah sich eine Weile mit zufriedenem Gesicht in den luxuriös eingerichteten Räumlichkeiten um.

»Ich glaube, ich habe dich richtig eingeschätzt, Täubchen«, sagte er, als er mit seiner Inspektion der Räume fertig war, »du kennst die Spielregeln und bist nicht dumm. Du wirst mir freiwillig zu Willen sein?«

Gladys nickte nur, dabei dachte sie, dass Frank Jago nicht sonderlich intelligent sein konnte, wenn er ihren Bekundungen traute und in Bezug auf sie zu solchen Fehleinschätzungen gelangte. Sie zog ihren Mantel aus und warf ihn über einen Stuhl. Frank griff nach ihren nackten Armen. »Zieh dich ganz aus!«, sagte er heftig atmend. »Ich bin ziemlich geladen und brauche Entspannung. Wir werden es im Bett deines verflossenen Liebhabers tun!«

Sie entgegnete nichts. In dieser Nacht, zu dieser Stunde, war es ihr egal, wenn er sie nahm. Sie wusste, dieses eine Mal würde ihr nicht erspart bleiben. Das war ihr bereits auf der Fahrt zu Phils Wohnung klar gewesen, aber mehr als dieses eine Mal würde es nicht geben, das hatte sie sich fest vorgenommen. Sie trat auf die von Frank abgewandte Seite des Bettes und setzte sich. Nach der neuesten Mode trug sie ein dünnes, an Trägern hängendes Abendkleid, das nicht bis zum Boden reichte, sondern ihre schlanken Fesseln zeigte. Bevor sie es auszog, knüpfte sie die Strumpfbänder auf und fühlte dabei das kleine Stilett, das an einer Schnalle in einer Halterung an ihrem Oberschenkel steckte. Langsam zog sie die Strümpfe aus und schob sie mit dem Stilett unter das Bett, dann hob sie ihr Kleid über den Kopf und schob es darüber, und bevor Frank Jago auf den Gedanken kommen konnte, ihre Sachen zu inspizieren, wandte sie ihren nackten Körper ihm entgegen.

Er lächelte, als er sie in dieser Pose erblickte, und seine Augen begannen zu flackern.

Gladys wusste um die Macht ihrer erotischen Ausstrahlung. Diese Ausstrahlung war ihre Waffe, eine äußerst scharfe, geeignet, jeden Mann sofort zu entwaffnen, indem sie sein Begehren entflammen ließ, und Frank Jago war nicht der Typ, dem es anders ergangen wäre. Sie sah ihm zu, wie er sich entkleidete. Er war nicht schlecht gebaut, dachte sie beim Anblick seines nackten Körpers, aber sie hatte trotzdem kein Interesse an ihm. Er stieg zu ihr auf das Bett, und sie wandte sich ab und drehte das Gesicht zur Wand. Sie hörte, wie er lachte, dann fühlte sie seine Hände, wie sie begannen, ihren Rücken und ihre Seite zu betasten. Zum Glück hat er warme Hände, dachte sie und ließ sich fallen, sodass sie seine Berührungen nicht mehr als unangenehm empfand. Sie wusste, was er von ihr erwartete, und da sie ihm, damit er nicht ärgerlich wurde, etwas hätte vorspielen müssen, kam sie ihm entgegen und ließ ihrerseits sexuelle Empfindungen zu.

»Ich dachte schon, du wolltest Zicken machen«, sagte er, »ich wusste doch, dass du es magst.«

Obwohl er kein sehr rücksichtsvoller Liebhaber war, der auch vor Grobheiten nicht zurückschreckte, war er im Umgang mit Frauen erfahren und machte deshalb seine Sache nicht ungeschickt.

»Na, siehst du!«, sagte er, während ihr Stöhnen verebbte. »ich wusste doch, dass wir ganz gut zueinander passen.«

Er wirkte zufrieden. Nachdem er sich von ihr gelöst und in seinem Kissen zurückgelehnt hatte, schien er mit sich vollkommen im Reinen. Sie selbst aber merkte, dass sie ihn noch mehr hasste und verabscheute als vor dem geschlechtlichen Akt.

»Morgen wirst du hier ausziehen«, sagte er. »Ich besorge dir eine neue Unterkunft.«

»Gut«, erwiderte sie, »aber jetzt geh nach Hause und lass mich für eine Weile allein.«

Er seufzte. »Ich überlege, ob ich nicht bis zum Morgen bei dir bleibe. Es wird nicht lange dauern, dann bin ich wieder bereit.«

»Besser nicht.«

Er blickte zur Seite. »Wie meinst du das?«

»Musst du nicht nach Hause?«, fragte sie. »Deine Frau wartet auf dich! Sie wird sich Sorgen machen, wenn du nicht heimkommst.«

»Mach dir bloß keinen Kopf wegen meiner Frau!«, gab er zurück. »Weder heute noch irgendwann. Die weiß, dass es nächtliche Termine gibt.« Er kam ein Stück näher und ergriff ihren Arm. »Warum willst du mich loswerden?«

»Wundert dich das? Nach allem, was heute Nacht geschehen ist? Ich brauche etwas Zeit, um wieder zu mir selbst zu finden.«

»Unsinn«, grunzte er. »Was ist schon geschehen? Eine Abrechnung wie die heute gehört in unseren Kreisen zum Geschäft. Es ist völlig normal, einen Verräter zu liquidieren! Da, wo du herkommst, macht man es nicht anders. Du bist doch in Limehouse aufgewachsen, nicht wahr?«

Sie nickte. »Na also«, fuhr er fort, »der Mann, der heute Nacht gestorben ist, hat es nicht anders verdient. Er hat das Schicksal erlitten, das jedem Verräter gebührt. Du selbst hast ja nichts damit zu tun!« Er hielt inne. »Das hoffe ich jedenfalls für dich!« Er fasste sie ans Kinn. »Sieh mich an! Ich liege hier sehr bequem und entspannt, und kein schlechtes Gewissen verfolgt mich. Nimm dir an mir ein Beispiel! Ja, ich glaube, ich bleibe die ganze Nacht bei dir.«

»Tu es nicht«, sagte sie und blickte ihm fest in die Augen. »Du kannst morgen wiederkommen. Ich muss noch meine Sachen zusammenpacken.«

Er setzte sich ganz hoch und ergriff ihren Arm so fest, dass es schmerzte. »Dass du eines gleich begreifst«, sagte er scharf. »Die Termine mache ich! Du hast dich nach mir zu richten und nicht umgekehrt. Hast du das begriffen?« Als sie nichts sagte, schlug er ihr mit der anderen Hand ins Gesicht. »He? Bist du taub? Antworte!«

Sie nickte. »Ja, ich hab's verstanden.«

Er betrachtete sie misstrauisch. »Planst du etwas?«

Sie schüttelte den Kopf.

»Ich musste nur an deine Frau denken. Sie hat es nicht verdient, von dir vernachlässigt zu werden. Ich kenne sie zwar nicht, aber ich bin nun einmal selbst eine Frau, und wie ich hörte, ist sie sehr schön.«

Er ließ sie los und sank in sein Kissen zurück.

»Sie ist schön, ja, aber sie ist älter als du«, sagte er, »und im Gegensatz zu dir hat sie nur noch geringes Interesse an Sex.« Er machte eine unwillige Handbewegung. »Aber das geht dich nichts an! Du weißt, in welcher Welt du lebst! Du hast zwei Möglichkeiten! Entweder du bist auf meiner Seite – oder du bist es nicht. Bist du auf meiner Seite, gehörst du zu uns – und genießt alle Vorteile, die damit verbunden sind. Bist du es nicht, stellst du für uns eine gefährliche Zeugin dar! Und du weißt, was mit gefährlichen Zeugen passiert.« Er sah sie konzentriert an, und sie erwiderte schweigend seinen Blick. »Erinnerst du dich an das Mädchen, das man letzten Sommer aus der Themse fischte?«, fragte er nach einer Weile. Sie sagte noch immer nichts. »Nun«, sagte er, ohne weiter in sie zu dringen; »sie war sehr hübsch, und sie war nackt, und weißt du, was sie noch war?« Sie blieb still. »Weißt du es?«

»Ich habe keine Ahnung.«

»Sie war an den Hand- und Fußgelenken gefesselt. Weißt du, was das bedeutet?«

»Hältst du mich für blöd?«

»Sag, was es bedeutet!«

»Dass sie gelebt hat, als man sie ins Wasser warf.«

Sie sah ihn nicht an, merkte aber, dass er zufrieden lächelte.

»Weißt du auch, weshalb sie dieses Schicksal erleiden musste?«

Gladys hatte bis jetzt nichts von der Sache gehört, aber sie konnte nicht ausschließen, dass die Geschichte stimmte.

»Wahrscheinlich hat sie ihren Beschützer mit dem Messer attackiert«, sagte sie.

Er antwortete nicht sofort, als hätte ihre Bemerkung ihn überrascht.

»Nein, sie hat nur gedacht, sie könne nach eigenem Gutdünken die Seiten wechseln und selbst darüber entscheiden, mit wem sie ins Bett steigt und mit wem nicht. Eine Frau hat sich unterzuordnen, aber einige von euch scheinen das nicht mehr zu wissen. Oft sind es gerade die Schönen, die eine verräterische Gesinnung antreibt. Wir mussten an ihr ein Exempel statuieren, damit andere gewarnt wurden. Von Zeit zu Zeit muss man so etwas tun.«

Wir, dachte sie, war er etwa dabei gewesen?

»Sie hat gebettelt und gefleht, das hübsche nackte Ding«, fuhr er fort, »jedenfalls, als wir sie gefesselt haben; denn da begriff sie erst, was mit ihr geschehen sollte.«

»Ihr musstet sie auch noch quälen«, sagte sie, »ja, ihr seid schon harte Kerle.«

Wahrscheinlich würde er sie erneut schlagen, dachte sie, aber aus irgendeinem Grunde hielt er sich zurück.

»Der Fluss ist unsere Lebensader und nährt auch unser Geschäft«, sagte er schließlich, »und manchmal braucht die Themse ein Opfer. Welche Opfer hat die Themse am liebsten? Die Themse ist ein Mann, wie man sagt; Vater Themse, wie man ihn liebevoll nennt. Am liebsten hat Vater Themse schöne junge Frauen, die man ihm nackt übergibt. So haben wir ihn unseren Geschäften gewogen gestimmt.«

Seine Grausamkeit widerte sie an. Phil war alles andere als ein Heiliger gewesen, aber ein gewisses Format hatte er besessen. Zu einem solchen Frevel hätte er sich zur Bemäntelung der eigenen Feigheit niemals verstiegen.

»Es erging dem Mädchen wie Phil«, fügte Jago hinzu. »Jemand gab ihr am Ende den Gnadenschuss, damit sie nicht länger litt.« Er blickte sie an. »Wir haben uns verstanden, Gladys, nicht wahr? Du weißt, wer vom heutigen Tage an dein Beschützer ist?«

»Ja!«, antwortete sie knapp, so unmissverständlich und laut, wie er es gerne hörte.

»Es freut mich für dich, dass du die Regeln akzeptierst«, sagte Jago. »So, und nun brauche ich eine Mütze Schlaf.«

Mit diesen Worten drehte er sich zur Seite, und es dauerte keine fünf Minuten, bis Gladys ein leises Schnarchen neben sich vernahm.

Er hat Mut, so neben ihr zu entschlummern, dachte sie. Wie alle Leute mit Macht war er sich seiner selbst zu sicher. Er merkte nicht, dass er Gefahr lief, denselben Fehler zu begehen wie Phil. Doch würde sie es wirklich wagen, das Stilett zu benutzen? Sie rüttelte ihn an der Schulter.

»Was willst du noch?«

»Soll ich dich irgendwann wecken?«

»Nein, ich wache von allein auf, wenn es Zeit zum Aufstehen für mich ist. Und jetzt lass mich in Ruhe!« Mit diesen Worten drehte er sich zur Seite.

Sollte sie sich in ihr Schicksal fügen, so wie viele andere Frauen in ihrem Umfeld es taten? Was stand ihr bevor, wenn sie Jagos Geliebte wurde? Für die nächsten Jahre würde sie auf Gedeih und Verderb seinem Willen ausgeliefert sein – bis zu dem Tag, an dem ein jüngeres Mädchen ihre Stelle einnehmen würde. Ihre Rolle wäre keine andere als an der Seite von Phil Ryland – allerdings mit dem kleinen, aber bedeutsamen Unterschied, dass Frank Jago nicht Phil Ryland war. Was an Phils Seite ein erträgliches Schicksal gewesen wäre, an der Seite von Frank Jago bedeutete es eine jahrelange Tortur. Die Antwort auf die Frage, die sie sich selbst gestellt hatte, lautete: Nein! Das Schicksal, das Frank Jago ihr zugedacht hatte, war keine Alternative, die sie ernsthaft in Betracht ziehen konnte. Sie wollte nicht die

Geliebte dieses grausamen Verbrechers sein, sondern genau das tun, wovor Jago sie unter Hinweis auf das Schicksal des ermordeten Mädchens gewarnt hatte: Sie wollte sich den Mann, mit dem sie ihr Bett teilte, selbst aussuchen, und sie brauchte und wollte keinen neuen Beschützer.

Um aber ihren Willen durchzusetzen, musste sie verschwinden, und zwar an einen Ort, der so weit weg war, dass man ihr nicht dorthin folgen konnte. Das bedeutete, sie musste nicht nur London verlassen, sondern auch England, und zwar so schnell wie möglich. Ihre Gedanken wanderten zu den beiden Fahrkarten für die Titanic-Passage, die sich zusammen mit ihrem Geld in ihrem Handgepäck befanden. Das übrige Gepäck war bereits aufgegeben worden und gelangte ohne ihr Zutun an Bord der Titanic, die morgen nach Amerika fuhr, nach New York, in diese riesige Stadt, die in ihrer Vorstellung das beste aller Verstecke war. Das Schiff würde in ungefähr zwölf Stunden von England ablegen, überlegte sie; und bis dahin musste sie auf dem Kai von Southampton sein.

Phil und sie hatten geplant, um 9.45 Uhr den Zug zu nehmen, der speziell für die Erste-Klasse-Passagiere bereitstand und der gegen 11.30 Uhr direkt am Kai der White-Star-Line eintreffen sollte. Doch sie wusste, dass es einen weiteren Titanic-Express gab, der Waterloo-Station bereits um 7.30 Uhr verließ. Um auf das Schiff zu kommen, musste sie nur ihren Mantel überwerfen, ihre Handtasche nehmen und die Wohnung verlassen, und zwar bis spätestens 6.30 Uhr.

War es sinnvoll, auf die Titanic zu gehen? Wusste wirklich niemand von Phils geplanter Reise nach New York? Bei dem Abendessen mit Phils Mördern war die Jungfernfahrt der Titanic kein Thema gewesen; Phil hatte ihr vorher eingeschärft, die Reise nicht zu erwähnen. Keiner von seinen Leuten durfte wissen, dass er und sie an der Jungfernfahrt teilnehmen würden, und sie hatte sich gewundert, weshalb er ein solches Geheimnis daraus machte. Aber da sie gewohnt war, sich nicht einzumischen, hatte sie nicht weiter nach den Gründen für seine Geheimniskrämerei gefragt.

Phil hatte vor seinen Männern also etwas zu verbergen gehabt. Nicht von ungefähr hatte Jago ihn als Verräter bezeichnet und ihn ermordet. Sie wusste, dass der Aufenthalt in New York nicht nur ein Urlaub sein sollte, sondern auch geschäftliche Gründe hatte. War die New York-Reise Teil der eigenwilligen Pläne gewesen, deretwegen Phil hatte sterben müssen?

Sie sah zu dem leise schnarchenden Mann und überlegte, wie lange es wohl dauern würde, bis man seine Leiche entdeckte, falls er heute Nacht in diesem Bett starb. Morgen war Mittwoch! Das Hausmädchen, das die Wohnung sauber hielt, würde erst am Donnerstag in die Wohnung kommen. Bis dahin würde die Leiche von Jago, wenn sie Glück hatte, unentdeckt bleiben. Morgen war er mit seinen Leuten in seiner Stammkneipe in der Borough High Street zum Mittagessen verabredet. Davor würde niemand nach Jago suchen, und um diese Zeit hätte die Titanic Southampton bereits verlassen.

Sein Leben liegt in seiner Hand, sagte sie sich. Wenn er früh genug aufstand und nach Hause ging, brauchte sie nichts unternehmen und konnte sich rechtzeitig auf den Weg machen. Sollte er jedoch mit ihr frühstücken wollen, musste sie handeln. Ihr Entschluss stand fest. Dieser Mann neben ihr würde sie kein zweites Mal anfassen. Falls er nicht aufstand und ging, würde sie das Stilett benutzen und ihn schlachten. Sie fuhr zusammen, als sie plötzlich Franks Stimme hörte.

»Was ist? Woran denkst du?«

»Nichts ist. Ich dachte, du schläfst tief und fest.«

»Ich hätte gern etwas zu trinken«, sagte er. »Einen guten Whisky.«

»Nebenan findest du eine gut gefüllte Bar«, erwiderte Gladys.

Er rappelte sich auf.

»Nun gut! Ich sehe selbst nach. Möchtest du auch etwas?«

»Bring mir einen Sherry mit.«

Als Frank zurückkehrte, hielt er ein mit einem doppelstöckigen Whisky gut gefülltes Glas in der einen und ein kleines Sherrygläschen in der anderen Hand. Letzteres reichte er Gladys, dann setzte er sich neben sie auf das Bett.

»Auf unsere Zukunft!«, prostete er ihr zu. Er nahm einen kräftigen Schluck und ließ ihn auf der Zunge zergehen. »Was für ein edler Tropfen.« Er blickte Gladys an und musterte eingehend ihren wohlgestalteten nackten Körper. »Eine schöne Frau und ein edler Tropfen. Was kann sich ein Mann noch mehr wünschen. Ich denke, ich werde die Nacht bei dir verbringen, mein Schatz. Ich fürchte, ich komme nicht mehr von dir los.«

Er kippte den Whisky hinunter und stieg dann mit dem Glas in der Hand wieder aus dem Bett.

»So müde, wie ich dachte, bin ich noch gar nicht, stelle ich fest. Ich muss mich noch ein wenig entspannen, zuerst beim Whisky und dann mit dir.«

Sie durfte ihn nicht unterschätzen, sagte sie sich. In den Kreisen, denen er angehörte, war man immer auf der Hut, sogar wenn man schlief. Verdammt, dachte sie und nippte an ihrem Sherry, sie wurde den Kerl einfach nicht los, und nun wollte er sogar ein weiteres Mal mit ihr schlafen. Sie dachte an das Stilett und fragte sich, ob sie wirklich die Kraft aufbringen würde, ihn damit zu töten? Sollte der erste Stich nicht tödlich sein, wäre es um sie geschehen, das wusste sie sehr wohl. Ging ihr Angriff schief, würde sie Phil folgen müssen, ohne den Gnadenschuss, den er bekommen hatte.

Frank schenkte sich Whisky ein, dann stellte er das Glas ab und verließ das Schlafzimmer, um ins Bad zu gehen.

Nachdenklich betrachtete Gladys das Whiskyglas auf dem Tisch, dessen goldgelbe Flüssigkeit im Licht der Lampen so verführerisch wie tückisch schimmerte, und plötzlich kam ihr eine Idee. Sie erhob sich aus dem Bett und schlüpfte wieder in ihr Kleid.

»Ja, Frank, lass uns noch etwas trinken«, rief sie so laut, dass er es durch die nur angelehnte Badezimmertür hören konnte. »Mir geht es nicht anders als dir. Ich kann auch noch nicht schlafen.«

Sie hörte, wie er drüben etwas brummte, das sie nicht verstehen konnte, aber sie hatte das Gefühl, dass es eine Zustimmung war. Der Rest von Misstrauen, den er noch gegen sie hegte, begann zu schwinden. Gut, dachte sie, und leise machte sie sich daran, ihren Plan in die Tat umzusetzen.

2. KAPITEL
MITTWOCH, 10. APRIL 1912

Gladys hatte sich ein schwerfälliges, Respekt einflößendes Ungetüm vorgestellt und war überrascht, als sie sah, dass die Titanic eine Linienführung von erstaunlicher Harmonie besaß. Die hohen Masten und die vier großen Schornsteine hoben sich klar gegen den grauen Himmel ab, und der Rumpf mit dem leuchtend goldenen Band hatte fast etwas von der Schnittigkeit einer Jacht. Die Königin der Ozeane, wie man sie auf den Plakaten pries, wirkte nicht nur atemberaubend groß, sondern auch grazil – wie ein Schiff der Zukunft, und es ließ traumhafte Bilder vor ihrem inneren Auge entstehen.

Sie hatte es nicht eilig an Bord zu kommen und spazierte aus dem Hafen hinaus in Richtung City. Sie wollte Klarheit in ihre Gedanken bringen, denn die Entscheidung, die sie treffen musste, zog weitreichende Folgen nach sich. Sie war sich unsicher, ob es wirklich klug war, auf die Titanic zu gehen. Noch auf der Fahrt nach Southampton, während die sanfte südenglische Landschaft an ihr vorüberzog, hatte sie überlegt, ob sie nicht besser nach Dover fahren und ein Schiff besteigen sollte, das sie zum Kontinent anstatt nach Amerika brächte. Paris oder Hamburg waren Orte mit bedeutenden Vergnügungsvierteln, wo sie mit ihrem Aussehen ohne Schwierigkeiten eine Anstellung finden würde, um ihren Lebensunterhalt zu bestreiten.

Es war das Bild des wundervollen Schiffes, das ihren Gedanken eine andere Richtung gab und ihr das Reiseziel der Titanic in ein glanzvolles Licht rückte. New York! Schon dieser Name war Verheißung! Paris und Hamburg lagen doch viel zu dicht an England, und es war gerade in diesen Orten nicht auszuschließen, dass man sie dort zufällig entdeckte. Verbindungen der Londoner Unterwelt zu der in Hamburg und Paris gab es zuhauf.

Amerika hingegen war weit genug weg. Das Land war groß; und sollte New York nicht halten, was sie sich davon versprach, könnte sie nach Chicago oder nach San Francisco gehen oder in irgendeine andere Stadt im Westen. Oder gar in die Provinz, in den mittleren Westen oder in eine Gegend, wo es noch Indianer gab. Dorthin würde ihr niemand folgen, um sich an ihr wegen ihrer Treulosigkeit und der Sache mit Jago zu rächen. Vielleicht fände sie einen netten Mann, mit dem sie eine Familie gründen könnte. Bei diesem Gedanken schmunzelte sie. Gladys Candee aus dem Londoner Osten als die Frau eines Farmers im Mittelwesten mit einer Schar Kinder? Nein, dazu würde es sicherlich nicht kommen; andererseits, dachte sie dann, wäre sie nicht die erste Frau mit Vergangenheit, die anderswo ein völlig neues und von dem früheren ganz verschiedenes Leben begann.

Die unbestimmte Angst, dass jemand sie verfolgte, war durch den Anblick der Titanic jedoch nicht gewichen, im Gegenteil! Die Abfahrt der Titanic wurde von vielen Menschen beobachtet, wie sie bei der Ankunft festgestellt hatte, und fand auch in der Presse ein lebhaftes Echo. Noch war sie nicht in der neuen Welt, und es war nicht auszuschließen, dass jemand, der sie kannte, von ihrer Flucht über den Atlantik erfuhr. Wie auch immer! Ihr Ziel war Amerika; alles Weitere würde sich finden, und ihr Gefühl sagte ihr, sie solle das nächste Schiff nehmen, um aus England zu verschwinden. Sie würde alle Vorsichtsmaßnahmen treffen, die ihr möglich waren, musste das Risiko, dass man ihre Spur bis auf die Titanic verfolgte, jedoch eingehen. Ihr Leben war noch nie ohne Risiken verlaufen, machte sie sich Mut, letztlich war es immer gut gegangen. Warum sollte es dieses Mal anders sein? Es gab schlichtweg keinen schnelleren Weg, das Land zu verlassen, als die Passage an Bord des neuen Ozeanliners der White Star.

Als sie die Rückkehr zum Hafen antrat und die Landungsbrücke erreichte, war ihre Entscheidung gefallen. Inzwischen war auch der 9.45-Uhr-Zug mit dem Gros der Erste-Klasse-Passagiere eingetroffen. Überall an der Reling sah man Menschen, die aufgeregt das Ablegen des Ozeanriesen erwarteten. Auf einem der Decks spielte ein Orchester, und auch unten auf dem Kai hatten Musikkapellen Aufstellung genommen. Es herrschte Volksfeststimmung, denn eine unüberschaubare Menschenmenge war unterwegs, Reisende zu verabschieden oder einfach dabei zu sein, wenn der neue Ozeanliner zu seiner Jungfernreise über den Atlantik aufbrach.

Sie wartete, bis alle anderen Erste-Klasse-Passagiere über die breite Gangway an Bord gegangen waren, dann straffte sie sich, nahm ihr Handköfferchen und schritt über die leicht ansteigende Gangway zum Haupteingang mittschiffs auf das B-Deck hinauf.

Der Steward, der sie in Empfang nahm und freundlich begrüßte, wies ihr den Weg zu den Kabinen der ersten Klasse. Als sie sich in die angegebene Richtung wandte, erblickte sie einen elegant gekleideten Herrn von ungefähr 50 Jahren, der gerade ein paar Millionäre, die vor ihr das Schiff betreten hatten, mit Handschlag begrüßte.

»Mr. Ismay«, hörte sie jemanden von den Passagieren in der Reihe vor ihr ehrfürchtig raunen. »Der Präsident der White Star.«

Aus Phils Erzählungen war ihr bekannt, dass ein großer Teil der Erste-Klasse-Passagiere einem kleinen Zirkel aus Bankiers und Millionären, Aristokraten und Prominenten angehörte, die sich allesamt mehr oder weniger gut kannten, weil sie Geschäfte miteinander machten oder Partys miteinander feierten, und die Jungfernfahrt eines neuen Meeresgiganten war einer der gesellschaftlichen Höhepunkte des Jahres.

Obwohl Gladys nicht zu diesem erlauchten Kreis der Passagiere gehörte, entging sie Ismays Begrüßung nicht. Als er sie erblickte, machte der Präsident einen schnellen Schritt auf sie zu und ergriff ihre Hand.

»Darf ich mich vorstellen: Ismay, ich bin der Geschäftsführer der White-Star-Line.«

»Gladys Appleton«, gab sie zurück.

Appleton war der Name, den sie für die Reise ausgewählt hatte. Gladys wusste, dass niemand sie nach einem Ausweis fragen würde. Viele Leute reisten anonym oder unter falschem Namen, kein Mensch hinderte sie daran.

»Miss Appleton?«, fragte Ismay gedehnt.

»Nein, Mrs. Appleton«, antwortete sie. »Und bevor Sie fragen – ich mache diese Reise ohne meinen Gatten.«

Ismay lächelte nachsichtig. »Herzlich willkommen an Bord unseres Schiffes, Mrs. Appleton. Seien Sie versichert, schöne junge Lady, dass ich Ihren Namen nicht vergessen werde. Jede schöne Frau an Bord ist eine besondere Ehre für unser Schiff.«

Gladys überlegte, was er wohl zu den weniger attraktiven Frauen sagte, aber der Reeder war um eine passende Floskel sicher nicht verlegen, vor allem nicht, wenn die Betreffende genug Geld besaß. Reich oder schön – über eine dieser beiden Eigenschaften musste man verfügen, um in den Kreisen dieses Herrn wahrgenommen zu werden.

Hinter den anderen Passagieren ging sie auf blauem Teppich den Korridor zu den Kabinen entlang. Ein Gehilfe des Zahlmeisters kam mit der Passagierliste auf sie zu. Er schwitzte, denn er hatte alle Hände voll zu tun, um den Überblick zu behalten, gleichwohl strahlte er sie freundlich an.

»Gladys Appleton«, sagte sie und gewöhnte sich schon an den Klang ihres neuen Nachnamens.

Der Zahlmeistergehilfe fuhr mit dem Finger die Liste der Passagiere erster Klasse entlang und runzelte dann die Stirn.

»Stehen Sie vielleicht unter einem anderen Namen in der Passagierliste, Madam?«

»Mrs. Phil Ryland.«

Das Gesicht des Mannes leuchtete auf, als er den Eintrag gefunden hatte.

»Hier steht es.« Er blickte auf und strahlte sie an. »Mr. Ryland kommt noch an Bord?«

Sie strahlte mit der unschuldigsten Miene, die aufzusetzen ihr möglich war, zurück.

»Mr. Ryland ist verhindert«, sagte sie. »Eine überraschende Blinddarmreizung, weswegen der Arzt ihm die Reise verbot. Ich bitte Sie, seinen Namen aus der Liste zu streichen und den Namen von Mrs. Ryland gleichfalls zu entfernen.«

Der Mann blickte erstaunt von seiner Liste auf.

»Selbstverständlich, Madam! Doch – warum soll ich Ihren Namen streichen? Das kann ich eigentlich nicht tun.«

»Wird die Passagierliste auf dem Schiff ausgehängt?«

»Wenn alle Passagiere an Bord sind, geht die Liste in Druck.«

»Sie kennen sicher die Gesellschaftsnachrichten, die nach jeder Atlantiküberquerung veröffentlicht werden? Auch die Zeitungsleute schauen sich diese Passagierlisten an, nicht wahr?«

Er zuckte mit den Achseln. »Spricht etwas dagegen, in den Listen genannt zu werden?«

»Phil möchte es nicht, und auch mir wäre es sehr lieb, wenn nicht bekannt würde, dass ich – ohne ihn reise. Sie verstehen?«

Er konnte den Blick nicht von ihr lassen, aber er verstand noch immer nicht, was man ihm deutlich ansah.

»Wissen Sie, wir sind nicht verheiratet«, fügte sie deshalb hinzu. »Mr. Ryland ist noch nicht von seiner Gattin geschieden. Es würde ein falscher Eindruck entstehen. Mein geschiedener Mann hat schon einmal einen Detektiv beauftragt.« Sie setzte ein reizendes Lächeln auf und trat ein Stück näher an den Mann heran. »Es wäre wirklich ganz lieb von Ihnen.«

Die Wirkung blieb nicht aus. Ihrem erotischen Charme erlag fast jeder. Bei Gladys Liebreiz konnte man einfach nur denken, dass die Geschichte stimmte.

»Ach so! Ja, wenn es so ist.« Er zuckte mit den Achseln und machte ein ausgebufftes Gesicht. »Mich persönlich interessiert es nicht, welcher Name in der Passagierliste steht. Jeder kann unter dem Namen reisen, der ihm gefällt. Aber bedenken Sie, auch wenn ich Ihre Namen aus der Bordliste streiche – es gibt die Listen der Schifffahrtsgesellschaften, und da stehen die Namen drin, unter denen die Fahrkarten gekauft wurden. Wenn dort nachgefragt wird …«

»Ändern Sie es trotzdem«, sagte Gladys. »Mr. und Mrs. Phil Ryland sind nicht an Bord.«

Sollte später jemand die Bordlisten überprüfen, um sich Gewissheit zu verschaffen, ob eine Mrs. Ryland wirklich nach Amerika gefahren war, wäre kein Name in der Liste zu finden, der darauf hindeutete, dass sie England verlassen hatte. Ob diese Maßnahme sie hinreichend schützen würde, erschien ihr zwar zweifelhaft, aber sie wollte wenigstens nichts unversucht lassen, ihre Tarnung zu verbessern. Sie schenkte dem Zahlmeistergehilfen ein Lächeln und machte sich im verwirrenden Labyrinth der Gänge und Treppen auf die Suche nach ihrer Kabine.

Sie erreichte den Kabinengang auf dem C-Deck, wo sich ihre Unterkunft befand, und noch während sie die richtige Kabinennummer suchte, kam ein hilfsbereiter Steward auf sie zu, der sie zu ihrer Kabinentür begleitete.

»Mein Name ist Nevil Boyes, Mylady«, sagte der junge Mann, der ihr vorauseilte. »Ich bin für den Gang zuständig, an dem Ihre Kabine liegt. Nennen Sie mich einfach Nevil. Ihre Koffer wie auch die Koffer Ihres Gatten befinden sich bereits in Ihrem Appartement.«

Er war ein noch junger Mann, mit einem langen, schmalen Gesicht und einem forschenden Blick.

»Vielen Dank, Nevil. Aber ich werde die Reise ohne Mr. Ryland machen. Da ich noch nicht mit ihm verheiratet bin, bat ich den Zahlmeister, meinen Mädchennamen Appleton in der Passagierliste zu notieren. Nennen Sie mich bitte nicht Miss Appleton, sondern Mrs. Appleton.«

Der Steward lächelte. »Ich verstehe. Sie möchten nicht von den allein reisenden Herren belästigt werden. Wann immer Sie meiner bedürfen, Mylady, werde ich zu Ihrer Verfügung sein.« So wie er es sagte, klang es fast anzüglich, und Gladys musste unwillkürlich lächeln.

Nevil hielt ihr die Kabinentür auf und lächelte ihr auf eine fast verschwörerische Weise zu, dann ließ er sie allein. Sie schaute dem schlanken, gut aussehenden jungen Mann einen Moment nach, bevor sie über die Schwelle trat.

Entzückt blickte sie sich um. Obwohl die Kabine zu den preiswerteren Erste-Klasse-Establissements gehörte, glich sie eher einer Wohnung in Mayfair als einer Schiffskabine. Die Doppelkabine war luftig, geräumig und hell. Das Bett war aus echtem Messing, es gab einen Marmorwaschtisch, ein grünes Netz, in das abends Wertgegenstände gelegt werden konnten, antike Möbel, ein Rosshaarsofa, einen Ventilator an der Decke, und überall waren Klingelknöpfe und elektrische Armaturen. Gladys seufzte, als sie den Koffer von Phil neben dem ihren vor einem der Schränke erblickte, doch dann nahm sie ihn und stellte ihn ungeöffnet in den Schrank, bevor sie den eigenen Koffer aufmachte. Sie packte alles aus, räumte ihre Kleidung in die Schränke und kehrte dann, ohne sich umzuziehen, an Deck zurück.

Die Passagiere waren gut gekleidet und zeigten sich von ihrer besten Seite, wie das wohl zu Beginn jeder Reise der Fall war. Die geröteten Gesichter spiegelten Aufregung und leichte Beklommenheit. Die Abfahrt des großen Schiffes stand unmittelbar bevor.

Mit ihrem Charme, dessen gezielter Einsatz ihr stets die Türen öffnete, verschaffte sich Gladys einen freien Platz an der Reling. Sie war gerade rechtzeitig gekommen, um zu sehen, wie die breite Gangway eingezogen wurde. Kurz darauf ertönte von unten machtvoll das Kommando: »Leinen los!«

Der ›blaue Peter‹ wurde gehisst, und ein ohrenbetäubender, mehrstimmiger Sirenenklang schallte über den Hafen von Southampton. Aus den beiden vorderen Schornsteinen entwich weißer Dampf. Der Sirenenton gab allen Musikkapellen auf dem Kai den Befehl, gleichzeitig mit dem Spielen zu beginnen. Ohrenbetäubender Lärm brandete auf. Die Leute begannen lauthals zu johlen, zu lachen und Abschiedsgrüße zu rufen. Kurz darauf ging ein Vibrieren durch das mächtige Schiff. Die kraftvollen Maschinen hatten zu arbeiten begonnen, und aus drei Schornsteinen stiegen gewaltige Rauchwolken auf. Das neue Wunder der Technik stellte seine Kraft und Bedeutung zur Schau, und Gladys überlief eine Gänsehaut.

Sie sah ein paar Männer, die laut rufend den Kai entlang auf die Gangway zugelaufen kamen, ihre Kleider und Habseligkeiten um die Schultern geschlungen in der Absicht, das Schiff noch zu erreichen. Als sie vor der Gangway standen, redeten sie wild gestikulierend auf einen Offiziellen ein, der dort Wache stand. Offenbar waren es Männer, die zur Mannschaft gehörten, wahrscheinlich Heizer. Ihre Versuche, die Verspätung zu entschuldigen, zeitigten keinen Erfolg. Der Offizier blieb unnachgiebig und wies die armen Kerle, die vermutlich dringend auf die Heuer angewiesen waren, zurück.

Die Titanic legte ab. Die Schleppschiffe zogen sie aus dem Dock, und der Abstand zwischen Dampfer und Ufer wurde größer. Alles geschah sehr langsam und würdevoll, wie es sich für das größte Schiff der Welt gehörte. Als die Schlepper die Fahrbahnrinne erreichten, zogen sie die Trossen straff, die Taue fielen ins Wasser und wurden von den Hafenarbeitern eingeholt.

Die Schiffsschrauben der Titanic begannen sich zu drehen, und während sie gegen die Flut anfuhr, gewann sie zusehends an Geschwindigkeit. Sie fuhr an den Liegeplätzen anderer Schiffe vorbei, an Dampfern und Frachtern, die neben ihr winzig wirkten und im Fahrwasser wie Nussschalen zu schaukeln begannen. In einer Linkskurve bog sie in den River Itchen ein und zog an den Liegeplätzen von zwei längsseits in Tandemformation vertäuten Schiffen vorbei. Von achtern näherte sich die Titanic einem dieser weit kleineren Schiffe mit dem Namen New York, und Gladys sah, wie sich die Taue der New York zuerst lockerten und dann wieder strafften, um gleich darauf wie gespannte Gitarrensaiten zu zerreißen. Sie erschrak, als sie erkannte, dass die New York, plötzlich herrenlos, im Sog des Ozeanriesen in dessen Weg hineindriftete, als wollte sie am festen Schiffskörper zerschellen. Man hörte Stimmen, die angstvoll aufschrien, doch die von vielen Passagieren befürchtete Kollision blieb aus. Es gelang der Titanic gerade noch, den Frachter haarscharf hinter sich zu lassen. Um Haaresbreite hatte das kleine Schiff die Bordwand der Titanic verfehlt.

Die Passagiere, die den Vorfall mitbekommen hatten, schüttelten verständnislos den Kopf. Es hatte nicht viel gefehlt, und die Titanic wäre ernsthaft beschädigt worden.

»Wie schnell kann etwas passieren«, rief eine adrett wirkende Dame mittleren Alters, die neben Gladys an der Reling stand.

»Fast wäre die Reise beendet worden, bevor sie überhaupt begonnen hat«, sagte ein anderer Passagier.

»Das bedeutet Unheil, wir werden es erleben. Lieber eine Kollision im Hafen als auf hoher See.« Die Dame neben Gladys machte ein bedenkliches Gesicht.

»Seien Sie nicht abergläubisch«, lachte Gladys. »Sie sind ja schlimmer als die Seeleute, die, was Aberglauben angeht, nicht zu übertreffen sind.«

»Ich wollte das Schiff gar nicht nehmen, aber mein Mann redete solange auf mich ein, dass ich schließlich nachgab«, erwiderte die Dame. »Seither bin ich von einem Gefühl quälender Unruhe erfüllt, und es wird von Tag zu Tag schlimmer.«

»Es ist die Aufregung des Reisens«, wandte Gladys ein; »wenn man selten reist, ist es ganz normal, dass man so fühlt. Lassen Sie uns erst einmal auf dem offenen Meer sein, dann werden Sie der Zuverlässigkeit dieses Dampfers vertrauen. Ist es nicht ein wunderschönes Schiff? Man fühlt sich doch hier wie auf festem Boden.«

»Ja, schön ist das Schiff, das ist wahr! Aber ist es wirklich so sicher, wie behauptet wird? Das Schiff ist aus Stahl, also kann es auch untergehen. Und dann dieser Name! Wie kann man so vermessen sein und ein Schiff ›Titanic‹ nennen. Er ist so anmaßend; eine Herausforderung unbekannter Mächte, ach, hätte das Schiff doch wenigstens einen anderen Namen!«

»Das nächste Schiff, das die White-Star-Line baut, soll Gigantic heißen«, sagte ein Mann, der hinter der Dame stand und ihr Gespräch offenbar mit angehört hatte. Er war ein kleiner, kräftig gebauter Mann mit einem pausbäckigen, ungestüm wirkenden Gesicht, dem der schwarze Schnauzer etwas Theatralisches verlieh. Bekleidet mit Knickerbockerhosen unterschied er sich in seiner ganzen Erscheinung auffällig, aber nicht unsympathisch von den anderen vornehm gekleideten Passagieren der ersten Klasse.

»Oh, diese Menschen«, erwiderte die Dame und wandte sich zu dem Sprecher um, »sie fordern das Unglück regelrecht heraus.«

Der Mann im Knickerbockeranzug lächelte zuerst Gladys, dann der anderen Dame zu und sagte:

»Ich möchte ja niemanden beunruhigen, aber der Name des Schiffes, mit dem wir fahren, scheint mir nicht nur aus mythologischem, sondern auch aus literarischem Grunde nicht sonderlich glücklich gewählt.«

Ein Wechsel in der Vibration zeigte, dass die Titanic Fahrt aufgenommen hatte. Der Zwischenfall mit der New York, der die Reise fast vorzeitig beendet hätte, schien schon vergessen. Die Titanic nahm Kurs in Richtung Normandie, wo sie in Cherbourg den nächsten Zwischenhalt auf ihrer Reise nach Amerika einlegen sollte.

»Wie kann es einen literarischen Grund für einen falschen Namen geben?«, fragte die Dame neben Gladys interessiert.

»Es hängt mit der mythologisch anmaßenden Bedeutung des Namens zusammen«, antwortete der Herr in Knickerbockern mit verschmitztem Lächeln. »Aber darf ich mich den Damen zuerst vorstellen. Mein Name ist Alfred Raubold. Reporter von den ›Hamburger Nachrichten‹.«

Gladys stellte sich als Mrs. Appleton vor, und die adrett aussehende Dame hieß Thayer.

»Sie sind Deutscher?«, fragte Gladys.

»Ein deutscher Reporter mit Korrespondenzen in London und New York«, erwiderte Raubold. »Ich beliefere meine Heimat mit Nachrichten aus aller Welt.«

Er strahlte Gladys mit einem zufriedenen Lächeln an, als ob er ein anerkennendes Wort erwartete. Er schien ein Reporter mit Leib und Seele zu sein.

»Also, mein Herr?«, sagte Mrs. Thayer, bevor Gladys etwas äußern konnte. »Lüften Sie das literarische Geheimnis!«

»Im Jahr 1898 verfasste ein wenig bekannter Schriftsteller namens Morgan Robertson einen Roman über einen Atlantikdampfer, der größer war als jedes andere bisher vom Stapel gelaufene Schiff«, antwortete Raubold. »Der Autor belud sein Schiff mit reichen und selbstgefälligen Passagieren und ließ es in einer kalten Aprilnacht einen Eisberg rammen und untergehen.«

»Mein Gott!« Mrs. Thayer schlug entsetzt die Hand vor den Mund.

»Das Romanschiff hatte eine Länge von 244 Metern, die Titanic ist 269 Meter lang«, fuhr der Sprecher fort, »beide Schiffe sind Dreischraubendampfer, erreichen eine

Geschwindigkeit von 24 bis 25 Knoten, können ungefähr 3000 Passagiere aufnehmen und gelten als unsinkbar.«

»Sie wollen sich über mich lustig machen, nicht wahr, Mr. Raubold?«, fragte Mrs. Thayer.

»Das Buch können Sie kaufen – oder auch von mir ausleihen, wenn Sie mögen. Ich habe es in meiner Kabine. Ein Freund in London mit echtem britischen Humor gab es mir vor ein paar Tagen, als ich ihm erzählte, ich würde an der Jungfernfahrt der Titanic teilnehmen. Aber ich habe Ihnen noch nicht gesagt, wie der Name des Romanschiffes war.«

»Sprechen Sie.«

»Der Name war Titan.«

Mrs. Thayer wurde noch blasser, sodass Gladys befürchtete, sie könnte tatsächlich in Ohnmacht fallen.

»Das ist jetzt ein Scherz, nicht wahr?«

Der Reporter schüttelte den Kopf. »Bedauerlicherweise nein. Tja, manche Schriftsteller scheinen Propheten zu sein.«

»Warum sind Sie auf dem Schiff, wenn Sie damit rechnen, dass es untergeht?«, fragte Gladys.

Raubold hob seine Umhängetasche ein Stück an und deutete auf den Fotoapparat.

»Ich bin Fotoreporter, ein Pressemann«, sagte er. »Es gehört zu meinem Beruf, mich in Gefahr zu begeben. Das interessiert die Zeitungsleser. Sollte die Titanic das Schiff sein, dessen Untergang jener Autor vorausgesehen hat, hoffe ich, Aufnahmen vom Untergang machen zu können.«

Gladys lachte. »Wie wollen Sie das bewerkstelligen, wenn Sie mit dem Schiff untergehen.«

»Nun«, lächelte Raubold, »ich hoffe natürlich, dass ich es rechtzeitig in eines dieser Rettungsboote schaffe, die sich hier oben befinden, und von dort aus die Aufnahmen machen kann. Die Titanic ist auf einer viel befahrenen Route unterwegs. Es wird nicht lange dauern, bis man von einem anderen Dampfer aufgenommen wird.«

Mrs. Thayer warf einen Blick hinüber zu den Rettungsbooten. »Gibt es denn genug Boote für alle Passagiere?«

Raubold schien einen Moment überrascht, als hätte er diese Möglichkeit noch gar nicht bedacht.

»Oh, jetzt machen Sie aber Scherze, meine Liebe! Ich muss mich wirklich einmal erkundigen. Aber ich bin zuversichtlich, dass es für mich ein trockenes Plätzchen geben wird.« Er kratzte sich am Kopf. »Na ja – zur Not bin ich auch ein guter Schwimmer. Aber das ist natürlich nicht Sinn der Sache: Um die Fotos wäre es dann wohl geschehen.«

Es war etwas an Raubold, das Gladys vom ersten Moment an Vertrauen zu ihm fassen ließ.

»Sie werden keinen Platz im Rettungsboot brauchen, Mr. Raubold«, sagte Gladys zu dem Reporter. »Und schwimmen können Sie in dem großen, beheizten Bad, das es im Inneren des Schiffes geben soll. Die Titanic wird Sie währenddessen sicher bis nach New York tragen.«

»Hoffentlich haben Sie recht, meine Schöne«, schaltete sich Mrs. Thayer ein. »Ehrlich gesagt, bin ich immer etwas erleichtert, wenn jemand meinen negativen Ahnungen keinen Glauben schenkt.«

Die Titanic passierte die Küste der Isle of White, die im späten Sonnenlicht des Frühlingstages wunderschön aussah. Am Vordermast wehte die amerikanische Flagge, und als Gladys den Reporter fragte, wie das bei einem englischen Schiff sein könne, erklärte ihr dieser, die Beflaggung richte sich nach dem Zielhafen.

Als das Festland nicht mehr zu sehen war, verabschiedete sich Gladys von ihren neuen Bekannten und begab sich in ihre Kabine.

Erschöpft und müde lag sie auf ihrem Bett. Die Aufregungen der vergangenen Stunden, die sie seit ihrer Ankunft in Southampton recht erfolgreich überspielt hatte, hatten sie eingeholt. Sie musste dringend ein paar Stunden ruhen und war dankbar und froh über die Abgeschiedenheit ihrer Kabine. Sie schloss die Augen, und ganz allmählich, während das Schiff gleichmäßig summte, fiel die Anspannung der letzten 24 Stunden von ihr ab. Die erste Etappe ihrer Flucht war gelungen, und dafür musste sie dem lieben Gott dankbar sein. Zwar blieb ein dumpfer Zweifel, ob die Fluchtroute, die sie eingeschlagen hatte, die richtige war, aber nachdem das Schiff von England abgelegt hatte, fühlte sie sich an Bord der Titanic recht sicher.

Irgendwann schlief sie ein und erwachte dadurch, dass die beruhigenden Fahrtgeräusche nicht mehr zu vernehmen waren. Beim Blick durch das Kajütfenster stellte sie fest, dass die Titanic bereits die andere Seite des Kanals erreicht hatte und vor der Stadt Cherbourg vor Anker lag.

Die französische Stadt erstreckte sich entlang eines flachen Ufers vor dem Hintergrund eines purpurrot schimmernden Berges, gekrönt von einer viereckigen Festung. Die Sonne war noch nicht vollständig untergegangen, ihre Strahlen spiegelten sich in der sanften Dünung hinter den Wellenbrechern.

Der Hafen von Cherbourg war wesentlich kleiner als der von Southampton, sodass die Titanic weit vor der Küste ankerte. Den Transport der Passagiere hatten mehrere Tenderboote übernommen. Sie sah, dass nur wenige von Bord gingen und weit mehr neue Passagiere mit den

Tendern auf die Titanic gebracht wurden. In der voranschreitenden Dämmerung sah Gladys, wie sich die Lichter der Titanic auf der Meeresoberfläche spiegelten.

Der Essensruf des Hornisten ertönte, und Gladys überlegte, ob sie sich die Mahlzeit vom Zimmerkellner servieren lassen sollte. Für einen Erste-Klasse-Passagier war es möglich, New York zu erreichen, ohne auch nur mit einem einzigen Mitreisenden sprechen zu müssen. Auch wenn sie nicht sehr erpicht darauf war, den elitären Zirkel näher kennenzulernen, entsprach es nicht ihrer Art, sich zu isolieren und von dem Geschehen an Bord auszuschließen. Die Mitreisenden boten ihr in dem Fall, dass ihre Feinde herausgefunden hatten, dass sie den Ozeanriesen bestiegen hatte, einen größeren Schutz. Angst vor hochgestellten Herrschaften hatte sie nicht. Wenn sie auch nicht bei jedem Thema mitreden konnte, war sie es aufgrund ihrer Schönheit gewohnt, sich in besseren Kreisen zu behaupten, zumal sie häufig Männer gegen gutes Geld zu Veranstaltungen der vornehmen Gesellschaft begleitet hatte.

Als die Anker gelichtet waren und der Wechsel in der Vibration anzeigte, dass die Titanic wieder Fahrt aufgenommen hatte, erhob sie sich. Für den Speisesaal wählte sie ein graues, schlichtes Kostüm. Übersehen würde man sie dennoch nicht. Sie gehörte zu den Menschen, von denen das Sprichwort sagte, sie könnten Säcke tragen und sähen deshalb nicht weniger schön aus als im teuersten Kleid.

Der Speisesaal der ersten Klasse, in elegantem Goldschnörkelstil gehalten, war riesig und bot Platz für mehrere Hundert Personen. Schwarzbefrackte Kellner mit weißen Handschuhen bedienten die Gäste und öffneten mit diskreter Geräuschlosigkeit Champagnerflaschen.

Gladys wählte einen kleinen Tisch, an dem sie allein sitzen konnte. Der Kellner brachte ihr die Speisekarte, und sie entschied sich für Fisch.

Es dauerte nicht lange, bis das begann, was immer geschah, wenn sie sich ohne Begleitung in der Öffentlichkeit aufhielt, die Männer – aber auch Frauen – wurden auf sie aufmerksam, und von den Nebentischen warf man Blicke auf sie. Von ihrer Begabung, Blicke zu ignorieren oder sie aufzufangen und gleichsam zurückzuwerfen, machte sie in der folgenden Stunde ausgiebig Gebrauch.

Als sie den Speisesaal wieder verließ, hörte sie hinter sich eine Stimme, und als sie sich umdrehte, erblickte sie den deutschen Reporter Raubold. Er hatte seine Kamera ausgepackt und strahlte sie an.

»Liebe Mrs. Appleton, darf ich für die Nachwelt festhalten, was für schöne Frauen die Titanic auf ihrer Jungfernfahrt begleiten? Darüber zu berichten ist ja der wahre Zweck meiner Reise.«

An Fotografien hatte sie überhaupt nicht gedacht, vor allem nicht daran, dass Aufnahmen der illustren Erste-Klasse-Passagiere so interessant sein könnten, dass man sie in den großen Zeitungen der Welt, also auch in London, veröffentlicht sehen könnte.

»Auf keinen Fall, Mr. Raubold«, erwiderte Gladys und hob wie zur Abwehr die Hände. »Ich sehe heute unvorteilhaft aus.«

»Unvorteilhaft?« Raubold schüttelte den Kopf und war eine Weile sprachlos. »Aber nein! Wie können Sie so etwas sagen! Sie sehen einfach wundervoll aus!«

War es wirklich so schlimm, wenn ihr Bild um die Welt ging, überlegte sie. Amerika war groß. War sie erst einmal in den Vereinigten Staaten, würde man sie bald vergessen, egal, ob ein Bild von ihr in der Zeitung stand. So lang war der Arm der Rächer sicher nicht, als dass sie nach Monaten oder Jahren in den Vereinigten Staaten ergriffen werden konnte.

»Oh, Mrs. Appleton«, setzte Raubold nochmals an, und es klang wie resignierend; »Sie sind wahrhaftig verteufelt schön!«

»So? Wirklich?«, fragte sie lächelnd.

Das Kompliment dieses einfach wirkenden Menschen bedeutete ihr mehr als die geschnörkelte Höflichkeit eines faden Salonhelden. Eigentlich hatte sie nichts dagegen einzuwenden, fotografiert zu werden, und einen Augenblick rang sie mit sich selbst, ihm ihre Zustimmung zu geben; aber dann zwang sie ihre Eitelkeit nieder und sich selbst dazu, lieber vorsichtig zu sein.

»Nein, dafür ist es noch viel zu früh. Das möchte ich nicht. Heute auf keinen Fall.«

Raubold schaute verdutzt drein, da er mit ihrer nachhaltigen Weigerung anscheinend nicht gerechnet hatte. »Schade«, fügte er sich ihrem Willen. »Aber Sie versprechen mir, dass ich Sie bei anderer Gelegenheit ablichten darf, Mrs. Appleton.«

»Versprochen«, antwortete Gladys, die sich sagte, dass ihr schon etwas einfallen würde, wie sie mit Raubolds Anliegen fertig werden würde.

Raubold begleitete sie auf das Bootsdeck, wo die Sterne über der nur leicht gekräuselten Wasseroberfläche glitzerten.

»Ich habe heute Nachmittag die Rettungsboote gezählt«, berichtete er. »Ich kam nur auf 16, aber man erzählte mir, es seien zusammen mit den Faltbooten 20. Einen der Offiziere habe ich gefragt, wie viele Personen in einem Boot Platz fänden. Er meinte 65, was mir eigentlich ziemlich viel erscheint, wenn man sich die Boote so betrachtet. 20 mal 65, das sind 1300. An Bord sind zusammen mit der Besatzung mehr als 2200 Personen.«

»Mrs. Thayer hatte also wirklich recht«, seufzte Gladys. »Die Plätze in den Booten reichen nicht für alle Passagiere.«

»Wir müssen uns trotzdem keine Sorgen machen«, erwiderte Raubold. »Die Titanic selbst ist das Rettungsboot, wurde mir gesagt. Angenommen, das Schiff gerät in einen Sturm – wo würden Sie sich sicherer fühlen, hier auf dem Schiff oder in einer dieser Nussschalen?«

»Bei einem Sturm auf dem Schiff! Aber was passiert bei einer Havarie? Wenn das Schiff nach einer Kollision voll Wasser läuft?«

»So schnell läuft ein Schiff wie die Titanic nicht voll. Der Offizier erklärte mir auch, die Rettungsboote seien gar nicht dafür gedacht, alle Passagiere aufzunehmen.«

Gladys runzelte die Stirn. »Sondern?«

»Rettungsboote sind dazu bestimmt, bei einer Kollision Transporte von Schiff zu Schiff oder im Falle eines Auf-Grund-Laufens von Schiff zu Land auszuführen. In beiden Fällen kann ein Boot mehrfach verwendet werden.«

»Der Atlantik ist tief, auf Grund kann die Titanic hier nicht laufen«, sagte Gladys. »An eine Kollision mit einem anderen Schiff glaube ich auf dem riesigen Atlantik auch nicht. Aber Sie haben den Eisberg vergessen, von dem Sie mir berichtet haben. Was ist denn dann? Sollen wir etwa alle auf den Eisberg klettern?«

Raubold lachte. »In dem Buch haben es die Überlebenden tatsächlich so gemacht. Aber keine Sorge, wir folgen einer viel befahrenen Route. Ein größeres Rettungsboot als ein Eisberg ist immer in der Nähe.«

»Glauben Sie wirklich, wir werden Eisberge sehen?«, fragte Gladys. »Schließlich fahren wir nach New York und nicht zum Nordpol.«

»Sie verraten erhebliche Unkenntnis, meine Liebe. Die Eisberge dringen in dieser Jahreszeit bis weit nach Süden vor. Der April ist ein kalter Monat, was das Meer angeht. Die Temperatur des Wassers kann auch in den gemäßigten Breiten unter den Gefrierpunkt sinken.«

»Dann müssen wir alle gut aufpassen, damit wir die Eisberge rechtzeitig sehen und dem Kapitän Bescheid sagen können, damit er sie umfahren kann.«

»Besser wäre es schon, wenn ein Eisberg gar nicht erst in Blickweite kommt«, meinte Raubold nachdenklich. »Die Titanic fährt mit einer Geschwindigkeit von mehr als 20 Knoten. Mit einem Schiff dieser Größe fährt man nicht mal eben um einen Eisberg herum.« Er warf einen Blick hinüber zu den Booten. »In einer dieser Nussschalen hingegen gelingt das leicht.«

»Sie sind der Experte, Mr. Raubold«, sagte Gladys, »aber ich mach mir keine Sorgen. Und was dieses ominöse Buch angeht – ich bin jeglichem Aberglauben abhold.«

»Natürlich haben Sie recht«, sagte Raubold. »Das ist alles Unsinn! Aber sagen Sie – meine Liebe – sollten wir nicht in einem der Rauchsalons ein Gläschen Wein zu uns nehmen? Darf ich Sie einladen?«

»Gern, aber nur ein einziges Glas, ich habe mir vorgenommen, heute früh schlafen zu gehen. Mein Nachholbedürfnis an Schlaf ist ziemlich groß.«

Im Café Parisien, das im Stil der französischen Straßencafés gestaltet war, herrschte großer Andrang. Gladys und Raubold fanden einen kleinen Tisch in der Nähe der Tür. Trotz des Trubels wurden sie unverzüglich bedient, und sie bestellten Rotwein.

»Es gibt keinen Gatten, der Sie begleitet?«, fragte Raubold.

Gladys schüttelte den Kopf.

»Mein Mann musste mit einer Blinddarmentzündung ins Krankenhaus«, sagte sie, »ich konnte die Reise jedoch nicht aufschieben. Ich besuche eine Freundin, die in der nächsten Woche in New York heiratet.«

Raubold nickte. »Ich bin auch allein«, sagte er, »aber nicht nur hier auf dem Schiff.« Ein Leuchten erhellte seine Züge, als wäre ihm eine gute Idee gekommen. »Wir sollten einander Gesellschaft leisten.«

»Das tun wir doch schon«, sagte Gladys.

»Ich wollte sagen«, sagte Raubold, »an Bord der großen Schiffe ist es üblich, dass allein reisende weibliche Passagiere sich einen allein reisenden Herrn als Beschützer wählen.«

»Wovor wollen Sie mich beschützen?«

»Nun, eine schöne Dame wie Sie –«

»Ich weiß mich ungebetener Verehrer gut zu erwehren, falls Sie das meinen«, lächelte sie, »darin bin ich geübt.«

Vor Verehrern musste sie keine Angst haben, dachte sie dann; nein, gewiss nicht, wohl aber vor den Freunden und Helfern von Frank Jago. Bei dem Gedanken an Phils Mörder verflog ihre gute Laune, und ihr Blick umschattete sich.

Raubold bemerkte es. »Oh meine Liebe, habe ich etwas Falsches gesagt?«

»Nein, Mr. Raubold«, erwiderte Gladys leise. »Wenn Sie ein Auge auf mich haben wollen, soll mir das recht sein. Ich halte Sie für einen Ehrenmann, der keine unlauteren Absichten verfolgt.«

Als sie den Blick durch das Café schweifen ließ, erblickte sie an einem der Nebentische ein Trio, bestehend aus zwei

Frauen und einem Herrn, das ihre Aufmerksamkeit in besonderer Weise fesselte. Der Herr war ein groß gewachsener blonder Mann, deutlich über 50, der aussah wie ein Mann von Format, aber mit merkwürdig kalten blauen Augen, deren Unbeweglichkeit ihm eine unheimliche Aura verlieh. Die Frau an seiner Seite, deren Hand er hielt, war anscheinend seine Gattin. Sie war deutlich jünger als er, eine schöne, zart wirkende Person, sicher nicht über 40, der es trotz ihres guten Aussehens an Selbstbewusstsein zu mangeln schien. Auf irgendeine, schwer durchschaubare Weise schien sie von der anderen Frau dominiert zu werden, als stünde sie unter deren medialem Einfluss. Die andere Frau wirkte mit ihrer gedrungenen Gestalt und dem ungewöhnlich großen Kopf mit dem nach hinten abgeflachten Schädel eher wie eine Hexe. Ihr hartes Gesicht mit dem gelblichen Teint war von dichtem, kurzem Haar undefinierbarer, schmutziggrauer Farbe gerahmt. Es gab schon eigenartige Konstellationen in den Beziehungen der Menschen zueinander, überlegte Gladys und musste lächeln, als sie den herrischen Ton vernahm, mit der die hässliche Frau der hübschen ein paar Sätze zuwarf.

»Sie sind wirklich etwas ganz Besonderes, Mrs. Appleton«, sagte Raubold und hob seufzend sein Glas. »Ihr Gatte ist zu beneiden. Trinken wir auf Sie, schöne Mrs. Appleton – und auch auf den beneidenswerten Mann an Ihrer Seite.«

Gladys lächelte zart.

»Ja, stoßen wir darauf an, dass ich bald wieder einen liebenden Mann an meiner Seite haben werde, und darauf, dass wir trockenen Fußes nach Amerika gelangen.«

3. KAPITEL
DONNERSTAG, 11. APRIL 1912

Gladys begann den Tag mit einem morgendlichen Sprung ins Schwimmbecken. Sie hatte gut geschlafen und fühlte sich pudelwohl. An dem großen Tisch, an dem sie beim Frühstück saß, sprach man über den Kapitän.

»Gerüchten zufolge soll die Jungfernfahrt der Titanic die letzte Reise von Kapitän Smith vor seiner Pensionierung werden«, erzählte Mr. Widener, ein sympathischer Herr in den Fünfzigern, der ihr als Besitzer von Straßenbahnen in Philadelphia vorgestellt worden war.

»Ich hörte, die Pensionierung sei erst für die Jungfernfahrt der Gigantic geplant, das nach der Olympic und der Titanic das dritte Schiff der Baureihe werden soll«, widersprach ihm seine Frau.

»Das Auslaufen in Southampton war nicht gerade ein Ruhmesblatt seiner Laufbahn«, sagte Mr. Hays, der nicht minder kompetent wirkte und der als Präsident der kanadischen Eisenbahngesellschaft vorstand. »Die Titanic hat den kleinen Dampfer New York mit dem Bugspriet gestreift. Fast hätte der Sog des Schiffes den Dampfer aus der Verankerung gerissen. Es war reines Glück, dass die Schiffe nicht aufeinander geknallt sind.«

Mrs. Widener sagte leise: »Ein böses Omen, wie viele Passagiere munkeln. Wenn die Stewards über den Vorfall reden, machen sie ganz besorgte Gesichter. Es herrscht eine komische Stimmung auf dem Schiff.«

»Das mit dem Omen ist Unsinn«, sagte ihr Ehemann und machte eine wegwerfende Handbewegung. »Aber es hätte natürlich nicht passieren dürfen. Der Kapitän lässt es an Umsicht vermissen. Ich denke, er ist zu alt für den Job.

Hoffen wir, dass es seine letzte Reise über den Atlantik ist. Nach 38 Dienstjahren hat er sich wahrlich den Ruhestand verdient.«

»Im vergangenen Jahr soll ihm mit der Olympic ein ähnliches Missgeschick passiert sein«, sagte Mrs. Widener. »Auch da hätte es um ein Haar einen Zusammenstoß gegeben.«

»Nicht nur um ein Haar! Es hat tatsächlich gewaltig geknallt«, korrigierte Mr. Widener seine Gattin. »Es passierte ebenfalls im Hafen von Southampton. Das andere Schiff war die Hawke, ein britischer Kreuzer, und die Hawke war nicht schuld an der Havarie.«

»Warum lässt man Kapitän Smith das Kommando, wenn er damit überfordert ist?«, fragte Gladys.

»Er ist immerhin der Kommodore der White Star«, sagte Mrs. Widener. »Wer traut sich schon, ihm zu sagen, dass er seinen Platz für einen Jüngeren räumen soll.«

»Na ja«, sagte Mr. Hays. »Bruce Ismay von der White Star ist an und für sich nicht zimperlich. Ich habe vielmehr den Eindruck, dass man bei der Reederei zu sorglos, um nicht zu sagen überheblich ist in Bezug auf die Gefahren. Sie tun so, als könnte einem so großen Schiff wie der Titanic keine Gefahr drohen.«

»Aber Sie zweifeln doch nicht etwa an der Titanic, Mr. Hays?«, fragte Mrs. Widener den Eisenbahnkönig.

»Nun ja, der Luxus hier an Bord scheint mir auf Kosten der Sicherheit zu gehen«, sagte Mr. Hays nachdenklich. »Anstatt dieses albernen Schwimmbads – um nur ein Beispiel zu nennen – hätte man mehr Platz für Rettungsboote schaffen sollen. Wenn ich Präsident dieser Schifffahrtslinie wäre, würde man nicht Geschwindigkeit über Sicherheit stellen. Die White Star, die Cunard Line und die Hamburg-Amerika-Linie wetteifern mit aller Macht um die Vorrangstellung auf dem Nordatlantik, indem sie ihre Schiffe mit dem größten Luxus ausstatten, aber eines Tages wird dies zur größten und erschütterndsten aller Schiffskatastrophen führen.«

Am Tisch gab es zustimmendes Nicken, und bald darauf trennte man sich.

Wie viele andere Passagiere verbrachte auch Gladys den Vormittag damit, die Korridore und Decks zu erkunden.

Der Bereich der ersten Klasse, deren Ausstattung sich an noblen englischen Landsitzen und italienischen Palazzi orientierte, beherrschte wie ein Block, der sich über vier Decks erstreckte, die ganze Schiffsmitte. Am eindrucksvollsten war die gigantische Treppenhalle, die sechs Etagen vom Bootsdeck bis zum E-Deck miteinander verband. Von einer Glaskuppel überragt und mit Eichenholz getäfelt, gehörte das Treppenhaus zu den wundervollsten Räumen auf der Titanic. Ein zweites ähnliches Treppenhaus verband zwischen den hinteren beiden Schornsteinen das A-Deck mit dem C-Deck. Neben den Treppen waren drei Fahrstühle für die erste Klasse vorhanden, die parallel zum vorderen Treppenhaus verliefen. Auf dem A-Deck lag die Mehrzahl der öffentlichen Räume, darunter ein Lese- und Schreibsalon, ein geräumiger Gesellschaftsraum, ein besonders kostbar ausgestatteter Rauchsalon und zwei identisch ausgestattete Verandacafés.

Die Titanic ist ein richtiger Palast, dachte Gladys; ein Palast, der schwimmen konnte, und die unzähligen Decks und Salons, die sie bei ihrem Gang durch das Schiff mit ihren Blicken streifte, vermittelten ihr das täuschende Gefühl, sich nicht auf See, sondern in einem luxuriösen Hotel an Land zu befinden.

Um die Mittagszeit kam Queenstown in den Blick, die letzte Zwischenstation vor der Fahrt über den Atlantik.

Beim Feuerschiff verlangsamte die Titanic die Fahrt und nahm den Lotsen an Bord, bevor sie Kurs auf die Hafenmündung nahm. Es war etwas Würdevolles in den Bewegungen des Schiffes, wie es so in der leichten Dünung des Hafens rollte, ein langsames, stetiges Eintauchen und Wiederaufrichten, das man erst bei genauem Hinsehen bemerkte.

Auch Gladys war an Deck, um der Titanic bei der Einfahrt in den Hafen zuzusehen. Sie sah den Kapitän zusammen mit seinen Offizieren. Ein paar andere Passagiere, die in ihrer Nähe standen, unterhielten sich über die wichtigsten Männer an Bord, in deren Händen das Schicksal der Titanic lag. Leitender Offizier war Mr. Wilde, der erste Offizier ein Mr. Murdoch, der zweite Offizier hieß Lightoller, und dann gab es noch den dritten, den vierten, den fünften und den sechsten Offizier, Pitman, Boxhall, Lowe und Moody mit Namen. Auf der Kommandobrücke, so hieß es, wechselten sich die drei ranghöchsten Offiziere damit ab, Wache zu gehen.

Die mächtigen Schrauben wühlten den Grund auf und färbten die See braun, als die Titanic unweit der Küste an einem sicheren Ankerplatz stoppte. Zwei Zubringerschiffe, die neben der Königin der Meere wie Nussschalen wirkten, brachten letzte Passagiere, Post und Pakete an Bord.

Der eigentliche Grund, weshalb Gladys sich an Deck eingefunden hatte, waren die Neuankömmlinge. Am Vortag in Cherbourg hatte sie es versäumt, die an Bord kommenden Passagiere näher in Augenschein zu nehmen, und diesen Fehler wollte sie in Queenstown kein zweites Mal begehen.

Zwar hatte sie Frank Jago kaltgestellt, sodass er ihre Flucht nicht hatte verhindern können, aber ob er tot war oder noch lebte, wusste sie nicht. Es spielte auch keine

Rolle. Denn vor der Rache ihrer Gegner war sie in dem einen wie in dem anderen Fall nicht sicher.

Falls jemand hinter ihr her war, musste er nicht in Southampton an Bord gegangen sein. Mit Hilfe der Telegrafie war es heute möglich, jemanden in Cherbourg oder Queenstown zu erreichen und auf ihre Spur zu bringen, bevor die Titanic zur Überquerung des Ozeans ansetzte. Bei günstigen Verhältnissen, hatte sie Phil erzählen gehört, reichten die Funksignale über zweitausend Meilen.

Nur eine Handvoll Fahrgäste, die das Schiff verließen, stieg in die Tender. Weit mehr als hundert neue Passagiere kamen dafür an Bord. Es waren vor allem irische Auswanderer, Menschen, denen es nicht leichtfiel, ihre Heimat zu verlassen. Auch einige Journalisten und Fotografen waren mit den Tendern herübergekommen, um sich in aller Kürze einen Eindruck von dem berühmten Schiff zu verschaffen.

Gladys gab viel auf ihre Intuition, aber sie entdeckte niemanden, den sie kannte oder der spontan ihren Argwohn erregt hätte; natürlich war das keine Garantie, dass nicht doch ein Ganove unter den Zugestiegenen war.

Sie sah einen Händler, der Zeitungen verkaufte, darunter erblickte sie ein Exemplar der Daily Mail vom heutigen Tag. Sie erwarb es, setzte sich in einen Stuhl an der Reling und blätterte es aufmerksam durch. Obwohl es unwahrscheinlich war, dass in der Zeitung über die schrecklichen Geschehnisse in London berichtet würde, hatte die Tatsache, dass sie nichts darüber in der Zeitung geschrieben fand, eine beruhigende Wirkung auf sie. Die Zubringerboote warfen los, und mit einem neuerlichen Aufwühlen des Grundes durch die Schrauben drehte die Titanic langsam einen Viertelkreis, bis ihr Bug entlang der irischen Küste zeigte. Dreimal ertönten die Schiffssirenen zum Abschied, dann legten die Tender mit den Reportern und den Passagieren, die in Queenstown ausstiegen, von der Titanic ab, und diese stach vor der irischen Küste in See.

Ein Passagier der dritten Klasse hatte einen irischen Dudelsack mit an Bord genommen. Er stand achtern auf der Promenade der dritten Klasse und spielte ›Erin's Lament‹, während Irlands Tor nach Amerika hinter dem nach Westen fahrenden Schiff zurückblieb. Beim Anblick dieses Kelten im Kilt, der eine so schwermütige Weise zum endgültigen Abschied von der Heimat spielte, kämpfte Gladys mit den Tränen. Ein einziges Mal noch stoppten die Maschinen, und Gladys betrachtete nachdenklich den Lotsen von Queenstown, der zu einem Zubringerboot hinunterstieg und der letzte Mensch war, der das mächtige Schiff auf dieser Seite des Atlantiks verließ.

Ein beschwingtes Gefühl erfasste sie, als sie sah, wie die Titanic auf die Nachmittagssonne zuhielt, die endlosen, tiefblauen Weiten des Ozeans zu überqueren. Es war Donnerstagnachmittag, und der stolze Ozeanriese nahm Kurs auf Amerika und auf New York, wo er am Mittwochmorgen eintreffen sollte.

Nur noch diese Überfahrt musste sie bewältigen, dachte sie voller Zuversicht. Einmal in New York angekommen, hätte sie ihre Widersacher bald vergessen, und diesen würde es umgekehrt nicht anders ergehen. Die nächsten fünf oder sechs Tage waren der gefährlichste Teil ihrer Flucht ins Unbekannte, danach konnte sie sich endlich sicher fühlen.

Den ganzen Nachmittag dampfte die Titanic an der irischen Küste entlang. Die Sonne beschien die grünen Hügel und hob hier und da Gruppen von Landsitzen heraus, die über grauen, abweisenden Felsen lagen, die die Küste säumten. Im Kielwasser des Schiffes kreischten und tummelten sich Hunderte von Möwen. Sie stritten sich um die Essensreste, die aus den Abfallrutschen fielen, und folgten dem Schiff in der Erwartung weiteren Futters. Gladys beobachtete sie eine ganze Zeit und war erstaunt über die Leichtigkeit, mit der sie dem Schiff fast ohne Flügelbewegung folgten. Auch am Abend, als Gladys das letzte Mal an diesem Tag über Deck ging, waren die Möwen noch da, schrien und tauchten in das Kielwasser, das die Titanic hinter sich ließ.

Pünktlich um halb sieben Uhr ertönte der Essensruf des Hornisten. Gladys wählte eine Bluse aus dunkelroter Seide und einen schwarzen Rock und begab sich zum Abendessen.

Der Tisch des Kapitäns mit sechs Plätzen stand am vorderen Ende des Speisesaals. Das Licht aus den Kronleuchtern ließ die Knöpfe und die goldenen Rangabzeichen an der weißen Uniform von Kapitän Smith glänzen. Er war nicht nur Kapitän, sondern sah auch so aus. Mit seinem eisgrauen Haar, seinem weißen Backenbart und seiner goldbetressten Galauniform wirkte er geradezu majestätisch. Seine ganze Erscheinung strahlte Würde und Sicherheit aus.

Gladys trat an einen Tisch in der Nähe, an dem nur ein älteres Ehepaar saß.

»Ist es erlaubt?«

»Aber ja, bitte sehr!« Beide Herrschaften erhoben sich, um Gladys mit Handschlag zu begrüßen. Gladys nannte ihren Namen, und ihre beiden Tischnachbarn stellten sich als Mr. und Mrs. Strauss vor.

Der Ober kam, und Gladys entschied sich für Hummer mit Kartoffeln und Waldorfsalat.

»Sie sind also die schöne, allein reisende Dame, von der man in den Gesellschaftsräumen heute sprach?«, sagte Mrs.

Strauss. »Ich konnte es zunächst gar nicht glauben, dass Sie ohne Ihren Mann gefahren sind. Darf ich fragen, wohin Sie Ihre Reise in Amerika führen wird?«

»Ich reise zur Hochzeit einer Freundin in New York«, gab Gladys mit apartem Augenaufschlag zurück. »Die Hochzeit konnte man nicht verschieben. Sie heiratet am Sonnabend in einer Woche.«

»Natürlich nicht, ich verstehe Sie! Mr. Strauss und ich sind allerdings unzertrennlich. Für uns ist es gar nicht vorstellbar, dass einer von uns allein auf eine Reise ginge. In einem Fall, wie er Ihnen passiert ist, wäre der andere nicht gereist. Nicht wahr, Liebling?« Sie schob die Hand über die ihres Gatten.

»Ganz und gar ausgeschlossen«, bestätigte der alte Herr an ihrer Seite. »Ich würde es nicht überleben, ohne dich unterwegs zu sein …«

»Sie beide sind zu beneiden«, sagte Gladys. »Ein glückliches Paar wie Sie sollte Vorbild für andere sein. Darf ich fragen, was Sie auf die Titanic geführt hat?«

»Wir reisen zu unserem Vergnügen«, antwortete Mr. Strauss. »Ein arbeitsreiches Leben liegt hinter uns. Wir verbringen unsere letzten Jahre damit, noch ein wenig von dieser schönen Welt zu sehen.«

»Ich hoffe, Sie können noch viele gemeinsame Reisen unternehmen«, sagte Gladys.

»Das wünschen wir uns wirklich sehr«, sagte Mr. Strauss.

Der Ober brachte das bestellte Gericht, und Gladys zerteilte den Hummer.

»Ihr Mann ist nicht der einzige Passagier, der die Reise absagen musste«, hörte sie Mrs. Strauss sagen. »Wie ich hörte, haben eine ganze Reihe von Fahrgästen ihre Fahrkarten praktisch am letzten Tag zurückgegeben. Mr. J.

P. Morgan; Herr Marconi, der berühmte Vorsitzende der Marconi-Gesellschaft, und weitere bedeutende Persönlichkeiten, deren Namen mir im Moment entfallen sind.«

»Gibt es dafür einen besonderen Grund?«, fragte Gladys und blickte wieder zu ihrer Tischgenossin.

»Nur diese unsinnigen Gerüchte«, erwiderte Mrs. Strauss.

»Gerüchte?« Gladys hob die Augen.

»Dass die Sterne über Southampton bei der Abfahrt sehr ungünstig standen«, antwortete Mrs. Strauss. »Und dann das Buch über die Schiffskatastrophe eines Schiffes mit ähnlichem Namen, über das alle reden.«

»Ach ja! Ich habe auch davon gehört! Gibt es wirklich Leute, die an einen solchen Unfug glauben?«

»Unfug, so nennen Sie es ganz zu recht, liebe junge Lady!«, schaltete sich Mr. Strauss ein, bevor seine Gattin antworten konnte. »Ich verabscheue jede Art von Aberglauben. Es ist gut und richtig, dass wir trotz aller Unkenrufe auf der Titanic fahren. Diese Reise wird unter Beweis stellen, was von solch dummem Geschwätz zu halten ist.«

»Dabei ist die Titanic so ein zauberhaftes Schiff«, sagte Mrs. Strauss. »Man merkt gar nicht, dass man auf dem Meer ist. Ich komme mir vor wie in einer Stadt. Die Leute, die diese Reise abgesagt haben, wissen gar nicht, was ihnen entgeht.«

»Es ist wirklich wundervoll hier an Bord«, stimmte Gladys ihr zu. »Der Luxus bedeutet mir nichts, aber anders als die von Ihnen genannten Passagiere empfinde ich die Stimmung und Atmosphäre an Bord als sehr angenehm.«

»Sie sprechen mir aus der Seele«, erwiderte Mr. Strauss.

»Und auch mit dem Wetter haben wir so ein großes Glück«, sagte Mrs. Strauss. »Die See ist geradezu märchenhaft ruhig.«

Als sie mit dem Hummer fertig war, nahm Gladys noch eines der angebotenen Desserts. Sie konnte problemlos essen, ohne jemals zuzunehmen. Sie fühlte sich wohl und zufrieden, und als sich mit einem bezaubernden Lächeln von Mr. und Mrs. Strauss verabschiedete, die ihr Abendessen beendet hatten und sich von ihren Plätzen erhoben, zeigten sich die beiden alten Herrschaften regelrecht gerührt.

Gladys verließ den Speisesaal und wandte sich zu den Promenadendecks.

Zwei verglaste Wandelhallen, die geschützten Blick auf das Meer gewährten, standen den Passagieren der ersten Klasse im fünften Stock und im sechsten Stock zur Verfügung. Im siebten Stock konnten die Reisenden im Freien spazieren gehen.

Sie war noch nicht weit gewandert, als sie aus einer Lounge, die auf ihrem Weg lag, Musik vernahm. Das White-Star-Orchester spielte bekannte Melodien. Sie betrat die Lounge, setzte sich an einen kleinen Tisch und bestellte einen Kaffee, dann lehnte sie sich zurück und lauschte den Klängen der ›Barcarole‹ von Jacques Offenbach.

Mit offenen Augen begann sie zu träumen, und als das Orchester eine Pause machte und sie sich wieder auf ihre Umgebung konzentrierte, erblickte sie gegenüber an der Bar einen Mann mittleren Alters. Sie erinnerte sich, ihn bereits im Speisesaal gesehen zu haben und dass sein gutes Aussehen ihr im Gedächtnis geblieben war. Der Mann hatte sich etwas zu trinken bestellt, und als er das Glas in der Hand hielt, warf er einen gleichmütigen Blick in ihre Richtung, sodass sie den Verdacht hegte, dass er ihretwegen hierhergekommen war. Wahrscheinlich, sagte sie sich, war er ihr sogar gefolgt.

Sie erwiderte seinen Blick nicht minder gleichmütig und ließ ihn dann aus den Augen. Falls sie nicht sofort aufstand und hinausging, dachte sie, würde es wahrscheinlich nicht mehr lange dauern, bis er mit seinem Glas in der Hand an ihren Tisch geschlendert käme und sie unter irgendeinem Vorwand ansprechen würde. Was soll's, dachte sie; schließlich war sie es gewohnt, dass die Männer den Kontakt zu ihr suchten, und im Allgemeinen nahm sie derlei Annäherungsversuche mit freundlicher Gelassenheit hin.

Das Orchester war zu einer irischen Melodie übergegangen, und Gladys schloss die Augen und machte sie erst wieder auf, als die schwermütigen Klänge zu Ende waren.

Ein Geräusch, ein Schatten, beides ließ sie aufblicken.

»Darf ich mich zu Ihnen setzen?«, fragte der Mann von der Bar.

»Bitte!«, sagte sie und deutete auf den Stuhl.

»Garfield ist mein Name«, sagte der Passagier. »John Garfield. Ich bin aus London. Wie ich hörte, reisen Sie allein?«

Er war ein Mann in den Vierzigern, mit schwarzem, dichtem Haar, einem glatten Gesicht und einem kantigen ausgeprägten Kinn. Man hätte ihn hübsch nennen können, wären da nicht die schweren Lider gewesen, die sich immer wieder halb über die stechend blickenden Augen senkten.

»Es ließ sich nicht vermeiden«, gab Gladys zurück.

»Es ist nicht schön, wenn man allein reisen muss, nicht wahr?«, sagte Garfield, während er wahrscheinlich gerade das Gegenteil dachte. »Auch meine Gattin konnte mich nicht begleiten, oder richtiger gesagt, sie wollte es nicht. Sie hasst Seereisen. Es ist wahrscheinlich besser, dass sie zu Hause bleibt, denn in New York habe ich in Geschäften zu tun, sie hätte sich doch nur gelangweilt.«

»New York ist voller Sehenswürdigkeiten«, erwiderte Gladys. »Mir würde es überhaupt nichts ausmachen, sie mir allein anzuschauen.«

»Sehen Sie!«, sagte Garfield. »Meine Frau hätte die Stunden ohne mich im Hotel verbracht.«

»Was haben Sie für einen Beruf?«

»Ich handle mit Immobilien«, sagte Garfield.

»Auch in Amerika?«

Er lächelte stolz. »Ja, mein Unternehmen ist im Begriff, sich zu einer transatlantischen Gesellschaft zu wandeln«, antwortete er.

»Ah, wie interessant«, sagte Gladys gedehnt. »So verfügen Sie sicher über ausgezeichnete Verbindungen?« Sie hatte es mit einem leisen Anflug von Spott geäußert, der ihrem Gegenüber entging.

»Ohne Verbindungen ist man in New York aufgeschmissen«, nickte Garfield, immer noch lächelnd. »Aber sprechen wir nicht von meinen Geschäften. Wie gefällt Ihnen das Schiff?«

»Ich komme mir vor wie in einem Palast, der von England nach Amerika fährt.«

»Das trifft es«, stimmte Garfield ihr zu. »Und das Beste ist, dass der Palast nur ein paar Tage dafür braucht. Die Technik macht gewaltige Fortschritte. Es ist fantastisch. Ich habe gehört, dass wir schon am Dienstagnachmittag in New York eintreffen könnten.«

»Warum sollten wir so früh schon ankommen?«, fragte Gladys. »Fährt denn das Schiff so schnell?«

»Wir sind auf der Jungfernfahrt«, sagte Garfield. »Da muss ein neues Schiff einen Rekord aufstellen. Die Titanic wird in Zukunft bei jeder Fahrt ausgebucht sein, wenn die

Leute erfahren, dass sie die Strecke bei ruhiger See einen Tag schneller zurücklegt als die anderen Ozeanliner. Das ist sehr wichtig für das Geschäft der White Star! Die See ist so ruhig, dass ein Rekord gelingen kann!«

»Kommen wir nicht durch ein Eisfeld?«

»Eisfeld? Ach, Sie meinen Eisberge?«

Garfield machte eine abwinkende Handbewegung. »Eisberge stellen für ein Schiff wie die Titanic kein Problem dar. Natürlich muss man aufpassen, aber wenn ein Kapitän jedes Risiko scheut, hat er seinen Beruf verfehlt. Zum Glück steht nicht zu befürchten, dass Kapitän Smith sich ängstlich verhält.«

In diesem Moment passierte ein Mann in den Vierzigern und mit grau melierten Schläfen in Begleitung einer deutlich jüngeren Frau mit schwarzbraunen Haaren ihren Tisch, und Garfield, dem die beiden zulächelten, bevor ihre Blicke mit freundlichem Wohlgefallen Gladys streiften, winkte ihnen mit einer grüßenden Handbewegung zu, die der Mann erwiderte.

»Kennen Sie den Herrn und die junge Dame, die eben vorübergingen?«, fragte Garfield, als das Paar außer Hörweite war.

Gladys hob fragend die Augen. »Ich glaube, ich habe sie bereits im Speisesaal gesehen. Sollte ich sie denn kennen?«

»Der Mann ist John Jacob Astor, einer der reichsten Männer Amerikas, die Dame ist seine frisch angetraute Gattin«, sagte Garfield und beugte sich ein Stück vor. »Sie ist 19 – er ist 47«, sagte er in vertraulichem Tonfall. »Er konnte es kaum erwarten. Gleich nach der Scheidung von seiner ersten Frau ist er mit dem jungen Ding nach Europa. Jetzt fahren sie nach New York zurück, als ob nichts gewesen wäre.«

Es klang, als wäre er ein wenig neidisch auf Astor.

»Sie machen ganz und gar keinen unglücklichen Eindruck«, sagte Gladys.

»Sie haben eine ausgedehnte Hochzeitsreise hinter sich«, lächelte Garfield. »Den Winter haben sie angeblich in Ägypten verbracht. Die junge Madeleine soll in anderen Umständen sein.«

»Oh, wie schön für die beiden.«

Die Astors hatten an einem der größeren Tische Platz genommen, an dem man sie, den freundlichen Begrüßungen nach zu urteilen, die von dort herüberdrangen, bereits erwartet hatte.

»Haben Sie selbst auch Kinder?«, fragte Garfield.

»Nein, leider hatte ich das Vergnügen noch nicht.«

Garfield lachte. »Ja, ein Vergnügen ist es, aber nur ganz am Anfang.«

Gladys verzog keine Miene, konnte aber nicht verhindern, dass sie für einen Moment an das Vergnügen denken musste, das mit der Zeugung von Kindern verbunden war, und sie spürte plötzlich, wie sehr sie sich danach sehnte.

»Eine Frau wie Sie sollte auf jeden Fall Kinder bekommen«, erklärte Garfield. »Es wäre schade, wenn Ihre vortrefflichen Anlagen nicht an die nächste Generation weitergegeben würden.«

Garfield war ein ganz passabel aussehender Mann, überlegte sie, aber bei der Vorstellung, sie würde sich mit ihm auf ein amouröses Abenteuer einlassen, stellte sich kein Gefühl freudiger Erregung ein.

»Ich bin keine Zuchtstute, Mr. Garfield.«

»Nein, aber ein ganz prächtiges Exemplar der Gattung Mensch.«

Sie hätte auf Garfields anzügliches Geplänkel eingehen können, ohne rot zu werden, aber sie wollte keinen Flirt mit ihm, geschweige denn ein Abenteuer, das im Bett enden könnte. Er war einfach nicht der Richtige dafür.

»Wenn Sie es sagen!«, gab sie zurück. »Aber wir müssen das Thema nicht vertiefen.«

Was Garfield sich ihr gegenüber herausnahm, war in der ersten Klasse an und für sich nicht üblich, ging ihr durch den Sinn. Ob Garfield es ihr gegenüber an Respekt vermissen ließ, weil er sie durchschaute? Ahnte er, dass die Welt der gehobenen Schichten nicht die Ihre war? Oder – und plötzlich erschrak sie – wusste er sogar, wer sie war?

»Wie Sie wünschen, Mylady«, sagte Garfield. »Sprechen wir von etwas anderem. Was für Pläne haben Sie in Amerika?«

Sie ließ sich nichts anmerken und wiederholte die Leier von der Hochzeit ihrer Freundin, aber in ihrem Inneren begann sie ihn mit anderen Augen zu betrachten. Ein Immobilienhändler aus London, mit Verbindungen nach Amerika? Konnte ein solcher Mann mit dem Kreis von Menschen in Verbindung stehen, den sie zu fürchten hatte? Die Geschichte, die er ihr erzählt hatte, mochte genausowenig stimmen wie die ihre von der Hochzeit, aber obwohl sie es nicht ausschließen mochte, konnte sie nicht recht daran glauben, sodass sie sich im Stillen für das Vorurteil schalt, mit dem sie ihm begegnete.

Garfield gab ein paar Anekdoten zum Besten, aber Gladys hörte kaum hin oder vergaß das meiste, kaum dass er es gesagt hatte.

»Vielen Dank, dass Sie mir Gesellschaft geleistet haben, Mr. Garfield«, sagte sie, als in ihrer Plauderei eine Pause eintrat. »Ich will mir noch etwas die Beine vertreten, bevor ich zurück in meine Kabine gehe.«

Sie stand auf, und Garfield erhob sich ebenfalls.

»Ich werde Sie selbstverständlich begleiten.«

»Nein danke«, erwiderte sie bestimmt. »Ich wünsche heute Abend keine Begleitung.« Wenn es sein musste, verzichtete Gladys auf jede Höflichkeit.

Garfield sank auf seinen Stuhl zurück. »Mag sein, wir sehen uns später«, lächelte er.

»Ja, mag sein.«

Die Promenaden auf dem A-Deck am Vorderschiff waren mit stahlgerahmten Fenstern, die sich zur Seite schieben ließen, ausgestattet. Die großen Scheiben schützten gegen Wind und Gischt, sodass die Atmosphäre, die hier herrschte, fast einem Sommerabend in London glich. Die Frauen trugen Kleider aus wertvollen Stoffen. Überall wurden angeregte Gespräche geführt. Das Meer hinter dem Fenster war nur ein silbernes Glitzern, erzeugt von dem Widerschein, den das Mondlicht auf die Wasseroberfläche zauberte.

Gladys spürte, dass sie angesehen wurde, und als sie sich umdrehte, erblickte sie das Trio, das am Vorabend im Café Parisien ihre Aufmerksamkeit erregt hatte, den Mann mit den beiden so verschieden aussehenden Frauen. Für einen Augenblick kreuzten sich ihre Blicke mit denen der hässlichen Frau, und Gladys erschrak so sehr, dass sie einen Moment innehielt. Es war ein scheinbar freundlicher, aber spürbar übelwollender Blick, voller Neid wegen Gladys' Schönheit, als ob all die Zurückweisungen und Enttäuschungen, die diese Frau erlebt haben mochte, in diesen latent böswilligen Augen zum Ausdruck kam. Gladys drehte sich um und verließ das Promenadendeck, um auf einem der Freidecks die frische Nachtluft einzuatmen. Minutenlang verharrte sie an der Reling, die nächtliche See in ihrer schwarzen Unendlichkeit beobachtend. Einmal bemerkte sie ein fernes, fast unwirkliches Licht, wohl von einem anderen Schiff, das dieselbe Route wie das ihre befuhr, und plötzlich ergriff sie eine Ahnung von dem unermesslichen Abgrund unter der Titanic. Sie bezwang die plötzlich aufkeimende Angst und kehrte auf das verglaste Promenadendeck zurück. Sie war noch nicht weit gegangen, als sie dem Ehepaar Astor in die Arme lief. Die beiden blieben vor ihr stehen, und auch Gladys hielt in der Bewegung inne. Madeleine Astor warf ihr einen aufmunternden Blick zu.

»Sie sind Mrs. Appleton, nicht wahr«, sagte sie. »Sie sind ja noch viel schöner, als man es mir geschildert hat.« Sie nannte ihren Namen und stellte ihr dann auch ihren Gatten vor.

»Danke für das Kompliment«, lächelte Gladys, »aber was bin ich gegen Sie?«

In Madeleine Astors dunklen Augen lag ein selbstbewusster Stolz, der nicht unangemessen wirkte. Sie war nicht unbedingt schön zu nennen, verfügte aber über eine charmante Ausstrahlung, die sie anziehend machte, und war sich deren Wirkung durchaus bewusst. Sie trug ihr wundervolles Haar hochgesteckt, und ihre sinnlichen Lippen umspielte ein geheimnisvolles Lächeln.

Auch Jacob Astor war eine angenehme Erscheinung. Obwohl er fast 30 Jahre älter war als seine Frau, schien ihr die Verbindung der beiden nicht unpassend zu sein. Er hatte ein schmales Gesicht mit gefälligen Zügen und war von schlanker, geschmeidiger Gestalt.

»Fühlen Sie sich wohl an Bord?«, fragte er Gladys.

»Vor der Abreise hatte ich befürchtet, es könne rauer Seegang herrschen«, erwiderte Gladys. »Aber es gibt keinen – und das Schiff ist einfach wundervoll.«

»Die glatte See ist im Preis der ersten Klasse inbegriffen«, sagte Astor und lächelte. »Das ist kein Scherz! Wenn Sie eine der Luxus-Suiten bewohnen, kann es sein, dass Sie den Seegang nicht bemerken.«

»Heute Nachmittag hörte ich jemanden von der Besatzung sagen, die See sei fast unheimlich ruhig«, wandte Madeleine mit Blick zu den Fenstern ein, »– wie die Ruhe vor dem Sturm.«

»Es wird keinen Sturm geben«, sagte Astor. »Ich sprach mit Mr. Ismay, und der ist das Ohr von Kapitän Smith. Deshalb weiß ich, dass wir äußerst günstige Bedingungen haben. Ismay möchte, dass wir nicht erst am Mittwochvormittag, sondern am Dienstagnachmittag gegen 16 Uhr vor New York eintreffen. Das wäre sein größter Triumph über die Konkurrenz. Für das Geschäft ist dies von erheblicher Bedeutung.«

Madeleine nickte und sah Gladys wieder an. »Sie müssen uns einmal in unserer Suite besuchen kommen«, äußerte sie mit ihrer sanften, silberhellen Stimme. »Nicht wahr, Liebling? Du hast doch nichts dagegen«, sagte sie sehr bestimmt.

»Warum sollte ich etwas dagegen haben?«, sagte Jacob Astor. »Sie könnten morgen Abend unserer Séance beiwohnen, Mrs. Appleton. Dr. Faussett sagte mir, wir müssten neun Personen sein. Dürfen wir mit Ihrer Teilnahme rechnen?«

»Eine Séance?«, sagte Gladys. »Sprechen Sie von einer spiritistischen Sitzung?«

Madeleine nickte. »Keine Sorge, es ist ganz harmlos«, sagte sie. »Ich bin schon sehr gespannt.«

Woher wollte Madeleine wissen, dass die Sitzung harmlos war, dachte Gladys. Man ließ sich nicht leichtfertig mit Geistern ein. Das hatte ihre Großmutter ihr eingeschärft, als sie noch ein kleines Mädchen gewesen war.

»Ich halte nichts von spiritistischen Sitzungen«, meinte Gladys zu Madeleine.

»Sie müssen ja nichts davon halten«, sagte Madeleine. »Ich glaube selbst auch nicht an Geister. Aber eine solche Sitzung ist interessant. Eine Abwechselung. Sehen Sie es als eine Abendunterhaltung an.«

»Haben Sie schon einmal an einer solchen Sitzung teilgenommen?«, fragte Gladys.

»Nein«, antwortete Madeleine. »Aber eine gute Freundin von mir tat es, und sie fand es ausgesprochen amüsant.«

»Darf ich es mir noch überlegen?«

Madeleine kam etwas näher, sodass sich ihre Schultern einen Moment lang berührten, und ergriff Gladys am Arm, als wollte sie sie ein Stück zur Seite ziehen.

»Schließen Sie sich unserem Kreis an«, sagte sie leise. »Bestimmt wird es sehr unterhaltsam. Es nehmen noch ein paar andere interessante Herrschaften teil. So sagen Sie schon ja, meine Liebe.«

Gladys hätte trotz des fast naiven Charmes der jungen Madeleine Astor die Einladung instinktiv am liebsten abgelehnt, aber die Astors waren nun einmal sehr reiche und einflussreiche Leute, und in ihrer ungeklärten Situation schien es ihr, dass sie deren wohlwollendes Angebot nicht ablehnen sollte. Und was sprach schon dagegen, einmal einer spiritistischen Sitzung beizuwohnen? Geister hin, Geister her, dachte sie, das Ganze war ohnehin nicht ernst zu nehmen, eine Abendunterhaltung eben, wie man sie tatsächlich selten erlebte.

»Es ist sehr nett von Ihnen, dass Sie mich einladen«, erwiderte sie schließlich, wobei sie letztlich doch Madeleines Charme erlag. »Ja, ich bin gerne dabei.«

Madeleine strahlte, sie schien sich ehrlich zu freuen.

»Ich werde Sie morgen beim Essen noch einmal daran erinnern«, sagte sie und wandte den Blick ihrem Gatten zu.

»Hat Dr. Faussett die Uhrzeit für den Beginn der Séance schon genannt?«

»Voraussichtlich um neun Uhr«, sagte Astor. »Sollte sich die Uhrzeit ändern, wirst du Mrs. Appleton rechtzeitig unterrichten, Liebes.«

»Natürlich!« Madeleine zwinkerte ihr verschwörerisch zu, bevor die beiden ihres Weges gingen, und noch im Weggehen hörte sie Madeleine und ihren Mann leise miteinander lachen.

Es war etwas an der vertrauten Art, wie die Astors miteinander umgingen, das Gladys einen Stich versetzte und sie daran erinnerte, dass sie nun allein war. Sie schlenderte weiter in Richtung Heck und wurde aus ihren traurigen wie sehnsüchtigen Gedanken gerissen, als sie den Reporter Raubold entdeckte.

»Wie steht es heute Abend mit einem Foto oder einem Gläschen Wein?«, fragte er jovial.

»Ich wähle das Gläschen Wein«, sagte Gladys.

»Wie ich sah, sprachen Sie mit Mr. und Mrs. Astor«, sagte Raubold. »Was für einen Eindruck haben Sie von ihnen?«

»Die beiden scheinen sehr ineinander verliebt zu sein. Und Madeleine ist sehr hübsch.«

»Nicht so schön wie Sie, Mrs. Appleton, aber hübsch ist sie. Man munkelt, sie sei schwanger.«

»Das hörte ich auch«, sagte Gladys. »Dennoch ist sie sehr unternehmungslustig. Das lässt auf ein sonniges Naturell schließen.«

Sie setzten sich in einem der Rauchsalons an einen Tisch, und Raubold bestellte zwei Gläser Wein, die der Ober an ihren Tisch brachte.

»Womit hat Astor sein Geld gemacht?«, fragte Gladys. »Wissen Sie das?«

»Grundstücksgeschäfte«, erwiderte der Reporter. »Astor hat sozusagen New York gebaut. Richtiger gesagt, seine Vorfahren haben es getan. Er ist nur der Erbe. Er selbst soll kürzlich in das Geschäft mit Vergnügungslokalen eingestiegen sein.«

»Vergnügungslokale?« Gladys stutzte und trank rasch einen Schluck Wein. Sie musste daran denken, dass Vergnügungslokale auch das Geschäft von Phil Ryland, ihrem ermordeten Geliebten, gewesen waren. Außerdem hatte sie ebenfalls in Vergnügungslokalen gearbeitet und könnte es in New York wieder tun – doch es war etwas anderes, das ihr Interesse an dem Thema geweckt hatte.

»Wie kommt ein Mann wie Astor zu diesem Geschäft?«

»Astor fand für viele seiner Säle keine Mieter mehr«, berichtete Raubold. »Deshalb hat er an Barbesitzer vermietet, zuerst widerwillig, dann recht gern, denn bei diesen Leuten ließ sich eine höhere Miete durchsetzen. Hohe und niedrige Rendite ist für Leute wie Astor dasselbe, was für andere gut und böse ist. Ich habe als Zeitungsreporter darüber recherchiert.«

»Also ist er auch in diesem Geschäft erfolgreich?«

»Astor sieht es etwas anders. Er ärgert sich über seine Mieter, eine kleine Anzahl zwielichtiger Millionäre, die eine Aktiengesellschaft gegründet haben und New York mit zahlreichen, übel beleumdeten Etablissements beglücken. In den Revuen mit Hunderten leicht bekleideter Mädchen drängen sich die Besucher. So etwas hat Amerika noch nicht erlebt. Die Umsätze der Betreiber dieser Lokale sind in schwindelerregende Höhen gestiegen. Astor wurde krank vor Wut. Seine Mieter machten Gewinne, und er bekam nur die kümmerlichen Mieten. Das brachte ihn auf den Gedanken, selbst in das Vergnügungsgeschäft einzusteigen.«

Gladys fragte sich, ob sie den Namen Astor wohl schon einmal gehört hatte. Sie erinnerte sich an eine Bemerkung Phils, die von ihm geplante Reise auf der Titanic habe auch mit seinen Geschäften zu tun. Er hatte es nur beiläufig erwähnt, aber doch so deutlich, dass ihr der Verdacht gekommen war, er nehme an der Jungfernfahrt der Titanic weniger um des Vergnügens als um seiner Geschäfte willen teil, und plötzlich war sie sich ganz sicher, dass Phil bei dieser Gelegenheit ihr auch von Astor erzählt hatte, als einem Mann nämlich, dem halb New York gehörte.

»Er macht also seinen Mietern Konkurrenz?«

»Wenn Sie so wollen, ja! Man sagt, er sei dabei, sein Geschäft auszuweiten. Das Vermieten von Immobilien ist nur noch ein Teilbereich.«

Warum interessierten sich die Astors wohl für sie, überlegte Gladys. Nur wegen ihrer Schönheit? Oder gab es dafür einen anderen Grund?

»Hat Astor Helfer?«, fragte Gladys. »Gibt es Millionäre, die ihn unterstützen – so wie bei seiner Konkurrenz?«

»Geld von anderen Leuten hat Astor sicher nicht nötig«, meinte Raubold. »Aber er kann natürlich nicht alles allein machen. Strohmänner braucht er ganz gewiss.«

Gladys musste daran denken, dass sie bemerkenswert wenig über Phil Ryland wusste, weder über seine Person und noch weniger über seine Geschäfte. Sie war nur ein paar Monate seine Geliebte gewesen, aber der eigentliche Grund für ihre Unwissenheit war der, dass sie als Freundin eines Mannes aus solchen Kreisen gut daran tat, nicht zu viel über den Partner und dessen Geschäfte zu wissen. Das war für Frauen in ihrer Rolle eine Art Überlebensstrategie.

Ungern dachte sie an jenen letzten schrecklichen Abend in London zurück, aber jetzt erinnerte sie sich wieder, dass

Phils Mörder ihn als Verräter bezeichnet hatte. Wodurch war Phil Ryland zum Verräter geworden? Hatte Frank Jago ihn deshalb so genannt, weil er mit Astor Geschäfte machen wollte? Komischer Gedanke, sagte sie sich; aber der Gedanke war von einer subtilen Überzeugungskraft, und sie hatte das Gefühl, dass ihre Intuition sie auf die richtige Fährte geführt hatte. Sie trank ihr Glas aus.

»Ich werde Sie jetzt verlassen, Mr. Raubold«, sagte sie. »Bleiben Sie bitte sitzen! Ich finde meine Kabine auch allein.«

Als sie das Promenadendeck betrat, war es dort leer geworden. Die meisten Leute hatten sich in ihre Kabinen zurückgezogen. Sie stieg die Stufen zu einem der Freidecks hinauf und trat an die aus einem Geländer bestehende Reling. Wie gebannt betrachtete sie die weite, unendliche Schwärze, über der merkwürdig kalt das Mondlicht glitzerte, und erneut überfiel sie der Eindruck von Bodenlosigkeit, der sie schon vor einer Stunde so verunsichert hatte, und sie erschrak regelrecht, als ihr klar wurde, dass unter ihr ein gewaltiger, grässlicher Schlund von Dunkelheit und Tiefe gähnte, vor dem die Planken der Titanic sie nicht schützen konnten. Das Meer war eine Bestie, die gelegentlich nach Opfern verlangte, und sie fragte sich, ob es Mut oder bloß Vermessenheit war, dass sich der Mensch auf Nussschalen wie der Titanic in den Rachen dieses Ungeheuers warf und ihm die Möglichkeit gab, sie zu verschlingen.

Plötzlich fühlte sie sich beobachtet, und als sich suchend umschaute, erblickte sie an der Reling einen dunkel gekleideten Mann, der ihr den Rücken zudrehte. Bei seinem Anblick hatte sie sofort das Gefühl, er habe sich nur deshalb zur Seite gedreht, damit er ihr sein Gesicht nicht zeigen musste, als sie in seine Richtung blickte. Er trug eine

Schirmmütze und schien ganz in den Anblick des Meeres vertieft. Sie ging weiter und als sie an ihm vorübergegangen war, verstärkte sich ihr Eindruck, dass der Unbekannte, dessen Gesicht im Schatten lag, sie wieder mit seinen Blicken verfolgte. Er hatte sich außerdem von der Reling gelöst und ging ihr nach, wobei er in angemessenem Abstand hinter ihr blieb. Sie verließ das Deck und gelangte in das Treppenhaus unter der gigantischen Glaskuppel, von wo sie zu der zwei Etagen tiefer liegenden Ebene hinabstieg. Zu beiden Seiten der schwach beleuchteten, teppichbelegten Korridore, an denen die Kabinen lagen, erstreckten sich die blank polierten Mahagonitüren mit ihren Messingnummern.

Gladys schritt zügig durch den Gang, der zu ihrer Kabine führte, und als sie die nächste Ecke erreichte, an der im rechten Winkel der Gang abbog, an dem ihre Kabine lag, nahm sie all ihren Mut zusammen und blickte sich um.

O Schreck! Da war er – oder sein Schatten, denn mehr sah sie nicht von ihm; kein Gesicht, sondern eine dunkle, vermummt wirkende Gestalt, die im selben Moment, als Gladys ihrer ansichtig wurde, zurückwich und hinter der nächsten Ecke verschwand.

Sie lief die letzten Meter zu ihrer Kabine und atmete erleichtert auf, als sie drin war und die Tür hinter sich ins Schloss gezogen hatte. Dort ließ sie sich auf das Bett fallen. Wer hatte sie verfolgt? War der Schatten ein Feind, der ihr aus London auf die Titanic gefolgt war? Oder war er von der Sorte Männer, die attraktiven Frauen nachschlichen, um sie zu beobachten oder auch Schlimmeres beabsichtigten? Aber hatte überhaupt jemand sie verfolgt? Oder hatte ihr überreiztes Nervenkostüm ihr vielleicht einen Streich gespielt?

Ein Gefühl der Verzagtheit bemächtigte sich ihrer. Nicht nur der Schatten des Fremden, sondern auch das Gespräch mit Raubold über Astor lastete auf ihrem Gemüt. Die verdammten Geschäfte, dachte sie, das verdammte Geld; immer war das Geld Auslöser für all die furchtbaren Geschäfte, die die Leute machten, um es zu vermehren, wodurch sie sich immer tiefer in das Böse verstrickten, bis schließlich alles zugrunde ging.

Sie schaute sich um. Irgendetwas stimmte nicht. Was hatte sich in der Kabine verändert? Sie erhob sich und ging kreuz und quer durch die Kabine, um zu prüfen, was anders geworden war, doch es gelang ihr nicht, festzustellen, woher ihr Eindruck rührte; bei genauerer Betrachtung schien alles an seinem Platz zu sein.

Sie öffnete den Kabinenschrank und nahm ihren Reisekoffer heraus. Der Koffer war fast leer, nur ein Nachthemd, das sie nicht ausgepackt hatte, lag noch darin. Sie schlief am liebsten nackt, sodass sie es selten benutzte; aber so unordentlich, wie es jetzt dort lag, hatte sie das Nachthemd nicht in den Koffer gepackt. Als sie den Koffer von Phil aus dem Schrank zog und öffnete, fiel ihr auf, dass eines der beiden Schlösser nicht zugedrückt war. Sie selbst hatte den Koffer gepackt, und sie registrierte sofort, dass auch dieser Koffer durchsucht worden war. Sie hätte nicht sagen können, ob etwas fehlte, da sie nicht wusste, was Phil außerdem noch hineingelegt hatte; aber ihr fiel auf, dass sich keinerlei persönliche Schriftstücke im Koffer befanden; falls es solche gegeben hatte, waren sie verschwunden.

Der unbestimmte Eindruck von Fremdheit hatte also nicht getrogen. Jemand hatte sich unbefugt an den Koffern und womöglich auch an anderen Dingen in der Kabine zu schaffen gemacht. Aber wer? Der Zimmerservice konnte es kaum gewesen sein, denn der mochte zwar etwas in der Kabine verändern, aber er ging gewiss nicht an die Koffer. Gab es auf diesem Schiff professionelle Einbrecher, Leute, die sich mit einem Nachschlüssel Zutritt zu den Kabinen verschaffen konnten? Hätte so jemand unbekümmert ihre Schränke, Schubladen und Koffer nach Wertsachen durchsucht? Oder war der Schatten, der ihr eben vom Deck in den Kabinengang gefolgt war, dieser Eindringling gewesen? Und wonach hatte er gesucht? Nach persönlichen Papieren – oder nach Geld, Wertsachen und Schmuck? Was für ein Glück, dachte sie, dass sie ihre Wertsachen mit Ausnahme des Schmucks, den sie am Leibe trug, im Schiffstresor deponiert hatte.

Unruhig ging sie in der Kabine umher. Etwas in ihr weigerte sich daran zu glauben, dass sie das zufällige Opfer eines Einbrechers geworden war. Irgendjemand auf dem Schiff war ihr böse gesonnen; und die Angst, die sie seit Betreten der Gangway in regelmäßigen Abständen beschlich, schien nicht unbegründet zu sein. Es gab jemanden, der wusste, dass die weibliche Begleitung, für die Phil Ryland die Reise mitgebucht hatte, an Bord der Titanic gegangen war, und dieser jemand mochte ahnen oder herausgefunden haben, dass sie selbst diese Begleitung war. Nur gut, dass sie ihren Namen geändert hatte, sagte sie sich. Hätte sie es nicht getan, wäre der unbekannte Verfolger ihr längst auf die Schliche gekommen.

Was konnte sie tun? Fliehen war auf einem Schiff nicht möglich, was allerdings auch für ihren Verfolger galt. Niemand konnte auf dem Schiff etwas Unrechtes tun und danach die Flucht ergreifen. Insofern bot das Schiff auch ihr einen gewissen Schutz. Sie trat zu der Kabinentür, um sie fest zu verschließen. Den Schlüssel ließ sie im

Schloss stecken, damit niemand von außen die Tür öffnen konnte.

Schließlich ging sie zu Bett. Anders als in der vergangenen Nacht lag sie lange wach, und als sie schließlich eindämmerte, blieb ihr Schlaf unruhig und voller chaotischer Träume.

4. KAPITEL
FREITAG, 12. APRIL 1912

Am nächsten Morgen nach dem Frühstück begegnete ihr Nevil Boyes, der freundliche Kabinensteward vom Tag der Abreise auf dem Gang.

»Nevil, gut, dass ich Sie treffe«, sagte Gladys. »Ich muss Sie davon unterrichten, dass in meine Kabine eingebrochen wurde.«

Nevil zog die Augenbrauen hoch. »Was, tatsächlich? Ist das Schloss der Tür beschädigt worden? Lassen Sie mich sehen.«

»Es ist nichts zu erkennen. Die Tür selbst ist unversehrt. Aber die Koffer wurden durchwühlt. Kann es jemand vom Zimmerservice gewesen sein? Aber für den sind Sie doch verantwortlich, nicht wahr?«

Nevil hob wie zur Abwehr die Hände.

»Ich habe Ihre Kabine nicht betreten!«

»Dann hatte der Eindringling entweder einen Nachschlüssel, oder ich habe vergessen abzuschließen, und er hat die günstige Gelegenheit genutzt.«

»Wurde denn etwas gestohlen, Mrs. Appleton?« Nevil machte bei dieser Frage ein so zerknirschtes Gesicht, als wäre ihm das Missgeschick selbst passiert.

»Ich konnte bisher nicht feststellen, dass etwas fehlte.«

»Gott sei Dank«, sagte Nevil in einem Ton, als fiele ihm ein Stein vom Herzen.

»So schlimm ist es auch nicht«, sagte Gladys. »Sie können ja nichts dafür, Nevil. Man bekommt nur so ein komisches Gefühl, wenn man feststellt, dass ein Fremder sich an den eigenen Sachen zu schaffen gemacht hat.«

»Das verstehe ich sehr gut, Madam! So etwas ist natürlich nicht zu akzeptieren. Ich hätte besser aufpassen müssen.«

»Sie trifft keine Schuld, Nevil.«

»Oh, Sie irren sich, man wird mich verantwortlich machen. Schließlich fällt Ihre Kabine in den Bereich, auf den ich aufzupassen habe.«

»Sie können doch nicht ständig alle Kabinen im Auge haben.«

»Man wird trotzdem vermerken, dass es in meinem Bereich geschehen ist.«

»Nun, wenn es sich so verhält – ich will kein Aufhebens von dem Vorfall machen. Schließlich ist nichts weggekommen. Die Sache bleibt unter uns. Vergessen Sie offiziell, was ich Ihnen berichtet habe.«

»Wirklich, Mrs. Appleton – Sie würden das für mich tun und auf eine offizielle Untersuchung verzichten? Dafür wäre ich Ihnen sehr dankbar. Als Steward hat man es nicht leicht – schon gar nicht auf einem solchen Schiff.«

»Das Thema ist erledigt, Nevil. Ich verbiete Ihnen, den Vorfall Ihrer vorgesetzten Stelle zu melden. Stattdessen bitte ich Sie, in Zukunft die Augen offen zu halten, ob sich jemand unbefugt hier herumtreibt oder gar an der Kabinentür zu schaffen macht.«

Nevil lächelte.

»Ich werde noch mehr Obacht geben als bisher. Aber achten Sie in Zukunft darauf, dass Ihre Kabine gut verschlossen ist. Ich will auch die anderen Passagiere meines Bereichs auf die Gefahr hinweisen. Nicht jeder ist so zuvorkommend wie Sie. Wir wollen es dem Dieb so schwer wie möglich machen.«

»Das wollen wir, Nevil. In Zukunft halten wir beide die Augen offen. Sollte er es noch einmal versuchen, erwischen wir den Kerl, so Gott will, auf frischer Tat.« Mit diesen Worten wandte sich Gladys zum Gehen. Sie hatte einen Verbündeten, das war ihr fürs Erste genug.

»Ach, Madam –«

Sie wandte sich zu dem Steward zurück.

»Gibt es noch etwas?«

»Darf ich auch ein Auge auf Sie haben, Mrs. Appleton?«

Sie zog die Stirn kraus. »Wie meinen Sie das, Nevil?«

»Ich möchte nicht, dass Ihnen etwas passiert«, sagte er leise. »Auf Ozeanlinern wie diesem gibt es professionelle Diebe und Hochstapler. Sie machen sich gern an allein stehende Damen heran. Sie sind in mehrfacher Hinsicht ein geeignetes Objekt. Sie reisen allein, sind – wie ich annehme – nicht unvermögend, und dazu außerordentlich schön. Es wäre fast ein Wunder, wenn es einer von diesen Ganoven nicht bei Ihnen versuchte. Einige dieser Herren, an die ich denke, sind sehr geübt darin, Frauen um den Finger zu wickeln. Sie müssen sich sehr vorsehen, Mrs. Appleton. Es gibt Verführer, die darauf aus sind, die reichen Frauen an Bord von Luxuslinern auszunehmen.«

»Haben Sie jemanden gesehen, vor dem Sie mich warnen möchten, Nevil? Kennen Sie einen von diesen Herren?«

Sie hatte keine Angst vor einem galanten Verführer, im Gegenteil. Sollte so jemand doch kommen. Mit dem würde sie schon fertig werden, und zwar auf ihre eigene Art.

»Man kann diese Leute nicht alle kennen. Manche von ihnen sind sehr geschickt darin, in verschiedenen Masken aufzutreten. Es kann sein, dass Sie in so jemandem einen Freund gefunden zu haben glauben, und doch hat er es in Wahrheit nur auf Ihr Geld abgesehen, – in Ihrem Fall vielleicht auch auf mehr!«

Gladys lächelte. »Machen Sie sich keine Sorgen, Nevil. Ich kenne die Männer. Vor Verführern und Hochstaplern habe ich keine Angst, mit denen werde ich schon fertig.«

»Ich wollte es nur gesagt haben, Madam. Auch wenn Sie sich Ihrer sicher sind, ist eine Warnung wie meine zuweilen hilfreich.«

»Gut, Nevil, ich danke Ihnen! Wir verstehen uns.«

All die Männer, die sie beschützen wollten, dachte sie im Weitergehen, nirgendwo war es so schlimm wie auf einem Schiff. Selbst der Kabinensteward gefiel sich also in dieser Rolle. Am liebsten beschützen die Männer natürlich schöne Frauen; bei unattraktiven Zeitgenossinnen wurde nicht so viel Aufhebens gemacht.

Sie traf Raubold, als sie nach dem Frühstück über das Deck spazierte.

»Habe ich Ihnen schon erzählt, dass ich heute Abend bei den Astors auf einer Séance eingeladen bin?«, sagte sie.

Raubold verdrehte die Augen. »Liegt Ihnen etwas an Geistern und Gespenstern?«

»Glauben Sie, es werden welche auftauchen?«

»Das ist doch der Sinn solcher Veranstaltungen.«

»Muss man vor Geistern Angst haben?«

»Sie tun einem nichts, aber sie sagen manchmal komische Dinge. Manch einer wünscht sich hinterher, er hätte die Botschaft aus dem Jenseits nicht gehört.«

Gladys lachte. »Mir wird niemand eine Botschaft bringen. Ich bin nur Zuschauerin.«

»Täuschen Sie sich nicht, meine Liebe. Jeder in der spiritistischen Kette muss darauf gefasst sein.«

Gladys wollte schon sagen, sie kenne niemanden im Jenseits, aber dann musste sie an den armen Phil denken, dessen Leiche womöglich noch immer in der Themse schwamm, daher blieb sie lieber still.

»Sie haben recht, Mr. Raubold«, sagte sie nach einer Weile. »Ich hätte die Einladung nicht annehmen sollen. Aber jetzt ist es zu spät. Ich habe zugesagt.«

»Ach, so schlimm wird es schon nicht werden«, entgegnete Raubold. »Sie dürfen nur nicht ernst nehmen, was Sie dort erleben. Morgen werden Sie über den ganzen Spuk lachen.«

Beim Abendessen sah sie einen hoch gewachsenen Mann bei den Astors am Tisch sitzen, den sie bisher noch nicht gesehen hatte und dessen Alter sie schwer einschätzen konnte, er mochte in den Vierzigern, konnte aber auch über 50 sein. Sein Gesicht war knochig mit einem elfenbeinfarbenen und erstaunlich glatten Teint. Von seiner ganzen Erscheinung ging etwas Mysteriöses, fast Unheimliches aus, und sie überlegte, ob dieser Mann wohl der Okkultist war, der die Séance leiten würde.

Beim Verlassen des Speisesaals wurde sie von Madeleine Astor an die abendliche Veranstaltung erinnert.

»Dr. Faussett ist ein in Amerika angesehener Okkultist«, fügte sie hinzu. »Er wird uns eine fantastische Vorstellung liefern.«

»War der Herr, der eben mit Ihnen zu Abend aß, dieser Okkultist?«

Madeleine schüttelte den Kopf. »Nein, das war Mr. Barrett. Er wird auch an der Séance teilnehmen.«

Als es Zeit für die Abendgesellschaft war, ging Gladys in ihre Kabine, um sich umzuziehen. Vor dem Spiegel betrachtete sie mit Wohlgefallen ihre gertenschlanke Gestalt. Unwillkürlich musste sie lächeln. Ihr Körper hatte sie noch nie im Stich gelassen; was das anging, war sie ein Glückskind. Sie gehörte zu den wirklich schönen Menschen, das konnte sie selbst als uneitler Charakter nicht abstreiten. Mit der Hand strich sie über die kleinen festen Brüste, die samtene Haut, die sich über ihre Rippen spannte, und seufzte. Wie sehr sehnte sie sich nach körperlicher Berührung, nach einem liebevollen Mann! Nicht nach jemandem wie Garfield, sondern nach einem vertrauten Gefährten, der sie nicht nur begehrte, sondern aufrichtig liebte und den auch sie aufrichtig lieben und begehren könnte. Ihr Leben war an erotischen Erfahrungen nicht arm gewesen und das körperliche Vergnügen ein Teil ihres Alltags, sie erlebte es gern und häufig und kam ohne Probleme zum Orgasmus. Doch ein Mann, den sie von Herzen hätte lieben können, war ihr noch nicht begegnet. Oder doch, einmal schon, erinnerte sie sich, ganz früh in ihrer Jugend, das war lange her. Ach, würde sie doch endlich den Richtigen finden! Sie würde alles für ihn tun, ihm überallhin folgen. »Sogar bis ins Eis …«, sagte Gladys leise wie zu sich selbst und schüttelte sich. Sie blickte hoch und betrachtete sich, wie sie keck die Unterlippe zwischen die Zähne zog. An Bord musste es doch einen geben, mit dem sie gern ihr Bett teilen würde, einen attraktiven Mann, der sich nicht in weiblicher Begleitung befand, und sie beschloss, von nun an gezielt nach einem geeigneten Kandidaten Ausschau zu halten.

Ihr Blick ruhte auf ihren honigfarbenen Schultern, ihren schlanken Armen, und kurz entschlossen wählte sie ein eng geschnittenes Kleid aus schwarzem Samt, das Schultern und Arme freiließ und ihre langen Beine nur bis knapp über die Knie bedeckte. Sie war schon an der Tür, da fiel ihr ein, dass sie möglicherweise den von Fenstern nicht geschützten Teil des Decks betreten musste, und so zog sie ein schwarzes Bolerojäckchen über die bloßen Schultern, bevor sie die Kabine verließ.

Der Salon der Astors lag in der vorderen Steuerbordecke der Oberdeckkabinen. Als Gladys an die Kabinentür klopfte und eingelassen wurde, waren die meisten anderen Gäste schon da. Die Astors begrüßten sie hoch erfreut, als wäre sie ein ganz besonderer Ehrengast. Zu ihrer Überraschung war auch Garfield anwesend. Er musterte sie eindringlich und mit einem frechen Grinsen, und sie merkte noch deutlicher als bei ihrem ersten Aufeinandertreffen, dass sie ihn nicht mochte.

»Mrs. Appleton und ich kennen uns bereits«, sagte Garfield zu Astor. »Hallo, meine Liebe. Sie sehen wundervoll aus.«

»Guten Abend, Mr. Garfield.«

Die Salon-Suite bestand aus mehreren Räumen und war mit allem erdenklichen Luxus ausgestattet. Die Decken waren mit edelstem Mahagoniholz getäfelt und die Wände mit rotgoldenem Seidenstoff tapeziert. Die Bullaugen waren mit Messingverschalung eingerahmt, und davor sah Gladys schwere Polstersessel mit Bezügen aus weinrotem Samt.

»Was für eine Pracht«, sagte Gladys, bevor sie sich den anderen Gästen zuwandte.

»Ich darf Sie mit dem wichtigsten Teilnehmer in unserer Runde bekannt machen«, sagte Astor, »dem Leiter der Séance, Dr. Faussett, der ein über die Grenzen Englands hinaus hoch angesehener Spiritist ist.«

Mit Erstaunen registrierte Gladys die Anwesenheit des unzertrennlichen Trios, das aus der hübschen und der hässlichen Frau und dem unheimlichen Herrn bestand. Hätte sie geahnt, dass dieser Herr der erwähnte Dr. Faussett war, wäre sie der Einladung sicherlich weniger bereitwillig gefolgt.

»Oh, wie charmant«, sagte Faussett und musterte Gladys mit seinen kalten blauen Augen, sodass ihr ein Schauder über den Rücken lief.

Seine hagere Gestalt steckte in einem tadellos sitzenden Smoking. Die hübsche Frau neben ihm wurde ihr als seine Gattin Laura Faussett vorgestellt, die unattraktive Dame, die die Faussetts begleitete, hieß Victoria Hoyt.

»Mit so einer reizenden Teilnehmerin wie Ihnen werden wir bestimmt einen interessanten Abend haben«, sagte Victoria Hoyt, und Gladys konnte den ironisch bissigen Unterton nicht überhören.

»Was hat der heutige Abend mit meinem Aussehen zu tun?«, fragte Gladys.

»Oh, ich sehe Ihnen an, dass Sie über starke Energien verfügen«, sagte Miss Hoyt. »Umso mehr Energie wir in unserer Runde vereinen können, umso bessere Ergebnisse werden wir erzielen.« Sie betrachtete Gladys mit scharfen Augen, und obwohl in ihren Blicken nur Neugierde schien, spürte Gladys instinktiv Victoria Hoyts Abneigung ihr gegenüber.

»Meinetwegen muss kein Geist erscheinen«, gab Gladys zurück und dachte im nächsten Moment, sie hätte es besser nicht gesagt.

»Dr. Faussett wird Ihnen die Regeln noch erklären«, sagte Miss Hoyt spöttisch, als wäre Gladys die einzige Person in der Runde, die dergleichen Unterweisung benötigte.

Gladys fühlte, wie Ärger in ihr aufwallte. »Er muss sich nicht anstrengen«, sagte sie, »wenn ein Geist erscheint, werde ich ihn schon nicht vergraulen.«

Das Lächeln der anderen Frau offenbarte Spott, als bereitete es ihr Vergnügen, Gladys zu maßregeln.

Gladys war plötzlich, als sei sie in eine Falle getappt, und sie überlegte, wie sie sich dagegen wehren konnte, für Interessen vereinnahmt zu werden, die nicht ihre eigenen waren. Der Ärger darüber, dass man sie zu bevormunden versuchte, reizte ihren Widerstandsgeist und verlangte nach einer Reaktion. Diese Frau und alle anderen, die glaubten, über sie verfügen zu können, sollten sie kennenlernen.

Sie streifte ihr Jäckchen ab und brachte die blanke Haut ihrer schönen Arme und Schultern ins Licht.

»Bitte«, sagte sie zu Madeleine und reichte ihr die Bolerojacke, »ich möchte die Jacke nicht anbehalten.«

Madeleine nahm ihr mit einem aufmunternden Lächeln das Jäckchen aus der Hand und ging damit zur Garderobe, und mit einem Gefühl der Genugtuung stellte Gladys fest, dass das Gesicht von Victoria Hoyt um eine Schattierung blasser geworden war.

Dr. Faussett verzog sein Gesicht zu einem breiten Grinsen und wandte sich zur Seite, als wollte er demonstrieren, dass der Anblick ihrer nackten Schultern ihn gleichgültig ließ. Nur seine Gattin ließ sich zu einer Äußerung herab.

»Sie sehen ganz reizend aus, meine Schöne«, sagte sie zu Gladys, »ich bin entzückt, dass Sie es nicht vor uns verbergen.«

Astor stellte ihr den Mann mit den elfenbeinfarbenen Zügen vor, mit dem sie zu Abend gegessen hatten. »Karl Barrett ist Miteigner einer kleinen deutschen Schifffahrtsgesellschaft«, fügte der Gastgeber hinzu.

»Sie tragen einen britischen Namen und sind dennoch Deutscher?«, fragte Gladys.

»Ich lebe in Deutschland, bin aber gebürtiger Brite«, sagte Barrett.

»Interessant«, erwiderte Gladys. »Wie kommt es, dass Sie als deutscher Reeder auf einem britischen Schiff nach Amerika fahren?«

»Man muss immer auf dem Laufenden bleiben«, sagte Barrett mit einem charmanten Lächeln, »dazu gehört, ein

Auge auf die Konkurrenz zu haben. Ich bin sozusagen ein Spion, aber Sie müssen keine Angst vor mir haben.«

Er trug einen gut sitzenden grauen Anzug, und mit dem markanten Gesicht, dem reinen, etwas blassen Teint und dem schwarzen welligen Haar stellte er eine beeindruckende Erscheinung dar.

»Ich bin erleichtert«, sagte sie. »Aber Angst vor Ihnen hatte ich auch vorher nicht.«

»Was schöne Frauen angeht, bin ich nicht ungefährlich«, sagte Barrett ebenso leise wie freundlich. »Nicht nur die Geister lieben die Schönheit. Sie sind ein echter Gewinn für diese Runde, Mrs. Appleton. Ich freue mich sehr, dass Sie bei uns sind.«

Gladys fühlte sich geschmeichelt und schenkte dem Reeder ein reizendes Lächeln. Barrett besaß einen subtilen Charme, der nicht ohne Wirkung auf sie blieb. Er war ein interessanter Mann und einer, der in Betracht kam, möglicherweise ihr Reisebegleiter zu werden.

»Das Deutsche Reich greift die Vorherrschaft der Briten auf den Weltmeeren immer offener an«, schaltete sich Astor in das Gespräch ein und lächelte vielsagend in Barretts Richtung. »Ich hoffe, Sie sind kein Spion des deutschen Kaisers.«

»Mich interessiert nicht der deutsche Kaiser, sondern der wirtschaftliche Erfolg meines Unternehmens«, sagte Barrett.

»Dann muss Ihr Unternehmen mindestens so gut sein wie die White Star«, sagte Astor. »Die Titanic ist bisher unübertroffen.«

»Unter den britischen Unternehmen hat sich eine gewisse Arroganz breitgemacht«, entgegnete Barrett. »Britisch ist am besten, heißt es immer noch. Dabei ist es eine Tatsache, dass die deutschen und amerikanischen Unternehmen über die bessere Technik verfügen. Das gilt auch für die Transatlantik-Schiffslinien. Nach meinem Eindruck reicht das größte Schiff der Welt, unsere schöne Titanic, nicht an Qualität und Standard der deutschen Schiffe heran.«

»Sie haben recht«, meldete sich nun auch Dr. Faussett zu Wort, der offenbar nicht hintanstehen wollte. »Die Deutschen sind zumindest führend, was die Dampfkraft, die Turbinen und die Stahlkonstruktion angeht. Sie verdienen es, die transatlantische Route zu beherrschen.« Woher er seine Kenntnisse hatte, erwähnte er nicht; aber anscheinend war er nicht nur auf dem Gebiet des Okkultismus bewandert.

»Vergessen Sie uns Amerikaner nicht«, sagte Astor, »auch wir werden die Engländer bald überrundet haben.«

Gladys fragte sich, ob sie in eine Runde antibritischer Gesinnung geraten war. Sie hatte plötzlich das komische Gefühl, als gäbe es zwischen den Teilnehmern der Séance ein Geheimnis, in das nur sie noch nicht eingeweiht war.

Sie setzte sich neben Madeleine an den runden Tisch in der Mitte des Salons, an dem die meisten anderen Teilnehmer der Sitzung schon Platz genommen hatten, und wartete schweigend darauf, was geschehen würde.

Der letzte Gast, der nach ihr erschien, war ein Mr. Stead, den Astor als einen erfahrenen Okkultisten vorstellte. Er war ein großer und kräftig gebauter Mann, dessen Gesicht Ehrlichkeit und Ruhe ausstrahlte.

»Nun sind wir neun Personen«, sagte Astor. »Das ist genau die Zahl, die für die Durchführung unserer Sitzung erforderlich ist.« Er sah jeden Einzelnen in der Runde für einen Moment an und fuhr dann fort: »Ich begrüße nochmals im Namen aller Anwesenden Dr. Faussett, einen vorzüglichen Kenner der okkulten Wissenschaften, der sich bereit erklärt hat, in unserem Salon eine spiritistische Sitzung durchzuführen. Seine heutigen Experimente stehen im Dienste seiner Forschungen.«

Dr. Faussett erhob sich.

»Ich bin Colonel Astor sehr dankbar, dass er mir in diesem ausgezeichnet dafür geeigneten Rahmen die Gelegenheit gibt, ein Experiment durchzuführen«, sagte er. »Wobei ich vorausschicken muss, dass ich kein Wissenschaftler bin. Meine Forschungen sind privater Natur; gleichwohl bin ich bemüht, wissenschaftlichen Anforderungen zu genügen.« Er deutete auf Victoria Hoyt. »Miss Hoyt ist ein medial außerordentlich begabter Mensch und wird mir assistieren.« Er legte die Fingerspitzen seiner Handflächen aneinander. »Ich habe zunächst ein Experiment vorgesehen, das Sie davon überzeugen soll, dass neben unserer dreidimensionalen Wirklichkeit noch eine vierte Dimension existiert.« Er blickte auf seine Fingerspitzen herab und schwieg einen Moment, dann fügte er hinzu: »Der Spiritismus gilt als ein unerklärliches Phänomen, aber unerklärliche Phänomene sind nicht deshalb etwas Unnormales, weil wir sie nicht verstehen. Wo die Natur wie selbstverständlich als eine unerforschliche Welt geheimnisvoller Mächte betrachtet wird, da gibt es streng genommen nichts Unnormales. Erst wo sich der Mensch in vermeintlich objektiver Haltung der Natur als Beobachter entgegenstellt, tritt die Trennung zwischen dem Normalen und dem Außernormalen ins Bewusstsein. Diese Trennung trachte ich zu überwinden.« Dr. Faussett löste die Verbindung seiner Hände und blickte schweigend reihum in die Runde.

Die meisten Teilnehmer blieben still, nur Mr. Stead benutzte die Pause und sagte:

»Dann wünsche ich Ihnen und uns, dass das Ergebnis Ihres Experiments uns zu neuen Erkenntnissen verhilft.«

»Ich bin zuversichtlich«, gab Dr. Faussett zurück. »Ich möchte den anwesenden Herrschaften zunächst den Zweck der geplanten Experimente erläutern. Stellen Sie sich ein flächiges, zweidimensionales Gebilde vor, zum Beispiel ein schiefwinkliges Dreieck, das durch Umklappen im Raum, also unter Ausnutzung der dritten Dimension, zum Verschwinden gebracht werden kann. Für uns dreidimensional denkende Menschen ist das ein ganz simpler Vorgang, doch für ein nicht räumliches, zweidimensionales Wesen wäre beim Vorgang des Umklappens das Dreieck einen Moment lang aus seiner eigenen Dimension verschwunden, hätte sich quasi ins Jenseits zurückgezogen, um dann wieder unverändert auf der Fläche zu erscheinen. Ebenso aber, das ist meine Überzeugung, gibt es auch im dreidimensionalen Raum Operationen, die nur unter Zuhilfenahme einer vierten Dimension ausgeführt werden können.«

Obwohl Gladys alles verstanden hatte, wurde sie den Eindruck nicht los, dass Faussett nichts anderes versuchte, als einem irrationalen Spuk ein wissenschaftliches Mäntelchen umzuhängen.

»Mr. Stead, Sie sind in den okkulten Wissenschaften gleichfalls bewandert«, fuhr Faussett fort, »vielleicht haben Sie davon gehört, dass es Wissenschaftlern gelungen ist, mit Hilfe einer medial begabten Person die Magnetnadel eines Kompasses ohne Berührung abzulenken. Trauen Sie mir ein ähnliches Experiment zu?«

»Ich würde mich freuen, wenn Ihnen das Experiment gelingen sollte«, lächelte Mr. Stead.

Dr. Faussett nickte und zog aus dem Schrankregal hinter sich einen Himmelsglobus heran, an dessen Gestell sich ein Kompass befand.

»Bitte bewegen Sie Ihre rechte Handfläche über die Nadel«, sagte er zu Victoria Hoyt.

Diese hob die rechte Hand und tat wie ihr geheißen. Sie streckte die Hand langsam so weit vor, bis sie sich unmittelbar über dem durch Glas fest verschlossenen Gehäuse der Magnetnadel befand. Dr. Faussett beobachtete aufmerksam, was passierte.

»Die Nadel bewegt sich nicht«, stellte er nach einer Minute fest, »daraus kann ich wohl schließen, Victoria, dass Sie nicht etwa eine weitere Magnetnadel bei sich führen oder eine solche sogar verborgen unter der Haut tragen.«

»Natürlich nicht«, sagte Victoria und zog die Hand wieder zurück. »Ich lasse mich gern untersuchen und wenn ich mich dafür nackt ausziehen muss.«

Um Gottes willen, dachte Gladys, nur das nicht.

»Ich glaube Ihnen auch so, Victoria«, sagte Faussett. »Sie können sich nun auf das weitere Experiment konzentrieren.«

Victoria schloss die Augen, und für ein oder zwei Minuten herrschte absolute Stille im Salon. Schließlich öffnete sie die Augenlider bis zur Hälfte der Pupillen und schien dann ihr Gegenüber anzublicken. »Ich bin soweit.«

Dr. Faussett beugte sich ein Stück vor. Victoria streckte die Hand wieder vor, und als sie an der alten Stelle über dem Glas mit der Nadel zu schweben schien, war zu sehen, dass die Nadel plötzlich in heftige Schwankungen geriet, wie dies nur mit Hilfe eines starken Magneten hätte bewerkstelligt werden können. Victoria zog die Hand zurück, und die Nadel beruhigte sich, sie streckte die Hand wieder vor, und die Nadel begann erneut heftig zu schwanken. Sie wiederholte den Vorgang mehrere Male, und das Ergebnis war immer das Gleiche.

Gladys fragte sich, wie ein solches Phänomen zu erklären war. Von einer Hand konnte unmöglich eine magneti-

sche Wirkung ausgehen. Dennoch musste sie dem eingangs
geäußerten Gedanken Dr. Faussetts zustimmen. Ihre Skepsis war ein Stück weit überwunden. Es gab mehr Dinge
zwischen Himmel und Erde, als dem Verstand begreiflich war.

»Es ist also wahr«, sagte Dr. Faussett. »Wir haben es mit
einem Faktum zu tun; es gibt keinen Hinweis auf einen
Trick.«

»Von wegen Trick«, ließ sich Victoria vernehmen.

Dr. Faussett nahm von der Kommode hinter ihm eine
Schnur und band deren Enden zu einer geschlossenen
Schlinge zusammen. Nun bekam Victoria Hoyt die Aufgabe, die Schnur ohne Öffnen der Schlinge mit Knoten
zu versehen, was normalerweise ein Ding der Unmöglichkeit war.

»Knoten können«, behauptete Dr. Faussett, »nur dann
in einer geschlossenen Schlinge geknüpft werden, wenn
dies gewissermaßen aus der vierten Dimension heraus
geschieht oder aus dem absoluten Raum.«

Victoria Hoyt schloss die Augen, streckte beide Hände
vor, bis diese die Schlinge ertasteten, und schien dann
in eine anhaltende Konzentration zu versinken. So vergingen ein oder zwei Minuten, während denen Gladys
versuchte, so intensiv wie möglich Victorias Hände und
Finger zu beobachten, um jeden Betrugsversuch zu entdecken.

Die Finger des Mediums blieben jedoch ruhig und taten
nichts, als die Schlinge umfasst zu halten, ohne dass irgendwelche Verrichtungen ersichtlich waren. In dieser Weise
vergingen weitere Minuten, dann öffnete Victoria die
Augen und ließ die Schlinge los, sodass diese wieder vollständig zur Ansicht kam – und tatsächlich, in der Schlinge
befanden sich nun zwei Knoten.

»Erstaunlich«, sagte Astor.

»Sie sind ein Genie«, fügte Madeleine hinzu. »Wie machen Sie das nur, Victoria?«

»Ich bin es nicht«, erwiderte Victoria. »Ich ziehe nur die Geister an.«

»Man könnte auch von vierdimensional intelligenten Wesen sprechen«, sagte Dr. Faussett.

»Ich spreche lieber von Geistern«, entgegnete Victoria.

»Gut! Wie auch immer«, sagte Dr. Faussett. »Aber können uns die Wesen oder Geister vielleicht ein direktes Zeichen geben, uns zum Beispiel zum Beweis ihrer Existenz einen Fußabdruck liefern? Wenn der absolute Raum uns allseitig umgibt, müsste es vierdimensionalen intelligenten Wesen leichtfallen, in alle dreidimensionalen Räume oder Behälter einzudringen.«

»Ha, Fußabdrücke sind gut!«, sagte Victoria. »Versuchen wir es. Ich nehme an, Sie haben wieder etwas vorbereitet.«

»Bilden Sie eine Kette, indem sie einander die Hand geben«, sagte Dr. Faussett.

Alle Anwesenden bildeten nun die in spiritistischen Kreisen übliche Kette, indem sie einander rund um den Tisch die Hände reichten. Gladys saß zwischen Madeleine und Mr. Barrett.

Dr. Faussett hatte zwei mit Scharnieren verbundene Tafeln vorbereitet, die wie ein Buch geöffnet oder geschlossen werden konnten. Ihre Innenseiten hatte er mit rußüberzogenem Papier beklebt. Zu Victoria sagte er: »Versuchen Sie, wenn Sie es vermögen, dass die Fußabdrücke der Wesen hier im Inneren der zusammengeklappten Doppeltafel erscheinen.«

Er klappte die Tafeln zu, dann blickte er Gladys an.

»Wären Sie so freundlich, die Tafel zu verwahren, Mrs. Appleton? Sie sind unser Zeuge.« Er stand auf, trat um den Tisch und legte die zusammengeklappten Tafeln in ihren Schoß. »Lassen Sie die Tafel so liegen und tun Sie nichts.«

Gladys ließ es sich gefallen, und während nun die zusammengeklappten Tafeln auf ihrem Schoß lagen, bildeten sie mit den Händen wieder eine Kette um den Tisch herum. Gladys nahm die rechte Hand von Madeleine und die linke Hand von Mr. Barrett.

Victoria versank in Konzentration. Ihre Hände lagen auf dem Tisch, sie bewegte sich nicht. Sie mochte etwa fünf Minuten so gesessen haben, als Gladys plötzlich zweimal kurz hintereinander fühlte, wie die Tafel auf ihrem Schoß herabgedrückt wurde, ohne dass auch nur das Geringste sichtbar wahrzunehmen gewesen wäre. Kurz darauf waren drei kurze, deutliche Klopflaute zu vernehmen, ob von den Geistern oder jemandem am Tisch war nicht klar.

»Das ist das Zeichen«, sagte Victoria. »Die Geister haben ihr Werk vollbracht. Öffnen Sie die Tafel, Mrs. Appleton!«

»Ich werde das tun«, sagte Dr. Faussett, trat zu ihr und nahm ihr die Tafel ab. Er legte sie auf den Tisch und klappte sie auf.

Ein überraschtes Raunen ging durch die Runde. Im Inneren der Tafel befand sich auf der einen Seite der Abdruck eines rechten, auf der anderen derjenige eines linken Fußes.

Dr. Faussett untersuchte jetzt Victorias Füße auf Rußspuren, konnte aber keine finden. Die Fußabdrücke kamen, so schien es, aus der vierten Dimension. Jedenfalls waren sie unerklärlich.

»Sie sehen also: Es sind Geister hier gewesen«, sagte Dr. Faussett und blickte in die Runde.

Gladys musste mit sich kämpfen, damit sie nicht laut lachte. Sie konnte das Ganze nicht ernst nehmen, obwohl es andererseits überzeugend wirkte. Glaubte Dr. Faussett wirklich, dass Geister durch die Kabine stapften und Fußabdrücke auf seine Tafel machten? Als hätte der Okkultist ihren geheimen Spott gefühlt, fuhr er fort: »Wenn Sie Verbindung mit Geistern von Verstorbenen aufnehmen wollen, so müssen Sie ihnen Respekt und Aufmerksamkeit entgegenbringen. Sollten Sie nur gekommen sein, um Ihre Skepsis den Geistererscheinungen gegenüber bestätigt zu sehen, wird Ihnen ein Kontakt nicht gelingen.« Er legte die Tafel fort und schloss die Augen. »Rufen Sie nur den Geist Ihnen nahe stehender Verstorbener an, die vielleicht den Wunsch haben, den durch den Tod unterbrochenen Dialog fortzusetzen. Damit ein Geist bereit ist, mit Ihnen in Verbindung zu treten, darf er weder Vorbehalte noch Feindschaft spüren.«

Er trat zur Seite und löschte das Deckenlicht. Nur eine kleine Lampe im Hintergrund, die einen schwachen Lichtschein warf, brannte jetzt noch, sodass in dem Salon ein diffuses Halbdunkel herrschte.

Gladys hatte plötzlich ein beklemmendes Gefühl. Den Lachreiz hatte sie niedergekämpft. Die ganze Situation behagte ihr nicht. Sie hätte am liebsten den Salon verlassen, aber sie wagte nicht, sich zu erheben, da sie fürchtete, die Konzentration der anderen zu stören.

Auf Anweisung von Dr. Faussett bildeten sie wiederum die spiritistische Kette. Die Hand von Madeleine war warm, die von Mr. Barrett eisig kalt.

»Man muss warten, bis die Geister bereit sind, mit uns in Verbindung zu treten«, sagte Faussett und öffnete wieder die Augen. »Wenn die richtige Einstellung bei Ihnen vorhanden ist, kann es sein, dass die Verstorbenen, an die Sie denken, sich von selbst bemerkbar machen, ohne dass Sie nach Ihnen rufen. Ich will damit sagen, dass Sie nichts zu tun brauchen, als ruhig und voller Erwartung zu sein.« Er schwieg und sah einen nach dem anderen an. »Entspannen Sie sich und vergessen Sie Ihren Körper. Atmen Sie ruhig und regelmäßig. Konzentrieren Sie sich auf die Person, deren Geist Sie begegnen möchten.«

Im Raum trat Stille ein, und Gladys bemühte sich, den Anweisungen von Dr. Faussett Folge zu leisten, was das Atmen anging. An jemanden aus dem Jenseits dachte sie nicht. Nach einigen Minuten bemerkte sie, dass sie tatsächlich ruhiger zu werden begann. Vorsichtig spähte sie zur Seite und sah, dass Victoria Hoyt zitterte und schwitzte; sie presste die Lippen aufeinander. Ihre Pupillen verdrehten sich nach oben, dann schloss sie krampfartig die Lider. Die Zähne knirschten, und nach einer weiteren Minute kündigte ein konvulvisches Zucken des ganzen Körpers an, dass sie in Trance gesunken war. Kurz darauf ließ sich am Tisch mehrfach ein Klopfen vernehmen, also schienen die Geister anwesend zu sein – nun konnte es beginnen. Miss Hoyts Lippen bewegten sich.

»John Jacob!«, rief eine heisere Stimme aus ihrer Kehle, eine Stimme, die nicht die gewöhnliche Stimme von Victoria Hoyt war. Gladys wandte den Kopf zurück und schloss die Augen. »John Jacob!«, hörte sie erneut.

»Bist du es, Vater?«, hörte sie Astor sagen.

»Ich bin hier«, kam es von Astors Vater zurück.

»Was willst du?«, fragte der Sohn.

»Dich warnen! Pass auf deine Frau auf! Sie und euer Kind sind in Gefahr!«

Obwohl sie die Augen geschlossen hatte, konnte sie durch die Kette der Hände spüren, dass Astor über das, was er hörte, erschrocken war.

»Bist du es wirklich, Vater?«, hörte sie ihn fragen.

»Ja! Ich bin es, mein Sohn.«

»Wo bist du, Vater?«

»In deiner Nähe!«

»Wie geht es dir?«

»Mach dir wegen mir keine Sorgen! Ich bin in Sicherheit. Aber gib du Obacht auf deine Frau und dein Kind!«

»Das tue ich doch immer, Vater! Warum sagst du das? Wovor willst du mich warnen?«

»Ich sehe Wasser, John Jacob – viel Wasser. Deine Frau und dein Kind müssen leben, damit unsere Dynastie eine Zukunft hat.«

»Du kannst beruhigt sein, Vater. Sie werden leben! Das Wasser siehst du nur, weil wir auf einem Schiff sind. Es gibt keine Gefahr. Wir fahren auf dem sichersten Schiff der Welt. Es ist unsinkbar. Kein Sturm kann es zum Kentern bringen. Obendrein ist die See ganz ruhig. Ich passe gut auf Madeleine und unser Kind auf.«

Alles wartete gespannt, dass Astors alter Vater weitersprach, doch er tat es nicht.

»Vater, bist du noch da?«, rief Astor.

»Nur ein großes Schiff kann das Wasser bezwingen«, ließ sich der tote Vater vernehmen.

»Es ist ein großes Schiff, auf dem wir unterwegs sind – das größte Schiff der Welt! Es gehört der White-Star-Linie, einem der drei größten transatlantischen Schifffahrtsunternehmen.«

»Kannst du die Gesellschaft nicht kaufen?«, erkundigte sich der Verstorbene krächzend durch die Kehle von Miss Hoyt. »Ein Schiff ist wie ein Haus, die größte Gesellschaft gehört in unseren Besitz.« Es schien, als ob der alte Astor auch noch im Jenseits Geschäfte betrieb.

Sein Sohn reagierte nicht sogleich, als hätte ihn die Frage seines Vaters überrascht.

»Du meinst, es wäre ein gutes Geschäft, Vater?«, fragte er dann, als fast eine Minute in Stille verstrichen war.

»Ja, mein Sohn, die Zukunft liegt im Meer«, kam es zurück, und die Stimme hörte sich an, als käme sie aus weiter Ferne und der Geist von Astors Vater hätte sich schon wieder auf den Heimweg gemacht.

Alles wartete eine Weile in gespanntem Schweigen, ob eine weitere Bemerkung folgen würde, aber der Geist des alten Vaters blieb nun still.

Nach einer Weile hörte Gladys neben sich ein Geräusch, und beim Blick zur Seite gewahrte sie, dass Victoria sich neuerlich verkrampfte, als ob wieder einer der Geister, die sich in der Kabine tummelten, um eine Äußerung Rang.

Ein oder zwei Minuten verstrichen, bevor Victoria so etwas wie ein lautes Stöhnen vernehmen ließ, als hätte ein weiterer Geist sie heimgesucht, und Gladys wäre fast vom Stuhl gefallen, als Victoria plötzlich schrie:

»Gladys, Gladys!«

Gladys fuhr zusammen und teilte nun ihrerseits ihren Schreck den Händen in der spiritistischen Kette mit. O Gott! War das etwa Phil?

»Phil? Bist du das, Phil?«

»Gladys, du bist in Gefahr«, sagte die Stimme, »hüte dich vor dem Wasser. Du weißt, was man mir angetan hat!«

Es war nicht die Stimme von Phil, dachte Gladys, aber dennoch musste es Phil sein, der aus dem Mund des Mediums zu ihr gesprochen hatte! Ein anderer kam ja gar nicht in Betracht! Wer könnte sonst wissen, was mit Phil in London geschehen war?

»Warum bin ich in Gefahr, Phil?«, fragte sie.

»Es sind Männer hinter dir her, sie sind auf dem Schiff!«, antwortete das Medium. »Pass auf dich auf! Sie werden sonst über dich herfallen und dich – na, du weißt schon, was manche Männer mit Frauen wie dir gerne tun – und danach werden Sie mit dir das Gleiche machen, was sie mir angetan haben, sie wollen dich töten.«

Ihr war plötzlich heiß. Warum war sie hier und setzte sich diesem furchtbaren Schabernack aus? Am liebsten wäre sie aufgesprungen und aus der Kabine gestürmt.

»Wer sind die Männer, von denen du sprichst?«, rief sie fast widerwillig.

»Es ist alles so dunkel, Gladys; ich kann ihre Gesichter nicht sehen! Lass dich von ihnen nicht täuschen. Das Schiff ist voll von Männern, die dich über ihre Absichten zu täuschen suchen! Nimm dich vor den Verführern in Acht!«

Verdammt! Sie konnte nicht ernsthaft glauben, dass es wirklich Phil war, der durch den Mund dieser schrecklichen Frau zu ihr sprach. Aber wer war es dann, der dem Medium diese Ungeheuerlichkeiten einflüsterte? Verstand sich ihr unbekannter Feind an Bord vielleicht auf schwarze Magie?

»Täuschen? Was für Täuschungen meinst du?«

»Sie machen falsche Versprechungen und bieten dir Geld für deine Dienste!«

Dienste? Das war unmöglich Phil! So etwas hätte er nicht gesagt!

»Das ist doch Unsinn, ich bin ganz bestimmt niemandem zu Diensten.«

»Sie wissen, wer du bist, Gladys.«

Hör auf, dachte sie, sprich nicht von meinem früheren Leben! Nicht hier, nicht in dieser Gesellschaft!

»Wer weiß das? Wer sind sie? Schau genauer hin, damit du sie erkennst! Dich können sie doch nicht täuschen, Phil!«

»Sie tragen Masken, Gladys!«

»Masken, Phil? Dann reiß ihnen die Masken einfach ab!«

»Ich kann es nicht.«

Hatte Victoria Hoyt deshalb so höhnisch gegrinst, weil sie gewusst hatte, was geschehen würde? War sie es selbst, die diese bösen Scherze mit ihr trieb, oder steckte jemand anderer dahinter? Faussett vielleicht oder gar John Jacob Astor? Wer sonst käme dafür noch in Betracht? Sie warf einen Blick in Garfields Richtung, aber dieser hatte die Augen geschlossen und ließ sich nichts anmerken. Es konnte nur eine Erklärung für diesen Unfug geben, und das war die, dass jemand auf dem Schiff war, der um das Geschehen in London wusste. In welcher Weise es allerdings diesem Menschen gelang, sich dieses Mediums zu bedienen, um ihr Angst einzujagen, konnte sie sich nicht erklären. Ganz gewiss hatte es nichts mit der vierten Dimension zu tun. Eher ging es um Hypnose, aber noch wahrscheinlicher ging es um simple Täuschung und vorsätzlichen Betrug.

»Und was soll ich tun, Phil?«, fragte sie.

Eine Minute verstrich, aber es kam keine Antwort. Immer wenn sie einem einen konkreten Rat geben sollten, gingen die Geister stiften.

»Sag es mir, Phil! Du musst es doch wissen!«

Das Medium blieb still.

›Phil, warum haben Sie dich umgebracht‹, hätte sie am liebsten gefragt, um den angeblichen Geist ihres früheren Geliebten weiter zu testen, doch das war zu gefährlich, sie durfte sich nicht selbst verraten und musste sich die Frage verkneifen. Es war ja nicht Phil, sondern es war einer ihrer Feinde, der durch dieses furchtbare Medium zu ihr sprach! In diesem Moment merkte sie, dass Madeleine ihre Hand losgelassen hatte. Einige Augenblicke später ging das Licht an.

Madeleine stand neben der Tür und hatte es angemacht. Ihre besorgten Augen waren auf Gladys gerichtet. Offenbar hatte sie dem bösen Spiel, das die Runde mit Gladys trieb, nicht länger zusehen können. Gladys sprang von ihrem Stuhl auf, der Bann war gebrochen.

»Was für ein Unsinn!«, rief sie, plötzlich ernüchtert.

Es war die Gelegenheit zu gehen, dachte sie, und sofort verließ sie den Tisch und trat neben Madeleine.

»Vielen Dank für die Einladung, aber ich habe genug.«

»Es tut mir leid«, flüsterte Madeleine ihr zu.

Gladys warf einen letzten zornigen Blick in Richtung der um den Tisch versammelten Gesellschaft.

»Viel Vergnügen noch, die Herrschaften, ich gehe!« Im nächsten Moment war sie durch die Tür des Salons und hatte die spiritistische Abendgesellschaft verlassen.

*

Mit festen Schritten eilte sie den Gang hinunter, stieg über die Treppe nach oben und betrat das Bootsdeck. Wie ein schwarzer Abgrund tauchte das Meer vor ihr auf. Auf zwei wegstrebenden Linien zeichnete sich die Bugwelle ab, von den Positionslaternen matt beschienen. Es musste schon recht spät sein, denn es waren kaum noch Menschen an Deck, und nur gelegentlich nahm sie einen vorüberhuschenden Schatten wahr. Der kühle Wind strich über ihre nackten Schultern und verwehte ihr goldenes Haar. Sie hatte ihre Jacke in der Kabine der Astors gelassen, aber sie vermisste sie nicht; noch immer war ihr heiß. Sie kochte innerlich, während sie sich umdrehte und in Richtung Heck ging. Sie war wie wild entschlossen, sich die Zumutungen anderer Leute nicht länger gefallen zu lassen.

Sie lehnte sich über die Brüstung, von der man über den Hintersteven hinweg auf das Brodeln des Kielwassers sah. Ein breiter Schaumstreifen zog hinter dem Schiff her, wogte auf und nieder in täuschend majestätischer Gelassenheit. In der Ferne spiegelte sich im Mondlicht die schwarze, glatte Oberfläche des Meeres.

Phil, armer Phil, dachte sie. Diese Schufte hatten ihn der Themse zum Fraß vorgeworfen, die ein Teil des weltumspannenden Meeres war, das ihn mit einem seiner Nebenarme verschlungen hatte. War Phil noch da? Existierte seine Seele irgendwo im Universum oder ganz in der Nähe – in einer jenseitigen Welt, die für die sterblichen Menschen unsichtbar war? Nein, vielleicht konnten die Toten sie sehen, aber sie liefen gewiss nicht als Geister auf der Titanic herum und nahmen auch keinen Kontakt mit den Lebenden auf. Dieser Faussett war ein Betrüger.

Plötzlich hörte sie ein Geräusch und drehte sich um. Für einen Moment erschien der Schatten einer dunklen Gestalt hinter ihr, der anders war als diejenigen, welche sie eben noch hatte vorüberhuschen sehen, doch im nächsten Moment war er schon wieder verschwunden, als sei er vor ihr auf der Flucht.

Ein Anflug von Unwillen stieg in ihr auf. Hatte sich erneut jemand an ihre Fersen geheftet? Blieb sie denn auf diesem Schiff keine Minute mehr von Leuten, die ihr nachstellten, verschont? Sie warf den Kopf zurück. Sollte der

Betreffende nur kommen! Sie war gerade in der rechten Stimmung, sich mit jemandem anzulegen. Sie war nicht länger gewillt, die Rolle des Opfers zu spielen, sondern wollte wissen, wer hinter ihr her war und weshalb man sie verfolgte. Sollte ihr Verfolger erneut auftauchen, würde sie ihn stellen und ihm die Maske herunterreißen, nahm sie sich vor. An Bord der Titanic war sie nicht gänzlich auf sich allein gestellt; irgendwo in der Nähe gab es auf diesem Schiff immer ein paar Menschen, die ihr beistehen könnten, sollte ihr Verfolger zudringlich oder gewalttätig werden.

Entschlossen ging sie auf den Deckaufbau zu, hinter der die Gestalt verschwunden war, doch es war niemand mehr da. Sie umrundete den Aufbau, über dem sich der dritte Schornstein erhob, aber nirgendwo entdeckte sie den Unbekannten. Sie blieb stehen und schaute sich um. Die Einsamkeit, von der sie an diesem Ort plötzlich umgeben war, hatte etwas Unheimliches. Das Dunkel um sie herum erschien ihr mit einem Mal drohender als jemals zuvor. Die Sterne hatten ihren Glanz verloren und blickten auf sie wie Millionen Augen eines übermächtigen Wesens. Das Meer erschien ihr nur noch als schauerliche Tiefe, über dem sie auf einer lächerlichen Holzplanke, der größten der Welt, dahinglitt. Das Rauschen des Kielwassers hörte sich an wie ein schauriger Chor von Stimmen, die in Verzweiflung aufschrien. Sie fühlte sich klein, nichtig und verloren wie ein Staubkorn in der grenzenlosen Unendlichkeit.

In diesem Moment erblickte sie ihren Verfolger. Er stand verborgen hinter dem Tauwerk, das nahe dem letzten Schornstein aufgerollt war, und sah in ihre Richtung. Sein Gesicht lag im Dunkeln, aber sie wusste instinktiv, dass er derjenige war, der sie eben beobachtet hatte, und aus dem instinktiven Wissen wurde Sicherheit, als sie sah, dass die

Gestalt vor ihr zurückzuweichen begann. Es war der Kerl vom gestrigen Abend. Es reichte! Sie schritt entschlossen auf die Gestalt zu, doch mit einer raschen Bewegung, die für Gladys ganz unvermittelt kam, drehte diese sich zur Seite und war im nächsten Moment durch eine Tür vom Deck in das Treppenhaus entschwunden. Sie lief hinterher, riss die Tür auf und sah die Gestalt die Treppe hinuntereilen. »Halt, bleiben Sie stehen!«, rief sie dem Schatten nach, während sie in schnellen Sprüngen die Stufen nahm. Sie gelangte auf die tiefer gelegene Ebene, ohne dass sie den Flüchtigen eingeholt oder gesehen hätte. Sie blickte nach links und rechts in die schwach beleuchteten, teppichbelegten Korridore und nahm den nächsten Gang auf der linken Seite, von dem sie vermutete, dass auch der Unbekannte ihn genommen hatte.

Durch den langen, weißen Gang, der zu den Luxuskabinen führte, drang kein Laut. Einmal hörte sie das Geräusch einer ins Schloss fallenden Tür und drehte sich herum, aber sie war ganz allein in dem Flur. Das Gewirr der Gänge, Kabinen und Treppen, das sich über mehrere Etagen erstreckte, war ein schwer durchschaubares und kompliziertes System mit Sackgassen, Absperrungen und Schleichwegen, ein System, das weder der Kapitän noch sonst jemand von der Besatzung richtig durchschaute. Nur Mr. Andrews, der an Bord befindliche Konstrukteur der Titanic, so wurde gemunkelt, fand sich in diesem Labyrinth sicher zurecht. Es war nicht schwer, sich darin zu verirren, und auch Gladys wusste im Moment nicht so recht, wo sie war. Sie hörte das Dröhnen der Maschinen und konnte deren Vibration durch ihre Schuhe hindurch fühlen. Sie sehnte sich nach Licht und in die Nähe vertrauter Menschen und öffnete die Tür zu einem Kabinengang, von dem sie glaubte, er würde sie näher zu ihrer eigenen Kabine führen.

Sie schlüpfte hindurch und gelangte in einen leeren Korridor. Da vernahm sie hinter sich etwas, das sich wie das Geräusch einer sich schließenden Tür anhörte. Sie drehte sich um. Die Tür, durch die sie eben gekommen war, hatte sich erneut geöffnet und wieder geschlossen und einem dunkel gekleideten Mann, dessen Anblick ihr einen jähen Schrecken einjagte, Einlass gewährt. Es war das Gesicht, das sie zusammenfahren ließ, denn es war finster und eigenartig starr, maskenhaft, dunkel und grinsend, ein unverkennbar böses Gesicht, sie spürte es, gerade weil sie dessen Details nicht erkannte. Sie hatte keine Zeit, entsetzt zu sein, sondern reagierte sofort, indem sie in die eingeschlagene Richtung weiterlief und aus dem Gang zu entkommen suchte. Sie war flink, aber auch ihre Sportlichkeit machte den Nachteil ihrer hochhackigen Schuhe nicht wett, und sie ahnte ihren Verfolger mehr, als dass sie ihn hinter sich hörte, als nähere er sich ihr mit geradezu katzenhaften Sprüngen. Gerade als sie um die nächste Ecke biegen wollte, hörte sie ganz nahe das Geräusch seines Atems wie den eines Tieres, sie fuhr herum und erblickte eine schwarzseidene Fratze. Eine Maske, schoss es ihr durch den Kopf, ein maskiertes Gesicht, so wie das Medium es ihr prophezeit hatte, und im Zurückweichen sah sie die Krawatte, die der Maskierte auseinandergezogen und gespannt zwischen den Händen hielt, und sie wusste, was das bedeutete.

Obwohl sie die Hände hochriss, konnte sie den Angriff des Maskierten nicht mehr abwehren. Sie wollte schreien, aber die Krawatte, die der Maskierte wie eine Schlinge über ihren Kopf geworfen hatte, hinderte sie daran, und schon spürte sie einen entsetzlichen Druck auf ihrer Kehle. Sie schlug um sich und versuchte, nach der Maske zu greifen, sie dem Unhold vom Gesicht zu reißen und das, was darunter war, bis aufs Blut zu zerkratzen, aber ihre Hände gehorchten ihr nicht mehr. Sie bekam keine Luft, und ihre Bewegungen waren so heftig wie unkontrolliert; irre Bilder, die sie nicht zuordnen konnte, schossen ihr durch den Kopf, in ihren Ohren war ein Rauschen, und sie merkte, wie ihr die Sinne zu schwinden begannen. Es waren ausgerechnet ihre hochhackigen Schuhe, durch die sie zuvor am Laufen gehindert worden war, die sie retteten, als sie mit einer ihrer verzweifelten Bewegungen den Fuß des Angreifers traf, offenbar so schmerzhaft für ihn, dass er einen Moment irritiert war und die Krawatte locker ließ. Gladys bekam wieder Luft, ihre Umgebung wurde wieder klarer, und sie dachte: Tritt ihm in den Bauch. Sie war eine sportliche Frau, und es gelang ihr in einer heftigen Bewegung, das rechte Knie mit Wucht dem Krawattenwürger in den Unterleib zu rammen.

Der Maskierte stöhnte auf und sackte zusammen; und dieser Moment reichte Gladys, die Krawatte abzustreifen und so der Schlinge zu entkommen. Sie spurtete zur nächsten Ecke, aber sie hatte den Abzweig noch nicht erreicht, da hörte sie hinter sich bereits wieder die ihr nachjagenden Schritte; der Maskierte gab noch nicht auf und verfolgte sie weiter.

Gerade in dem Moment, als sie um Hilfe schreien wollte, tauchte eine Gestalt vor ihr auf. Es war ein Mann, dem sie direkt in die Arme lief, und, da sie stehenblieb, streckte er seine Hände nach ihr aus, sodass sie diese dankbar ergriff.

»Was geht hier vor, Madam?«

»Er will mir ans Leben«, stöhnte Gladys und drehte sich zu ihrem Verfolger um, ohne die Hände ihres Helfers loszulassen.

Der Maskierte war bereits zurückgesprungen, und schon sah sie seinen Schatten am Ende des Ganges verschwinden.

Gladys wusste augenblicklich, dass der Versuch, ihm nachzueilen und ihn zu stellen, vergeblich sein würde.

»Er hat versucht, mich zu erwürgen«, keuchte sie.

Der Mann lächelte, als nähme er sie nicht ernst.

»Tatsächlich? Eine schöne Frau wie Sie?«

»Schön oder nicht schön – es ist wahr! Er warf mir eine Schlinge um den Hals! Ich glaube, es war eine Krawatte!«

»Wer war denn dieser Mann?«

»Ich weiß es nicht! Er trug eine Maske.«

»Eine Maske? Wie war er denn gekleidet? Sah er wie ein Passagier oder wie jemand von der Besatzung aus?«

»Es ging alles so schnell.« Gladys zog ihre Hand zurück und griff sich an die Stirn. »Aber er sah nicht aus wie ein Heizer. Er war anständig gekleidet, ja, eher wie ein Passagier.«

»Haben Sie denn keinen Verdacht, wer der Kerl gewesen sein könnte?«

Sie schüttelte stumm den Kopf, dann blickte sie ihn an, um ihn genauer zu betrachten. Vom ersten Augenblick an hatte sie die Nähe des Fremden als angenehm empfunden, nicht nur weil der Mann ihr zu Hilfe gekommen war, sondern es war seine persönliche Ausstrahlung, und als sie ihn nun näher in Augenschein nehmen konnte, bestätigte sich, dass ihr erster Eindruck keine Täuschung gewesen war.

»Warum hat dieser Mensch Sie angegriffen?«

»Weil – ach, ich weiß es doch auch nicht.«

Ihr Retter war ein sehr gut aussehender Mann mit dunkelblondem Haar und einem Gesicht mit ebenmäßigen Zügen. Eigentlich war er das Ideal von einem Mann, ein Mann, wie er ihr in ihren Träumen vorschwebte und wie er ihr nur selten einmal in der Wirklichkeit begegnet war. Sie hatte das Gefühl, sich kneifen zu müssen, um auszuschließen, dass sie wirklich nicht träumte. Es war fast unglaublich: Ganz plötzlich war ihr lang ersehnter Traum lebendig geworden, und sie empfand unvermittelt ein heftiges Glücksgefühl.

Sie lächelte, und der Mann, dessen Gesicht dem ihren ganz nahe war, lächelte zurück. Die Welt strahlte auf einmal hell. Wie nahe lagen doch Glück und Unglück beieinander, ging ihr durch den Sinn. Eben noch dem Tod preisgegeben und plötzlich verliebt. Sie erschrak. Verliebt? Wie konnte sie so etwas nur denken! So schnell ging das nicht! Oder doch? Nichts war unmöglich, und hatte sie nicht vom ersten Moment dieser Begegnung an gefühlt, dass dieser Unbekannte der ersehnte Geliebte war?

»Wie ist Ihr Name?«, fragte sie ihn. »Ich bin Gladys Appleton.«

»Roger Carran«, gab der schöne Retter zurück.

»Reisen Sie in der ersten Klasse?«, fragte Gladys. »Ich habe Sie noch nie gesehen.«

Carran nickte. »Ja, in der ersten Klasse.«

Seine muskulöse, aber schlanke und geschmeidige Gestalt fiel ihr auf, ein Mann von herrlichem Wuchs. Er hatte ein bronzefarbenes Gesicht mit hohen Wangenknochen und ein kräftiges Kinn über einem langen Hals, dem Kragen und Krawatte gut standen.

»Gehen Sie nicht in den Speisesaal?«

»Selten«, gab Carran zurück. »Meistens bestelle ich mir ein paar Kleinigkeiten und etwas Obst auf die Kabine.«

»Das Essen ist ganz vorzüglich«, sagte sie, um ihre momentane Aufgeregtheit zu überwinden. »Man muss kein Feinschmecker sein, um es zu mögen.«

Sein Blick war ruhig, und der grüne Schimmer seiner Augen gefiel ihr ausnehmend gut. Dieser Roger Carran war eindeutig ein Beau, so schön wie sie selbst, dachte sie, und sie spürte den heftigen Wunsch, ihn ohne Kleidung zu sehen. Seine Augen trafen auf die ihren. Sie senkte den Blick, aber nicht sofort, und daher nahm sie in Bruchteilen von Sekunden mit einem freudigen Gefühl einen lächelnden Blick des Einverständnisses zwischen ihnen beiden wahr, als wüsste er ganz genau, woran sie eben gedacht hatte.

»Haben Sie wirklich keine Erklärung dafür, warum dieser Mensch Sie angegriffen hat?«, fragte er, als wollte er verhindern, dass zu schnell einsetzte, wovon sie beide bereits wussten, dass es unvermeidlich sein würde. »Gewiss haben Sie eine Vermutung.«

Sie zögerte einen Moment. Seine Frage hatte einen kleinen Funken Misstrauen in ihr entzündet, und ihr kam der Gedanke, wie merkwürdig es doch war, dass dieser Roger Carran gerade in dem Moment an ihrer Seite aufgetaucht war, als sie sich in höchster Gefahr befand.

»Es ist eine lange Geschichte«, antwortete sie.

Er sah sie eine Weile zweifelnd an, bevor er fragte: »Möchten Sie mir diese Geschichte nicht erzählen?«

Sie wollte es, und ihr Misstrauen schwand, ganz bewusst dachte sie nicht weiter darüber nach, warum sie sich ihm offenbaren wollte.

»Ja, ich werde es Ihnen erzählen«, sagte sie, »aber nicht hier.«

»Vielleicht finden wir einen Gesellschaftsraum, in dem wir uns ungestört unterhalten können«, sagte er. »Die Chancen stehen nicht schlecht. Die meisten Passagiere sind schlafen gegangen.«

»Wir werden ganz sicher einen geeigneten Raum finden«, übernahm sie die Initiative, »kommen Sie!«

Sie verließen den Kabinengang, stiegen eine Treppe hinauf und fanden sich kurz darauf in der fast leeren Bibliothek wieder. Nur der Bibliothekssteward, ein dünner, gebeugter Mann mit traurigem Blick, war anwesend und damit beschäftigt, Karteikarten zu sortieren. Als er Gladys erblickte, leuchteten seine Augen freudig auf, und mit einer freundlichen Geste forderte er sie beide zum Eintreten auf.

Die Bibliothek war mit Sofas, Sesseln und verstreuten Schreibtischen und Stehpulten ausgestattet, die Regale in Mahagoni mit weißen, hölzernen Säulen, die das Deck darüber stützten. Durch die Fenster konnte Gladys die sternklare Nacht sehen, die einen klaren morgigen Tag, mit ruhigem Wetter versprach. Sie waren allein und setzten sich an den hintersten Tisch in der Nähe des Kamins.

»Warum nehmen Sie Ihre Mahlzeiten nicht im Speisesaal ein?«, fragte Gladys.

»Ich mag die Leute nicht, die dort verkehren«, sagte Roger Carran, »und meide deren Gesellschaft, so gut es geht.«

Sein Gesicht war ihr zugewandt, seine Züge ernst.

»Warum reisen Sie dann erster Klasse?«

»Es hat berufliche Gründe.«

»Meine Welt ist diese Gesellschaft auch nicht«, sagte sie, »aber hinter ihrem arroganten Gebaren steckt weniger, als es den Anschein hat. Die meisten Gespräche sind belanglos.«

»Das ist es eben, was mich so stört.«

»Man kann nicht den ganzen Tag über Tiefschürfendes sprechen«, entgegnete Gladys mit einem nachsichtigen Lächeln. »Belangloses Plaudern ist eine Kunst. Wer darin geübt ist, hat viele Vorteile.«

»Ich höre mir kein Geschwätz an, das mir zuwider ist. Auf die gesellschaftlichen Vorteile verzichte ich gern.«

»Seien Sie nicht so hart!«

Zum ersten Mal, seit sie in der Bibliothek waren, lächelte

er. »Entschuldigen Sie, Mrs. Appleton! Es gibt natürlich Ausnahmen – auch unter den Erste-Klasse-Passagieren«, sagte er. »Mit Ihnen unterhalte ich mich gern.«

Was er wohl auf diesem Schiff tat, überlegte sie. Wie ein normaler Passagier erschien er ihr nicht, sie hätte allerdings nicht sagen können, warum.

»Reisen Sie allein?«, fragte sie und schenkte ihm einen zarten Blick.

Er nickte. »Ja! Es geht mir wie Ihnen.«

Sie fragte nicht, woher er von ihr wusste.

»Sind Sie in Queenstown an Bord gekommen?«, fragte sie.

»Nein, schon in Southampton.«

Sie schüttelte den Kopf. »Sie müssen sich in den letzten Tagen verborgen gehalten haben, um meinen Blicken zu entgehen.«

Er schmunzelte. »Ich halte mich gern im Hintergrund.«

»Sind Sie ein Spion – oder etwas in dieser Art?«

Er lachte. »Damit liegen Sie gar nicht so falsch. Sie haben einen Blick, dem nichts entgeht!«

»Sie sind Engländer, nicht wahr? Lassen Sie mich raten! Sie sind ein Spion im Dienste der Armee?«

»Oh, ich bewundere Ihren Scharfsinn, Mrs. Appleton! Oder ist es Ihre Intuition? Ich war tatsächlich Offizier, doch ich habe den Dienst vor zwei Jahren quittiert. Ich habe inzwischen einen zivilen Arbeitgeber. Aber bitte verstehen Sie, dass ich über die Gründe, weshalb man es für notwendig hielt, jemanden wie mich auf die Jungfernfahrt zu schicken, nicht sprechen kann. Ich habe so etwas wie eine Schweigepflicht.«

Sie merkte, dass es sie nicht wirklich bekümmerte, wer Carran war oder was für eine Rolle er spielte. Ihr gefiel der Gedanke, dass sein Erscheinen nur dem äußeren Eindruck nach ein Zufall war, während in Wahrheit ein ihr vorbestimmtes Schicksal diesen Winkelzug getan hatte, um ihr den ersehnten Retter an die Seite zu stellen.

»Sie sind demnach kein normaler Passagier, sondern in einer offiziellen Funktion an Bord dieses Schiffes?«

»Ich will es nicht bestreiten«, gab er ausweichend zu.

»Sie stellen Ermittlungen an, nicht wahr? Sind Sie so etwas wie ein Detektiv?«

»Ein Detektiv, ja, meinetwegen. Ein geheimer Detektiv.«

Sie musterte eine Weile sein schönes Gesicht.

»Ein Detektiv also! Das gefällt mir! Ich hoffe trotzdem, Sie müssen nicht ermitteln, während wir auf See sind. Ich brauche nämlich einen Beschützer, der auf mich aufpasst. Bisher habe ich zwar geglaubt, ich bräuchte keinen, aber ich habe mich geirrt.«

»Jeder Mann würde sich darum reißen, diese Rolle für eine schöne Frau, wie Sie es sind, zu übernehmen.«

»Mag sein, aber ich nehme nicht jeden Mann. Bisher habe ich alle diesbezüglichen Angebote abgelehnt.«

»Wo ist Ihr Gatte?«, fragte er. »Wie kommt es, dass er Sie nicht begleitet?«

Sie wollte ihn nicht belügen – ihn nicht.

»Er ist tot«, sagte sie. »Den anderen Passagieren habe ich erzählt, er sei plötzlich erkrankt. Er war auch nicht mein Mann, sondern mein Geliebter. Eigentlich bin ich nicht Misses, sondern Miss Appleton. Doch ich ziehe es vor, die Männer an Bord glauben zu lassen, ich wäre verheiratet.«

Er sah sie lange an, und sie empfand seinen Blick als zärtlich und warm, wenn auch nicht ohne gewisse Distanz.

»Aufzupassen ist mein Beruf«, sagte er. »Ich muss meine Augen offen halten, wo immer ich auf diesem Schiff auch bin. Ich glaube, das qualifiziert mich für die Rolle, die Sie mir zugedacht haben.«

»Jemanden wie Sie habe ich mir als Beschützer gewünscht«, sagte sie mit entwaffnender Direktheit. »Sie sollen mich allerdings nicht nur bewachen, sondern …«

Er starrte sie an. »Sondern …«

»Nun, das, was Sie jetzt eben tun. Mit mir zusammen etwas unternehmen, mit mir ein Glas Champagner trinken, mich als meinen Tisch- und Tanzpartner zu den Bordfesten begleiten. Und alles andere, was sich eine Dame von einem Herrn so wünscht …«

Er lächelte und griff nach ihrer Hand, und sie erwiderte deren Druck ganz fest.

»Ich werde Ihnen jeden Ihrer Wünsche erfüllen«, erwiderte er mit festem Blick, und sein Gesicht wurde wieder ernst. »Glauben Sie wirklich, dass jemand auf dem Schiff ist, der Sie umbringen will?«, fragte er. »Ich muss wissen, wer Ihre Feinde sind, um besser für Ihre Sicherheit sorgen zu können.«

Ein beunruhigender Gedanke stieg plötzlich in ihr auf: War es denkbar, dass ihr neuer schöner Bekannter mit ihrem maskierten Verfolger in irgendeiner Verbindung stand? War dies der Grund, weshalb er gerade im rechten Moment an ihrer Seite aufgetaucht war, um sie zu retten?

»Ich war Zeugin eines Mordes«, sagte sie.

Er betrachtete sie eine Weile stumm. »Wer wurde ermordet?«, fragte er.

»Ein Freund. Mein Geliebter, um bei der Wahrheit zu bleiben, der Mann, von dem ich eben sprach.«

Sie merkte, dass es überhaupt keine Rolle für sie spielte, auf welcher Seite er stand. Selbst wenn er einer ihrer Verfolger war, könnte das an ihrer Haltung ihm gegenüber kaum etwas ändern. Er war nicht Frank Jago, sondern ein Mann, den sie lieben könnte; und nur das allein zählte.

»Wo und wann geschah das?«, fragte er.

»Vor drei Tagen, am Dienstagabend in London, es war der Vorabend der Abreise aus Southampton.«

»Und am nächsten Morgen sind Sie auf die Titanic gegangen?«

»Genau so war es!«

»Dann sind Sie also auf der Flucht?«

Sie nickte und wandte den Blick von ihm ab.

»Woher weiß jemand, dass Sie auf der Titanic sind?«

»Ich dachte, es wüsste niemand. Phil Ryland – mein Freund – hatte die Reise für uns beide gebucht. Er wollte nicht, dass es jemand erfährt, doch es muss bekannt geworden sein. Ich weiß nicht, wie.«

Er betrachtete sie aufmerksam.

»Vor wem fliehen Sie? Hat Ihr Verfolger einen Namen?«

Sie zögerte.

»Er heißt Frank Jago. Er wollte mich zu seiner Geliebten machen. Doch weil ich den Kerl nicht mochte, fasste ich spontan den Entschluss, England zu verlassen.«

»Sie fliehen also vor ihrem früheren Leben?«

Sie nickte. »Ich muss wieder ganz von vorn anfangen.«

»Und da haben Sie gedacht, Sie probieren es am besten in Amerika.«

»Es wäre eine Möglichkeit«, gab sie ausweichend zurück.

Über seine Augen hatte sich ein nachdenkliches Schimmern gelegt.

»Frank Jago«, sagte er. »Der Mörder Ihres Freundes ist also an Bord des Schiffes?«

Sie schüttelte den Kopf. »Nein! Natürlich nicht!«

»Nicht? Warum nicht? Wer sonst ist hinter Ihnen her?«

Gladys wurde unsicher. Sie wollte ihm nicht erzählen, was mit Jago geschehen war. Falls ihr Retter in Wahrheit auf der Seite ihrer Gegner stand, würde er es ohnehin besser wissen als sie, und dann würde sie es irgendwann von ihm erfahren.

»Wäre Jago hier, hätte ich ihn doch gesehen«, gab sie zurück. »Aber ich habe ihn nicht gesehen. Er kann ja nicht ständig mit einer Maske herumlaufen. Er oder jemand anderer aus seiner Umgebung muss mir diesen Menschen auf den Hals gehetzt haben, dessen Gesicht ich nicht kenne – einen Meuchelmörder.«

Carran wirkte nicht überzeugt. »Vielleicht wollte Ihnen nur jemand einen Schreck einjagen«, sagte er.

»Einen Schreck? Dieser Meuchelmörder hat mir eine Art Schlinge um den Hals geworfen und zugezogen. Ich bekam keine Luft mehr, bevor ich mich befreien konnte.«

Sein Blick wurde unergründlich und tief. »Er könnte gewusst haben, wie weit er gehen durfte.«

»Und welchen Sinn sollte das Ganze haben, wenn er mich nicht erwürgen wollte?«

»Ihnen zu zeigen, dass man weiß, wer Sie sind, und um Sie zu warnen, damit Sie Ihr Wissen über das, was in London geschehen ist, für sich behalten.«

Sollte er wirklich zu ihren Verfolgern gehören, mochte seine Bemerkung ein verborgener Hinweis auf seine eigene Rolle in dem Spiel sein, das ihre Feinde mit ihr trieben. In diesem Fall konnte alles, was ihr geschah, Teil eines fest gefügten Planes sein, in den auch er eingeweiht war.

»Hm, eine etwas merkwürdig Art, jemanden zu warnen, finden Sie nicht auch?«, sagte sie.

Er rieb sich das Kinn. »Wenn es denn überhaupt mit

der Sache in London zu tun hat. Auf jedem großen Passagierschiff tummelt sich eine Anzahl Verrückter. Sie sind eine schöne Frau und geraten leicht ins Blickfeld solcher Leute.«

»Meinen Sie, es wollte sich jemand an mir vergehen – oder etwas in dieser Art – hier auf dem Schiff?«

Carran zuckte die Achseln. »Nichts ist unmöglich.«

»Und weshalb trug der Angreifer eine Maske?«

»Eben darum, weil wir auf einem Schiff sind«, entgegnete Roger Carran. »Ein Schiff ist eine kleine Welt. Man kann leicht von Unbeteiligten gesehen werden, und man kann auch nirgendwohin fliehen. Es ist wichtiger als an Land, unerkannt zu bleiben.«

Seine Augen ruhten auf ihr, und sie spürte plötzlich, dass sie keine Angst vor ihren unbekannten Feinden hatte, solange dieser Mann, dessen Name Roger Carran war, in ihrer Nähe weilte. Nein, dachte sie, dieser Mann war nicht ihr Feind, was auch immer die Gründe waren, die sie beide in dieser Nacht zueinander geführt hatten.

»Auf diesem Schiff scheine ich von Täuschung und Betrug umgeben zu sein«, sagte sie leise. »Inzwischen fühle ich mich in der ersten Klasse wie auf einem Maskenball.«

»Es gibt eine ganz Reihe zwielichtiger Figuren an Bord dieses Schiffes«, stimmte Carran ihr zu. »Spione, Scharlatane und Verbrecher, die ihre wahren Absichten hinter einem freundlichen Gesicht verbergen.«

Sie selbst war nicht besser, dachte sie bei sich. Auch sie selbst spielte eine Rolle und täuschte ihre Umgebung über ihre wahre Person.

»Da Sie nicht zu Ihrem Vergnügen reisen, verstehe ich, dass Sie ohne Begleitung an Bord sind«, sagte sie, weil es sie drängte, mehr von ihm zu erfahren. »Wo lebt Ihre Familie?«

Sein Blick verschattete sich.

»Mein Frau ist gestorben«, sagte er. »Sie starb bei der Geburt unserer Tochter – es war unser erstes Kind.«

»Oh, das tut mir leid«, sagte Gladys.

»Ist schon gut«, sagte er. »Es ist jetzt fast zwei Jahre her.«

»Und Ihre kleine Tochter?«

»Lebt bei meiner Schwester in London, ich besuche sie, sooft es geht.«

Sie fühlte sich in einer Art zu ihm hingezogen, die sie sowohl beglückte als auch erschreckte. Dass er ein anziehender Mann war, von erotischer Ausstrahlung, war für sie wichtig, denn die körperliche Liebe bedeutete ihr viel; aber vertraut hätte sie ihm allein wegen seiner körperlichen Anziehungskraft natürlich nicht. Der Tod seiner Frau und mehr noch das Schicksal seiner kleinen Tochter rührte sie tief und ließ sie ein geradezu überbordendes Vertrauen zu ihm fassen. Ganz gewiss, dachte sie, gehörte er nicht zu ihren Gegnern. Sie blickte auf die Uhr an ihrem Handgelenk.

»Eigentlich wollte ich Ihnen vorschlagen, dass wir noch etwas trinken gehen!«, sagte sie. »Aber es ist spät, und ich merke, wie müde ich bin.«

»Auch für mich war es ein langer Tag«, sagte Roger Carran und blickte seinerseits auf die Uhr. »Und er ist für mich noch nicht ganz zu Ende. Ich muss noch einen Rundgang machen. Meine Ermittlungen, die ich täglich an Bord durchführe, sind noch nicht abgeschlossen. Möchten Sie, dass ich Sie zu Ihrer Kabine begleite?«

Sie erwischte sich bei dem Gedanken, wie er wohl reagieren würde, wenn sie es unternahm, ihn schon in dieser Nacht zu verführen. Sie hatte sich nie gescheut, von ihren erotischen Möglichkeiten ausgiebig Gebrauch zu machen, aber obwohl sie sich sehr nach geschlechtlicher Liebe sehnte und endlich einen geeigneten Partner gefunden hatte, zögerte sie.

»Gern! Sie sind doch jetzt mein Beschützer.«

Sie verließen die Bibliothek, und während sie nebeneinander durch die Kabinengänge schritten, schob sie ihren Arm in den seinen und hakte sich bei ihm unter. In seiner Nähe spürte sie seine machtvolle Energie, und sie tat alles, ihn mit ihrer eigenen zu elektrisieren.

»Schließen Sie die Kabine gut ab!«, sagte er zum Abschied. »Sehen wir uns morgen wieder?«

Es war besser, nichts zu überstürzen, sagte sie sich. So sehr sie nach Liebe sehnte, unbedingt und ohne Rücksicht auf mögliche Folgen, so war es doch wichtiger, dass sie in der Liebe erfolgreich war. Morgen war auch noch ein Tag, und eine innere Stimme riet ihr, der morgige Tag sei für die Liebe besser geeignet als der heutige, und bis die Titanic New York erreichte, waren sogar noch vier oder fünf Tage Zeit.

»So Gott will«, lächelte Gladys. »Ja, natürlich sehen wir uns wieder, mein Beschützer. Kommen Sie zu mir, wann immer Sie mögen. Sollten wir uns nicht vorher begegnen, werde ich nach dem Abendessen im Café Parisien auf Sie warten.«

»Bis morgen«, sagte er und drückte nochmals fest ihre Hand. Dann drehte er sich um und ging davon.

Gladys schlüpfte durch die Kabinentür und verschloss sie von innen, dann zog sie sich aus und legte sich in ihr Bett. Bruchstückhafte Erinnerungen stiegen vor ihr auf, aber sie waren fern, so fern, als kämen sie aus ihrer allerfrühesten Kindheit oder gar aus einem früheren Leben.

Woher kannte sie ihn? War sie ihm in einem Traum begegnet? Gab es Kontakte zwischen Seelen, die anderswo als in der Alltagswelt stattfanden und an die man sich für gewöhnlich nicht erinnerte? Mein Gott, was war nur mit ihr los? Hatte sie jemals zuvor für einen Mann etwas Vergleichbares empfunden? War sie noch die alte Gladys, die die Männer wie Puppen tanzen ließ, oder tanzte sie nun selbst wie eine Marionette an der Hand eines geheimnisvollen Spielers?

Ihr Herz klopfte schneller, als sie sich mit Roger Carran zusammen tanzen sah, und sie fühlte eine süße Vorfreude in ihrem Körper, als sie sich die erotischen Kunststücke vorstellte, die sie endlich gemeinsam mit dem Menschen erleben wollte, zu dessen Glück und Freude sie ihre Fähigkeiten und ihre Schönheit von ihrem Schöpfer bekommen hatte. Sie kannte Roger, das schien ihr gewiss; und endlich, endlich, hatte sie ihren Geliebten wieder gefunden. Mit diesen glücklichen Gedanken entglitt ihr Geist in das Reich der Träume.

5. KAPITEL
SONNABEND, 13. APRIL 1912

Sie schlief lange und ließ das Frühstück ausfallen, und als sie vor dem Mittagessen einen Spaziergang über die Decks machte, begegnete sie Raubold, der mit seiner Kamera auf der Suche nach interessanten Menschen und Motiven war.

»Meine Liebe, Sie sehen jeden Tag bezaubernder aus, obwohl man meinen möchte, dass eine Steigerung gar nicht mehr möglich ist«, sagte er, als er sie erblickte. »Bitte, gestatten Sie mir, dass ich endlich ein paar Fotos von Ihnen machen darf.«

Gladys merkte zu ihrer eigenen Überraschung, dass sie nichts mehr dagegen einzuwenden hätte, wenn Fotos von ihr in der Zeitung erscheinen würden.

»Sie dürfen, lieber Mr. Raubold«, lachte sie. »Machen Sie so viele Fotos von mir, wie Sie wollen.«

Es war unsinnig gewesen, sich deshalb Sorgen gemacht zu haben, sagte sie sich jetzt. Man wusste ohnehin, dass sie auf der Titanic war. Sie hatte nichts mehr zu verbergen.

Raubold strahlte und packte den Fotoapparat aus. Dann gab er ihr Anweisungen, wo sie sich hinstellen und welche Haltung sie einnehmen sollte, damit die Aufnahmen als besonders gelungen gelten konnten, und als er nach einer Viertelstunde zufrieden war, hatte er reichlich Aufnahmen von ihr im Kasten.

»Was werden Sie in New York tun?«, fragte er. »Ich meine, nach der Hochzeit Ihrer Freundin? Kehren Sie sofort wieder nach England zurück?«

»Sicher nicht. Warum fragen Sie?«

»Ich möchte Ihnen gern New York zeigen«, sagte er.

»Obwohl ich Deutscher bin, kenne ich die Stadt fast besser als meine Hamburger Heimat – und besser als die meisten New Yorker sowieso. Einen besseren Fremdenführer als mich werden Sie in New York nicht finden.«

»Warum nicht«, gab Gladys zurück. »Sie müssen mir Ihre Adresse aufschreiben.«

»Das habe ich bereits getan«, sagte Raubold und reichte ihr ein Papier. »Es ist die Anschrift meines Nachrichtenbüros. Dort wohne ich auch, wenn ich in New York bin. Werden Sie in einem Privatquartier untergebracht sein oder in einem Hotel übernachten?«

Sie nannte Raubold das Waldorf Astoria, in dem Phil ein Zimmer für sie beide gebucht hatte. Ob sie sich wirklich in dieses Hotel begeben würde, wusste sie noch nicht, aber es gab keine andere Adresse, die sie ihrem Reisebekannten hätte nennen können.

»Ich werde dort spätestens am nächsten Sonnabend nach Ihnen fragen«, sagte Raubold.

»Prima«, erwiderte Gladys. »Also heute in einer Woche im Waldorf Astoria.«

War das nicht das Datum der Hochzeit ihrer angeblichen Freundin, fiel ihr ein. Ach egal, sie wusste es nicht mehr. Ohnehin nahm sie die Verabredung mit Raubold im Moment nicht sehr ernst. New York lag für sie noch in weiter Ferne. Bis Mittwoch, dem vorgesehenen Ankunftstag, waren es vier Tage, und jetzt wollte sie lieber die verbleibenden Tage auf See genießen. Wie sich die Dinge in New York weiterentwickeln würden, erschien ihr vorerst ebenso ungewiss wie bedeutungslos.

»Noch etwas«, sagte Raubold. »Am Sonntagabend um neun Uhr soll im Café Parisien ein kleiner Ball stattfinden. Die Bordkapelle spielt zum Tanz. Ich würde mich sehr freuen, wenn Sie meine Tischdame sein würden.«

Gladys zögerte. »Ich tanze leidenschaftlich gern«, sagte sie dann aber zu. »Natürlich werde ich Ihre Tischdame sein.«

Beim Mittagessen kamen die Astors an ihren Tisch. Madeleine hatte ihr die Bolerojacke, die sie auf der Séance zurückgelassen hatte, mitgebracht.

»Ist alles in Ordnung?«, erkundigte sich Madeleine bei ihr und schenkte ihr ein wie um Verzeihung bittendes Lächeln. »Ich hatte den Eindruck, dass Ihnen die Séance nicht gut gefallen hat?«

»Ich ziehe andere Arten von Abendunterhaltung vor, das habe ich gestern gelernt«, erwiderte Gladys, »aber machen Sie sich keine Gedanken. Ich habe den Spuk schon wieder vergessen.«

»Sie haben recht, es war ein Spuk, nichts anderes. Sie nehmen es mir übel, dass ich Sie zur Teilnahme an der Séance überredet habe?«

»Es war doch nicht Ihre Schuld, Madeleine. Ich bin ein erwachsener Mensch.«

Am Nebentisch saßen Garfield und der Okkultist Faussett beisammen. Kurz darauf kam der Reeder Karl Barrett hinzu. An den spöttischen Blicken und der Art, wie die drei leise miteinander sprachen, sah Gladys, dass wohl sie Thema ihrer Unterhaltung war. Wie gleichgültig war ihr inzwischen das Gerede der anderen Passagiere über sie! Mochten sich die Herren nur das Maul über sie zerreißen. Diese Leute nahmen sich einfach viel zu ernst.

Als sie nach dem Essen über das Deck schlenderte, kam sie mit zwei amerikanischen Frauen ins Gespräch, die offenbar Freundinnen waren, eine war auf dem Rückweg von England nach Indien, die andere Lehrerin in Amerika, ein anmutiges Mädchen mit einer bemerkenswerten Ausstrahlung. An der Unterhaltung nahm auch ein Gentleman teil, der sich als Arzt aus Boston zu erkennen gab, ein charmanter und höflicher Mann, den die beiden Frauen vor ein paar Stunden kennengelernt hatten. Sie begleitete die Gruppe in das Café Parisien, wo sie zusammen Kaffee tranken, und als sie anschließend allein über das Deck spazierte, kam Laura Faussett auf sie zu.

»Geht es Ihnen wieder gut?«, wollte auch sie von Gladys wissen.

»Oh ja, es könnte mir kaum besser gehen.«

»Dann bin ich erleichtert. Ich hatte schon befürchtet, mein Mann hätte Ihnen mit seiner Veranstaltung die Reise verdorben.«

»Ach, dazu gehört etwas mehr als so ein Hokuspokus.«

Laura Faussett blickte sich um, als wollte sie sich vergewissern, dass niemand Bekanntes sie mit Gladys zusammen sah, dann trat sie etwas näher, fasste Gladys am Arm und sagte:

»Sie haben recht, es ist nur Hokuspokus, aber ich muss Sie dennoch vor ihm warnen.«

»Ich habe keine Angst vor Ihrem Mann.«

»Sie unterschätzen ihn«, sagte Laura, und ihre Augen umschatteten sich. »Sie wissen ja gar nicht, wer er in Wahrheit ist.«

»Wer ist er denn? Sie können offen zu mir sprechen. Ich werde es nicht weitersagen.«

»Oh, wenn Sie es wüssten, würden Sie es vielleicht doch weitersagen, aber das ist noch gar nicht einmal das Schlimmste.«

»Sondern?«

»Sie würden es mir nicht glauben.«

»Nun, das kommt auf einen Versuch an.«

»Ich werde es Ihnen so oder so sagen müssen, damit Sie meine Warnung verstehen können. Hoffentlich erklären Sie mich anschließend nicht für verrückt.«

»Aber nein, meine Liebe; ich bin einiges gewohnt. Seien Sie unbesorgt.«

Laura nickte. »Ja, das habe ich schon gehört.«

»Was haben sie gehört?«

»Dass Sie einiges gewohnt sind – und schon viel erlebt haben.«

Gladys lag auf der Zunge, Laura Faussett nach den Details zu fragen, ließ es dann aber bleiben, da sie spürte, dass ihr Gespräch sonst eine Wendung in die falsche Richtung nehmen und sie Laura von dem ablenken könnte, was diese im Begriff stand, ihr zu erklären.

»Wissen Sie, wer mein Mann in Wahrheit ist?«, wiederholte Laura Faussett.

Gladys schüttelte den Kopf.

»Nein, aber ich verspreche Ihnen noch einmal, Sie nicht für verrückt zu halten, wenn Sie es mir erzählen.«

»Er ist Jack the Ripper.«

Sie starrte die Frau an.

»Wie bitte?«

»Jack the Ripper, der Prostituiertenmörder aus dem Londoner East End.«

Täuschte sie sich, oder war da ein irres Flackern in den Augen der hübschen Frau, das sie bisher übersehen hatte?

»Nun, das ist alles ziemlich lange her, nicht wahr?«, sagte Gladys vorsichtig.

»Ja, aber sie haben ihn nie geschnappt.«

»Passierten diese Morde nicht Ende der Achtzigerjahre?«

»Faussett ist jetzt 56«, sagte Laura. »Damals war er ein junger Mann Anfang 30.«

»Waren Sie damals schon mit ihm verheiratet?«

»Nein! Er ist 15 Jahre älter als ich. 1888 war ich 17 und kannte ihn noch gar nicht. Ach, hätte ich ihn doch nie kennengelernt.«

»Woher wissen Sie denn, dass er Jack the Ripper ist? Hat er es Ihnen erzählt?«

»Ich habe es selbst herausgefunden. Zu Anfang war es nur ein vager Verdacht. Er hatte so merkwürdige Vorlieben, wissen Sie! Aber dann, eines Tages, fand ich ein altes Tagebuch. Darin beschrieb er ausführlich, wie er den armen Frauen die Kehlen durchschnitt und sich an ihnen verging.«

Eine Weile war Gladys unschlüssig, was sie sagen sollte.

»Nun ja, wahrscheinlich verfügt Ihr Mann über eine ausgefallene Fantasie«, erklärte sie schließlich. »Es gibt Schriftsteller, die denken sich solche Sachen aus und schreiben sie nieder. Bei Ihrem Mann ist es sicher ähnlich. Als Okkultist muss er sich mit ungewöhnlichen Dingen beschäftigen. Es ist bestimmt alles nicht so ernst gemeint.«

»Er verfügt über hellseherische Fähigkeiten, ja, das ist wahr. Deshalb haben sie ihn auch nie geschnappt«, beharrte Laura auf ihrer Meinung. »Es hatte ja auch sein Gutes, denn als er sich ernsthafter mit dem Okkultismus zu beschäftigen begann, hörte er mit dem Morden auf.«

Gladys erinnerte sich, dass sie Laura versprochen hatte, sie nicht für verrückt zu halten. Auch wenn ihr dies schwerfiel, wollte sie das Versprechen nicht brechen.

»Wer ist eigentlich diese Frau, Victoria Hoyt, die sich in seiner Begleitung befindet? In welcher Verbindung steht sie zu Ihnen oder zu Ihrem Mann. Kennt sie das Geheimnis Ihres Mannes?«

»Sie kennt sein Geheimnis – ich habe sie sogar im Verdacht, dass sie ihn bei den Morden unterstützte. Sie ist um einiges älter als ich. Sie waren einmal ein Paar, aber statt ihrer hat er dann mich geheiratet. Und wie Faussett hat sie einen Hass auf Frauen, die sich prostituieren.«

Langsam wurde es Gladys zu viel.

»Wissen Sie, liebe Laura, ich weiß zwar nicht, ob Ihr Mann Jack the Ripper ist, halte es aber trotz dieses Tagebuches für sehr unwahrscheinlich – wie dem auch sei, ich kann Ihnen in dieser Angelegenheit kaum helfen, schon gar nicht hier auf der Titanic. Sie sollten sich zu einem geeigneten Zeitpunkt mit Ihrem Verdacht besser an die Polizei wenden.«

»Polizei? Das habe ich keineswegs vor, ich will ihn nicht anzeigen. Man würde mir ohnehin nicht glauben. Ich selbst habe von ihm auch nichts zu befürchten, aber Sie, meine Liebe – Sie sind in Gefahr! Deshalb nur erzähle ich Ihnen das alles!«

»Ich?« Gladys zielte mit dem Zeigefinger der rechten Hand auf die eigene Brust. »Ich bin in Gefahr, sagen Sie? Warum ich?«

»Sie wissen doch – er hasst Prostituierte.«

Gladys blickte die Frau scharf an.

»Ja, und?«

»Victoria hat ihm erzählt, Sie seien eine Prostituierte aus Londons East End.«

Gladys erwiderte nichts.

»Ist es nicht so?«, beharrte Laura Faussett. »Sie sind eine Hure, nicht wahr?« Und sie blickte sie dabei mit apartem Augenaufschlag und großen Augen unbekümmert an.

Eine Weile rang Gladys mit sich, wie sie auf diese Impertinenz reagieren sollte.

»Woher will Victoria Hoyt denn wissen, dass ich eine Hure bin?«, fragte sie, indem sie ihren Zorn bezwang.

»Sie ist ein Medium! Das wissen Sie doch! Sie besitzt hellseherische Fähigkeiten – so wie er.«

»Ach was! Sie reden kompletten Unsinn!«

»Sagen Sie das nicht – sie kann sehen, welchen Beruf ein Mensch hat. Sie hat bei Ihnen richtig geraten, oder? Sie haben es mir eben schon bestätigt, dass sie sich nicht geirrt hat.«

»Ich habe nie in meinem Leben an den Straßenecken des East Ends gestanden und um Freier gebuhlt«, sagte Gladys.

»Nein, das haben Sie bei Ihrem Aussehen auch nicht nötig«, erwiderte Laura. »Aber ob Straßendirne oder Edelprostituierte – Hure bleibt Hure. So sieht Faussett das.«

Gladys verspürte den starken Wunsch, das Gespräch zu beenden.

»Will Ihr Mann mir ernsthaft etwas antun? Glauben Sie das wirklich? Wir sind hier nicht im Londoner East End, sondern auf einem Schiff.«

»Wenn ich mir keine Sorgen machen würde, hätte ich Sie nicht vor ihm gewarnt.«

»Sie machen sich Sorgen um mich? Obwohl ich nach Ihrer Ansicht eine Hure bin?«

»Keine Frau hat es verdient, dass ihr die Kehle durchgeschnitten wird und ein Mann sich an ihr vergeht«, sagte Laura Faussett. »Auch eine Hure nicht!«

Gladys dachte an Faussetts unheimliche, kalte Augen. War der von ihrer Gesprächspartnerin geäußerte Verdacht möglicherweise nicht ganz so absurd, wie er ihr im ersten Moment erschienen war? Aber Faussett konnte es nicht gewesen sein, der sie in der vergangenen Nacht attackiert hatte, überlegte sie; denn als der Unbekannte sie angriff, hatte sie die Séance kaum eine Viertelstunde verlassen.

»Danke, dass Sie mich gewarnt haben, Mrs. Faussett«, sagte Gladys in bemühter Höflichkeit. »Ich werde aufpassen, dass Faussett sich mir nicht nähert. Aber sagen Sie mir noch eines: Wie lange waren Sie und Ihr Mann gestern bei den Astors?«

Laura Faussett warf einen Blick auf das Meer.

»Oh, wir gingen kurz nach Ihnen.«

»Und wohin sind Sie gegangen?«

»Ich bin in meine Kabine gegangen.«

»Und Faussett?«

»Faussett und Victoria sind …« Sie brach ab, ohne den Satz zu vollenden.

»Ja? Was war mit den beiden?«

»Ich weiß es nicht. Mein Mann kehrte erst viel später in unsere Kabine zurück. Ich habe da schon geschlafen.«

Scheinbar offen sah Laura Faussett sie an.

Gladys hatte genug von dieser Person. Sie verabschiedete sich und ging ihres Weges.

In der zwanglosen Atmosphäre des Rauchsalons fand sie ein wenig Entspannung. Zum Glück ließ man sie dort in Ruhe. Als der Ober kam, bestellte sie einen Mokka. Nicht Phils Feinde waren also hinter ihr her, sondern Jack the Ripper, den es im fortgeschrittenen Alter nach einem neuen Opfer verlangte. Obwohl das Ganze zu absurd war, sich ernsthaft mit Laura Faussetts Verdacht zu beschäftigen, konnte sie nicht darüber lachen. Die Botschaft, die man ihr hatte zukommen lassen wollen, war ja in Wahrheit nicht die, dass Jack the Ripper sie bedrohte, sondern man hatte ihr zu verstehen geben wollen, dass man sie für eine Hure hielt, die sich in bessere Kreise eingeschlichen hatte! Wahrscheinlich steckte sogar Faussett selbst oder sein unsympathisches Medium hinter der Intrige. Es war wohl ihre Art, sich dafür an ihr zu rächen, dass sie die Séance nicht ernst genommen hatte. Ja, so waren diese Reichen! Wer die Rolle nicht übernahm, die sie einem bei ihren Spielen zumuteten, den ließen sie kalt lächelnd fallen, oder über den fielen sie her, indem sie ihn mit all dem aufgesetzten Hohn, zu dem sie fähig waren, den Rang zuwiesen, der einem in ihren Augen gebührte. Laura Faussett war nur die Überbringerin, nicht aber die Urheberin dieser Botschaft gewesen.

Gladys wusste seit Langem, dass hinter der blasierten Fassade der meisten Reichen nicht viel steckte; dennoch war sie immer wieder überrascht, wie hohl diese Gesellschaft hinter den Trugbildern, die sie verbreitete, wirklich war. Sie war nicht nur auf einem Maskenball, sondern auf einem Schiff voller Narren, jedenfalls soweit es die erste Klasse betraf. Sie stand auf, wandte sich an den Ober, der sie bedient hatte, bestellte zwei Flaschen Wein und ein paar Leckereien und bat darum, dies in ihre Kabine bringen zu lassen. Kurz darauf kehrte sie in ihre Unterkunft zurück und nahm die Bestellung in Empfang. Sie lächelte zufrieden. Sie würde sich keine weiteren Zumutungen mehr gefallen lassen, sondern sich auf ihre eigenen Ziele konzentrieren. Es war alles bereitet, um ihren Gast bewirten zu können.

Beim Abendessen sah sie Roger nicht. Sie hatte auch nicht erwartet, dass er den Speisesaal aufsuchen würde; dennoch rechnete sie fest mit ihm. Sie aß nur eine Kleinigkeit und begab sich dann in das Café Parisien.

Er war nicht da. Sie setzte sich an einen Tisch. Eine Minute verging, dann kam Mrs. Widener zu ihr und fragte, ob sie Platz nehmen dürfe.

Gladys nickte. »Aber ja.«

»Es würde mich freuen, wenn Sie morgen um 18.30 Uhr zum Abendessen an unserem Empfang im Restaurant teilnehmen können«, sagte Mr. Widener. »Auch Kapitän Smith wird anwesend sein.«

»Morgen Abend?«, sagte Gladys. »Für 21 Uhr habe ich schon eine andere Einladung angenommen. Aber wenn ich es einrichten kann, komme ich gern.«

Mrs. Widener schaute einen Moment verschnupft, weil Gladys nicht in Begeisterungsstürme ausbrach.

»Mein Mann und ich freuen uns sehr«, sagte sie und blickte sich um. »Ach, was man auf einem Schiff so alles erleben muss«, seufzte sie und ließ vorerst offen, ob sich diese Bemerkung auch auf Gladys bezog. Falls Mrs. Widener vorgehabt hatte, ins Detail zu gehen, kam es nicht mehr dazu, denn im nächsten Moment wurde ihre Aufmerksamkeit vom Anblick eines Herrn gefesselt, der eben das Café Parisien betrat. »Ah«, sagte sie, »welch ein seltener Gast. Am ersten Abend saß er mit meinem Mann und mir zu Tisch, seither habe ich ihn nicht mehr gesehen.«

Mrs. Widener war nicht die Einzige, der Roger Carrans Erscheinen nicht entging, denn auch an anderen Tischen hatten sich Köpfe zu ihm herumgedreht. Seine Attraktivität fesselte die Aufmerksamkeit seiner Umgebung. Carran selbst sah sich nicht einmal um, sondern begab sich gelassenen Schrittes zu der Bar, wo er sich auf einen Hocker schwang.

»Wer ist er?«, fragte Gladys, deren Herz heftig zu klopfen begonnen hatte. Sie fragte, weil sie die Hoffnung hatte, von Mrs. Widener irgendetwas über ihren Beschützer zu erfahren, das sie noch nicht wusste. »Ich begegnete ihm gestern, aber er verriet mir nicht viel über sich.«

»Das ist Mr. Carran«, sagte Mrs. Widener. »Ein britischer Offizier. So hat er sich uns vorgestellt. Aber irgendjemand erzählte, er habe den Dienst aus persönlichen Gründen quittiert. Er lässt sich in der Gesellschaft kaum einmal sehen. Er scheint ziemlich schweigsam zu sein.«

Carrans Profil war ihnen zugewandt. Er bestellte sich etwas zu trinken und saß in stoischer Ruhe auf seinem Platz. Erst als er sein Getränk erhielt, wandte er den Kopf und warf einen gleichmütigen Blick zu ihrem Tisch herüber. Seine Augen trafen ziemlich schnell auf die von Gladys.

»Ist er nicht ein schöner Mann«, sagte Mrs. Widener leise zu Gladys.

Ein kurzes Aufleuchten in seinen Augen war der einzige Gruß. Ein Unbeteiligter hätte ein sehr aufmerksamer Beobachter sein müssen, um den Kontakt zwischen ihnen beiden zu bemerken.

»Ein sehr schöner Mann«, erwiderte Gladys ihrer Tischnachbarin. »Er gefällt mir sehr. Ich werde mich mit ihm unterhalten.« Ohne eine weitere Reaktion der verdutzten Mrs. Widener abzuwarten, erhob sich Gladys und trat neben Carran an die Bar.

»Hallo, mein Beschützer«, sagte sie. »Schön, dass Sie unsere Verabredung nicht vergessen haben.«

»Wie könnte ich«, entgegnete Carran und hob sein Glas. »Möchten Sie etwas trinken?«

»Ja, am liebsten einen Sherry.«

Carran winkte dem Ober, und als der Sherry kam, stießen sie mit den Gläsern an.

»Waren Ihre heutigen Ermittlungen erfolgreich, Herr Meisterdetektiv?«, fragte Gladys leise.

»Ich war den Tag über damit beschäftigt, einen umfangreichen Bericht über das Ergebnis meiner bisherigen Ermittlungen zu schreiben«, antwortete er.

»Dann haben Sie also schon etwas Interessantes herausgefunden?«

Sein Lächeln verschwand. »Allerdings.«

»Betrifft es die Titanic?«

»Ja, die Titanic auch! Außerdem habe ich mir heute auch in Ihrer Sache so meine Gedanken gemacht.« Seine Stimme wurde noch leiser. »Mir fiel ein, dass Sie mir noch nicht erzählt haben, weshalb man Ihren Freund ermordet hat.«

Sie nippte an ihrem Sherry. »Müssen wir darüber jetzt sprechen?«

»Lieber darüber als über die Titanic«, sagte er.

Sie seufzte leise, aber sie fügte sich.

»Ich habe keine Ahnung.«

»Aber bestimmt haben Sie eine Vermutung.«

Sie zögerte einen kurzen Moment und schüttelte dann den Kopf. »Nein, überhaupt keine.«

Sie stellte den Sherry auf den Tresen und nahm auf dem freien Barhocker an seiner Seite Platz. In den Londoner Kneipen, in denen sie verkehrte, hätte sich niemand daran gestört, wenn sie neben einem Mann auf einem Barhocker saß; hier aber wurde dergleichen vermutlich als unschicklich empfunden. Es bekümmerte sie jedoch nicht. Wenn einige dieser Herrschaften in ihr eine Prostituierte sahen, war es am besten, sich auch so zu verhalten. Rogers Gesicht war ihr sehr nahe.

»Wie lange kannten Sie Ihren Freund?«

Sie überlegte. »Wir waren ungefähr zwei Monate zusammen.«

»Aber Sie wussten, dass er Feinde hatte?«

»Leute wie Phil Ryland haben immer Feinde. Das ist nichts Besonderes. Er hat Geschäfte gemacht, bei denen

viel Geld verdient wurde.« Sie zuckte die Achseln. »Ich
weiß aber nicht, was für Geschäfte es waren.«

»Legale Geschäfte?«

Sie zuckte die Achseln. »Dafür würde ich nicht meine
Hand ins Feuer legen.«

Seine Augen schimmerten und verschmolzen immer
tiefer mit den ihren.

»Was wollte Ihr verstorbener Freund in New York?«

Sie zuckte die Achseln und sagte:

»Mir hat er gesagt, er würde gern einmal eine Jungfernfahrt mitmachen.«

»Haben Sie ihm das geglaubt?«

»Na ja! Es war mir egal, ich habe nicht weiter darüber
nachgedacht.«

»Es könnte also auch etwas anderes als eine reine Vergnügungsreise gewesen sein?«

»Ich vermute, es sollte eine Vergnügungsreise mit mir
sein, aber das nicht allein. Leute wie Phil denken immer
an Geschäfte.«

»Wissen Sie, mit wem er Geschäfte machen wollte?«

»Ich habe mich nie um seine Geschäfte gekümmert – für
ein Mädchen wie mich ist es besser, nicht zu viel zu wissen.
Er hat mich gut behandelt und mir Geld gegeben, damit ich
Vorsorge für später treffen kann. Was wollte ich mehr?«

Seine Züge entspannten sich nicht.

»Ist das alles, was Sie vom Leben wollen, Gladys –
Geld?«

Sie fühlte sich plötzlich unsicher, aber auch verärgert.

»Natürlich nicht«, erwiderte sie, und weil sie nicht laut
werden durfte, war es fast ein Zischen. »Aber es sind immer
die Leute, die genug davon haben, die das Wort in den
Mund nehmen, dass Geld nicht wichtig sei. Gehören Sie
auch zu der Sorte?«

»Entschuldigung«, sagte er, »ich wollte Sie nicht verletzen.«

»Akzeptiert«, sagte sie, »und nein, ich habe nicht nur an Geld gedacht. Und ich habe auch nicht immer weghören können, wenn Phil mit anderen Leuten über Geschäfte sprach. Das eine oder andere blieb haften. Und wenn ich nun darüber nachdenke, fällt mir ein, dass das Verhältnis zwischen Phil und seinem Partner Frank Jago getrübt war. Ich glaube, er hatte vor, sich neu zu orientieren.«

»Er wollte die Partnerschaft beenden?«

»Er hat es nicht direkt gesagt, aber ich glaube, so war es. Es war bei ihm Zeit für eine Veränderung gekommen. Er hat zuweilen Andeutungen in diese Richtung gemacht. Die Reise nach New York, die er nicht mehr antreten konnte, hing wohl damit zusammen.«

»Kann es sein, dass er seine geschäftlichen Aktivitäten nach New York ausdehnen wollte?«

Gladys sah ihn nachdenklich an.

»Das kann ich nicht sagen, aber jetzt fällt mir ein, dass er einmal erwähnte, er wolle sich an Bord der Titanic mit jemandem treffen.«

»Nannte er einen Namen?«

»Er hätte mir niemals den Namen eines Geschäftspartners genannt.«

»Wenn es so eine Verabredung gab, wie Sie sagen, dann muss es jemanden an Bord geben, der sich wundert, dass Phil nicht auf dem Schiff ist. Hat sich jemand deshalb an Sie gewandt?«

Sie zögerte einen Moment, weil sie unversehens an Garfield denken musste, sagte jedoch:

»Bisher nicht. Jedenfalls hat mich niemand auf Phil angesprochen. Allerdings habe ich meinen Namen in der Passagierliste ändern lassen. Es könnte sein, dass der Betreffende

gar nicht weiß, dass ich eigentlich Phils Reisebegleiterin
bin.«

»Inzwischen hat er es offenbar herausgefunden.«

Gladys trank den Rest ihres Sherry.

»Man beobachtet uns«, sagte sie. »Eigentlich macht mir
das nichts aus, aber heute spüre ich, dass ich mich unter
den Augen all dieser neugierigen Passagiere nicht entspannen kann.« Sie nahm ihren ganzen Mut zusammen. »Ich
werde jetzt gehen. Kommen Sie in einer Viertelstunde in
meine Kabine. Ich warte dort auf Sie. Ich habe für uns
etwas vorbereitet.«

Er sah sie an, und sie erwiderte für einen Moment seinen Blick, wartete aber nicht darauf, ob er etwas entgegnen würde, sondern erhob sich augenblicklich von ihrem
Hocker und verließ das Lokal.

In ihrer Kabine tauschte sie ihr Kostüm gegen eines
ihrer freizügigen Kleider, und auf Unterwäsche verzichtete sie ganz. Dann öffnete sie den Wein und füllte ihn
in eine Karaffe, setzte sich an den Tisch und wartete auf
ihren Gast.

Sie hatte auch an diesem Nachmittag von dem Kräuter-
saft getrunken, den sie regelmäßig bei einer Londoner East-
End-Hexe kaufte. Sie hatte der Versicherung der Alten,
der Sud schütze zuverlässig vor Schwangerschaften, nur
halbherzig vertraut und deshalb in den fruchtbaren Tagen
zwischen zwei Eisprüngen den Geschlechtsverkehr nach
Möglichkeit vermieden. Beim Nachrechnen auf den heutigen Abend war sie zu dem Ergebnis gekommen, dass sie
sich mitten in der Empfängniszeit befand, und auch ihr
leidenschaftliches Verlangen nach geschlechtlicher Lust
wies darauf hin, dass sie die Wirksamkeit des Kräuter-
suds in dieser Nacht ganz besonders brauchte. Das erste
Mal in ihrem Leben bekümmerte es sie nicht, ob der Saft

wirksam war oder nicht und der Verkehr Folgen haben könnte. Auf keinen Fall wollte sie auf einen vollständigen Beischlaf mit Roger verzichten, und wenn sie in sich hineinhorchte, musste sie sich sogar eingestehen, dass sie tief in sich den Wunsch verspürte, dieser Mann möge ein Kind mit ihr zeugen. Die Minuten strichen dahin. Trotz aller heimlichen Zweifel an seinen Intentionen war sie ziemlich sicher, dass Carran kommen würde.

Es verging eine Viertelstunde, dann klopfte es an der Kabinentür. Sie öffnete die Tür – und wich überrascht ein Stück zurück. Vor ihr stand Nevil Boyes, der Kabinensteward.

»Darf ich Sie einen Moment sprechen, Madam?«

»Nein«, rief sie und schlug ihm die Tür vor der Nase zu.

Sie lehnte sich von innen mit dem Rücken an die Tür. Gladys, bleib ruhig, dachte sie, etwas Geduld solltest du haben. Draußen blieb alles still. Nevil war offenbar weitergegangen. Was er wohl von ihr gewollt hatte, überlegte sie, während sie noch immer mit dem Rücken gegen die Kabinentür lehnte. Wahrscheinlich hing es mit dem Diebstahl zusammen; vielleicht hatte er einen Verdacht; wie auch immer, es war ihr im Moment völlig egal.

Fünf Minuten verstrichen, ohne dass sie sich von der Tür fortbewegte, dann klopfte es erneut. Sie schrak zusammen, denn sie hatte auf dem Gang keine Schritte gehört. Aber wahrscheinlich wurden sie durch die Teppiche so gut gedämpft, dass sie in der Kabine nicht zu vernehmen waren.

»Wer ist da?«, rief Gladys durch die geschlossene Tür.

»Roger Carran!«, kam es zurück.

Sie riss die Tür auf. Er war es – diesmal war er es wirklich. Sie strahlte ihn an, und einen Moment lang schien ihr, als wollte er nach ihr greifen, doch seine britische Art gewann die Oberhand und hielt ihn zurück.

»Darf ich eintreten?«, fragte er mit unbewegtem Gesicht.

»Kommen Sie! Sie haben mich ziemlich lange warten lassen.« Sie schloss die Tür hinter ihm. »Möchten Sie ein Glas Wein? Nehmen Sie doch Platz!«

Sie setzten sich einander gegenüber an den kleinen Tisch, und Gladys schenkte den Wein aus der Karaffe in die bereitgestellten Gläser.

»Hier sind wir ungestört«, sagte Gladys mit einem Schmunzeln und hob ihr Glas.

»Es sei denn, die Wände hätten Augen«, lächelte Carran.

»Denken Sie etwa, dass es geheime Verbindungen oder Gucklöcher zwischen den Kabinen gibt?«

Er zuckte die Achseln. »Ich will es nicht hoffen.«

»Vorgestern Abend hatte ich den Eindruck, dass in meiner Abwesenheit jemand hier in der Kabine die Koffer im Schrank durchsuchte«, sagte Gladys, »auch den Koffer von Phil, der mit an Bord gekommen ist. Mir selbst ist nichts abhanden gekommen, was Phils Sachen angeht, kann ich es nicht sagen.«

»Was hätte man bei ihm finden können?«

»Das weiß ich eben nicht«, sagte sie. »Ach, ich weiß eigentlich gar nichts, nicht einmal, weshalb man mich verfolgt und mir etwas antun will.«

Carran rieb sich das Kinn.

»Immerhin sind Sie die Zeugin eines Mordes, Mrs. Appleton.«

»Ich habe nicht vor, mich der Polizei anzuvertrauen.«

»Es könnte der Tag kommen, an dem Sie anders darüber denken. In diesen Kreisen hat man ein sicheres Gespür dafür, welchen Zeugen sie am Leben lassen können und welchen nicht.«

Sie richtete den schimmernden Blick ihrer Augen auf ihn. »Wie auch immer. Das Schiff ist neu. Hier in der Kabine kann uns niemand beobachten; nein, hier sind wir für uns, und ich bin sehr froh, dass wir endlich allein sind.«

Carrans Gesicht blieb unbewegt.

»Mir gefällt es in Ihrer Kabine auch viel besser als in den Gesellschaftsräumen, wo all diese neugierigen Leute sind. Schließlich haben wir manches zu besprechen, das unter uns bleiben soll. Wir müssen überlegen, wer hinter der Maske Ihres Gegners steckt. Haben Sie inzwischen einen Verdacht?«

Sie hätte zwar auch gern gewusst, wer sich hinter der Maske ihres Verfolgers steckte, aber es war nicht unbedingt die Antwort, die sie sich von Carran auf ihre Bemerkung erhofft hatte.

»Nein, nicht den geringsten«, sagte sie.

»Überlegen Sie noch mal«, erwiderte er. »Irgendeine Vermutung müssen Sie doch haben! Sie müssen es mir unbedingt sagen, auch wenn die Vermutung noch so weit hergeholt erscheint.«

»Jack the Ripper«, sagte sie.

»Wie bitte?«

»Ich habe keine Vermutung«, sagte Gladys. »Aber heute Nachmittag erzählte mir eine Dame, Jack the Ripper sei an Bord. Sie war vollkommen davon überzeugt.«

Carran nickte. »Ich nehme an, es war eine Dame der ersten Klasse.«

»Allerdings. Ihr Name ist Laura Faussett. Sie ist die Gattin des Okkultisten, auf dessen Séance ich gestern Abend gewesen bin.«

»Sie waren auf einer Séance? Davon haben Sie mir noch gar nichts erzählt.«

»Dann will ich es jetzt tun«, sagte Gladys und berichtete ihrem Gast von der Einladung der Astors und von den anderen geladenen Gästen, die mit ihr an der Séance teilgenommen hatten.

Carran nahm einen Schluck Wein und lehnte sich zurück.

»Sind Sie Geistern begegnet?«

»Ja, dem von Phil, meinem toten Geliebten.«

Sein aufmerksamer Blick ermunterte sie, ihm mehr von ihrem Erlebnis zu berichten.

»Phils Geist in Colonel Astors Kabine!«, sagte er, als sie fertig war. »Jetzt wissen wir sicher, dass jemand an Bord ist, der um Phils Tod und Ihre Zeugenrolle dabei weiß.«

»Nur frage ich mich, woher das Medium, diese furchtbare Victoria Hoyt von Phils Tod wusste?«

»Es ist ein Trick!«, sagte Carran. »Jemand hat es ihr vorher gesagt. So funktionieren diese Geisterbeschwörungen! Alles ein abgekartetes Spiel. Das Medium sagt Dinge, die es normalerweise nicht wissen kann – und darauf beruht die ganze Wirkung. Das Medium hat geheime Verbindungen zu jemandem, der um die Tatsachen weiß, die der angebliche Geist des Verstorbenen verbreitet.«

»Verbindung zu wem denn nur?«

»Ich nehme an, dass die Informationen, die sie hatte, von einem der anderen Teilnehmer der Séance stammen. Was wissen Sie noch über diesen Okkultisten Faussett?«

»Nur, dass seine Gattin ihn für Jack the Ripper hält.«

Roger Carran schüttelte amüsiert den Kopf.

»Dann ist er ja doppelt verdächtig! Ich nehme an, dass dieser Faussett Ihnen in London noch nicht begegnet ist?«

»Weder er noch die beiden Frauen. Es erscheint mir unwahrscheinlich, dass es eine Verbindung zwischen Faussett und Phil Rylands Mördern gibt.«

»Aber ausgeschlossen ist es nicht, oder?«

Gladys zuckte die Achseln.

»Ich kann mir schwer vorstellen, dass man ausgerechnet dieses Trio auf meine Fährte gesetzt haben sollte.«

»Warum nicht? Dass sie nicht wie gedungene Mörder erscheinen, könnte ihre Tarnung sein. Könnte Faussett nicht der Maskierte von gestern Abend gewesen sein? Hatte der Angreifer seine Statur?«

Gladys versuchte, sich die Einzelheiten des Überfalls und das schemenhafte Bild des Angreifers ins Gedächtnis zu rufen.

»Ich weiß nicht, es ging alles so schnell«, sagte sie nach einer Weile. »Aber möglich wäre es. Von Faussetts Gattin erfuhr ich immerhin, dass er die Séance kurz nach mir verlassen hat und seine Frau nicht in ihre Kabine begleitete. Das muss nicht unbedingt etwas bedeuten. Anscheinend hat sich die ganze Runde nach meinem Abgang schnell aufgelöst.«

»Er ist also unser Hauptverdächtiger. Hält seine Frau ihn denn ernsthaft für Jack the Ripper?«

Gladys nickte. »Sie hat mich heute Nachmittag in vollem Ernst vor ihm gewarnt.«

»Warum hat es Jack the Ripper auf Sie abgesehen?«, wollte Carran wissen.

Gladys zögerte und nahm dann ihren ganzen Mut zusammen. »Wegen seines Hasses auf Prostituierte«, sagte sie. »Er hält mich für eine Hure. Das ist offenbar auch die Ansicht von Mrs. Faussett und von Miss Hoyt.«

Carran lächelte und schüttelte wieder den Kopf.

»Nach Verrückten muss man auf der Titanic nicht lange suchen. Man stolpert regelrecht über sie.«

Die Tatsache, dass er sie nicht fragte, ob die Behauptung wahr sein könnte, weitete ihr Herz und beflügelte ihre sexuellen Empfindungen für ihn.

Carran lehnte sich in seinem Sessel zurück, und nach einer Weile zeigte sich ein grüblerischer Ausdruck auf seinem Gesicht.

»Ist Ihnen eigentlich schon einmal der Gedanke gekommen, dass Ihr Verfolger vielleicht gar kein richtiger Verfolger ist, sondern jemand, der von Ihrem Erscheinen an Bord überrascht wurde, sodass er nun auf seine Art darauf reagiert hat?«, fragte er.

»Sie meinen jemanden, der auf der Titanic gebucht war?«

»Ja! Jemand, der schon, als er an Bord ging, wusste, dass Phil die Reise nicht antreten würde.«

»Weil er von dem Mord wusste?«

»Er mag diesen Mord sogar in Auftrag gegeben haben.«

Gladys war überrascht, fasste sich aber schnell.

»An diese Möglichkeit habe ich bisher nicht gedacht. Aber es ist nicht ausgeschlossen.«

Carran richtete den Blick an ihr vorbei zu dem Kajütenfenster.

»Er könnte derjenige sein, der mit Phil auf der Titanic verabredet war.«

Gladys bekam eine Gänsehaut, und diese verstärkte sich, als ihr einfiel, was Frank Jago zu Phil gesagt hatte, bevor er ihn in die Themse stieß, dass nämlich Phil mit Zustimmung von oben ins Jenseits befördert würde.

»Dann wird dieser Mann sich sehr gewundert haben, als er mich an Bord der Titanic erblickte«, sagte sie nachdenklich und leise.

»Kann der Mord an Phil mit der von ihm geplanten Reise auf der Titanic zusammenhängen?«, fragte Carran. »Welcher Art waren Phils Geschäfte?«

»Er betrieb Vergnügungslokale«, antwortete Gladys, und kaum hatte sie es gesagt, da musste sie an eines ihrer Gespräche mit Alfred Raubold denken. Sie fasste sich an die Stirn.

»John Jacob Astor«, sagte sie. »Er hat New York gebaut. Aber inzwischen baut er keine Wohnungen mehr, sondern investiert in Vergnügungspaläste. Mit denen erzielt er die höchsten Renditen.«

»Ihr Hinweis auf Astor ist interessant«, erwiderte Carran. »Ich habe schon davon gehört, dass er den New Yorker Vergnügungspalästen Konkurrenz machen will. Für ein solches Geschäft braucht man Partner – nicht nur Partner, sondern auch Strohmänner – ja, und warum nicht ausländische Strohmänner?«

»Es ist doch unmöglich, dass Astor hinter dem Anschlag auf mich steckt«, wehrte Gladys ab.

»Astor kann ein solches Geschäft nicht allein machen«, fuhr Carran unbeirrt fort. »Zum einen ist da seine Reputation, zum anderen will er sicher nicht den Zorn seiner Konkurrenten auf sich lenken. Blitzableiter müssen Leute sein, die sich auf dergleichen Geschäfte verstehen und keine Angst vor dem Zorn ihrer Konkurrenten haben, weil es zu ihrem angestammten Geschäft gehört, mit diesem Zorn und der dahinter stehenden Konkurrenz auf angemessene Art und Weise umzugehen. Gesellschaften eben, die ohnehin in dieser Halbwelt angesiedelt sind.«

»Wenn ich Sie richtig verstehe, vermuten Sie, Phil Ryland könnte ein solcher Strohmann gewesen sein?«

»Astor könnte sich gedacht haben, dass er mit ausländischen Partnern, die über Erfahrung in diesem Geschäft verfügen, am besten fährt. Was lag da näher, als entsprechende Kontakte nach London zu knüpfen.«

»Muss ich annehmen, dass Astor mich deshalb in seine Kabine eingeladen hat, weil er ursprünglich mit Phil verabredet war?«

Den letzten Satz hatte sie leise und mehr zu sich selbst als zu ihrem Gegenüber gesagt.

»Es ist denkbar, dass daher sein Interesse an Ihnen rührt. Es bedeutet aber nicht zwingend, dass er um Phils Schicksal weiß oder derjenige ist, der Sie angegriffen hat. Bei Astor geht es mir wie Ihnen: Es fällt mir schwer zu glauben, dass er über Leichen geht. Es könnte dennoch eine Verbindung zwischen Astor und Phils Mördern geben, deren wahren Charakter Astor selbst nicht durchschaut.«

»Ich werde das Gefühl nicht los, dass es jemand von den Teilnehmern der Séance war, der mich angegriffen hat«, sagte Gladys.

»Wer, sagten Sie, gehörte noch alles zu den Gästen?«

Gladys ging noch einmal die Gäste der Reihe nach durch. »Madeleine – nein, ausgeschlossen«, sagte sie. »Garfield? Ja, vielleicht! Mr. Stead – unwahrscheinlich. Der Reeder Barrett – auch unwahrscheinlich. Obwohl er so etwas wie ein Spion ist. Falls Sie auf der Suche nach Spionen sind – hier haben Sie einen. Barrett ist offenbar im Auftrag des deutschen Kaisers an Bord gekommen, der ein noch besseres Schiff als die Titanic bauen will.«

»Ich kenne Barrett – er ist auch eine von den zwielichtigen Figuren, die sich auf dem Schiff herumtreiben.«

»Sie scheinen sich wirklich gut auszukennen«, sagte Gladys mit einem leichten Unterton von Spott. »Woher wissen Sie von ihm?«

»Es ist Teil meines Auftrags, die wichtigsten Passagiere der ersten Klasse zu kennen. Er gehört zu ihnen, das ist alles. Dass er etwas mit Astors Geschäften zu tun hat, ist aber wenig wahrscheinlich.«

»So gesehen kommt fast jeder in Betracht!«, sagte Gladys. »Diese Leute in der ersten Klasse sind praktisch alle in irgendwelche lukrativen Geschäfte verstrickt.«

»Wohl wahr.« Roger Carran rieb sich die Stirn. »Was denken Sie: Könnte eine Frau der gestrige Angreifer gewesen sein?«

Gladys überlegte.

»Diese Victoria Hoyt wirkt sehr männlich, ausgeschlossen ist es nicht! Sowohl sie als auch Faussett sind mir am meisten verdächtig. Von Anfang an waren diese beiden darauf aus, mir Angst zu machen. Zu diesem Zweck haben sie auch diese Geistererscheinung inszeniert. Gut, dass ich ihnen nicht auf den Leim gegangen bin, sondern die Gesellschaft verlassen habe. Nachdem ich weg bin, ist mir einer der beiden gefolgt. So muss es gewesen sein.«

»Dann kann es kaum anders sein, als dass diese Frau oder ihr Herr und Meister Verbindung zu Phils Mördern haben oder sogar zu dieser Bande gehören.«

Gladys nickte. »Sie haben mich ein Stück weit überzeugt.«

»Ich vermute Folgendes: Faussett und Miss Hoyt wurden beauftragt, Ihnen das Leben schwer zu machen. Das bedeutet, dass man Ihnen Angst einjagen will – vielleicht auch Schlimmeres.«

»Und Astor? Was hat er damit zu tun?«

»Astor steht mit den Mördern Ihres Geliebten in einer geschäftlichen Beziehung. Phil Ryland musste vielleicht deshalb sterben, weil er diese Beziehung gestört hat.«

Gladys nickte. »Das ist denkbar. Jago bezeichnete Phil als Verräter.«

»Sehen Sie! Wir kommen der Sache näher. Faussett hat diese Geisterbeschwörung inszeniert und durch Vermittlung von Astor Ihre Einladung zu der Veranstaltung bewerkstelligt. Mit der Beschwörung des Geistes Ihres ermordeten Geliebten wollte er Sie ursprünglich vielleicht nur warnen. Als Sie dann aber die Séance verlassen haben, ist er wütend geworden und hat beschlossen, Sie zu töten. Dem Urteil seiner eigenen Frau zufolge, ist er fähig, einen Mord zu begehen, auch wenn er sicher nicht Jack the Ripper ist.«

»Wer weiß! Vielleicht ist diese Laura Faussett gar nicht so verrückt, wie es scheint. Wenn jemand behauptet, er wüsste, wer Jack the Ripper ist, hält man ihn immer für komplett verrückt, selbst dann, wenn er die Wahrheit sagt.«

»Faussett wäre nur ein weiterer in einer ganzen Reihe von Verdächtigen, denen man zutraut, dass sie Jack the Ripper sind. Es braucht nicht Jack the Ripper, um in Faussett einen gefährlichen Menschen zu sehen.«

»Ich frage mich, weshalb er nicht gleich oben auf dem Deck über mich hergefallen ist, da war ich viel weniger geschützt als im Gang bei den Kabinen. Als ich auf ihn zuging, wich er vor mir zurück.«

»Ihre Reaktion mag ihn verunsichert haben, oder sein Entschluss, Ihnen etwas Ernsthaftes anzutun, stand zu diesem Zeitpunkt noch nicht wirklich fest. Er könnte aber auch den Gedanken gehabt haben, sie irgendwohin zu locken, vielleicht in seine Kabine.«

»Sie meinen, er hätte mich bis zur Bewusstlosigkeit gewürgt, um mich in seine Kabine zu schleppen und mich dann so zu traktieren, wie es Jack the Ripper früher mit seinen Opfern tat?«

Carran zuckte mit den Achseln.

»Wie auch immer – so ein Verrückter handelt nicht in jeder Situation rational.«

Gladys sah Roger zart an.

»Werden Sie mich vor diesem Menschen beschützen?«

»Ich werde auf Sie aufpassen«, gab Carran zurück. »Und als Erstes werde ich diesen Faussett zur Rede stellen.«

»Er wird alles abstreiten.«

Carran blickte auf seine Armbanduhr und erhob sich von seinem Platz.

»Am besten, ich gehe gleich durch die Gesellschaftsräume und Salons. Mag sein, dass ich ihn irgendwo entdecke. Der Zeitpunkt ist günstig.«

Sie sah zu ihm auf.

»Nein, bleiben Sie heute Abend bei mir, Mr. Carran! Damit helfen Sie mir mehr, als wenn Sie sich jetzt auf die Suche nach diesem Faussett begeben. Das hat bis morgen Zeit.«

Er sah sie an, und sein Blick begann, sie zu durchbohren.

»Ich tue es für Sie, Gladys«, sagte er. »Damit er gewarnt ist! Der Mann muss mich kennenlernen, und zwar so schnell wie möglich!«

»Ja, aber nicht heute Abend.«

»Was erwarten Sie von mir, Mrs. Appleton?«

»Ich –«, sie biss sich auf die Lippen, »– was ich von Ihnen erwarte? Wie können Sie das fragen? Verstehen Sie denn nicht, dass ich mir wünsche, dass Sie – dass Sie nahe bei mir sind ...«

Roger Carran sah sie lange an.

»Warum werde ich das Gefühl nicht los, dass Sie mir etwas verschweigen, Mrs. Appleton?«

Einen Moment lang war sie verwirrt. Hatte dieser Mann

Anlass, ihr zu misstrauen? Sicher hatte sie sich ihm noch nicht rückhaltlos offenbart, aber konnte sie das tun, wenn sie seine Rolle nicht durchschaute? Und was befürchtete er? Hatte er Angst, dass sie ihn benutzte und ein falsches Spiel mit ihm trieb?

»Alles, was ich Ihnen von mir erzählte, ist die reine Wahrheit, Mr. Carran.«

»Haben Sie mir wirklich nichts verschwiegen, Mrs. Appleton?«, fragte er. »Ich bin ein Freund klarer Worte: Sie waren die Geliebte eines Londoner Verbrechers. Dessen Mörder sind hinter Ihnen her! Die Leute – Faussett und seine Begleitung – halten Sie für eine Prostituierte, und Sie sind wohl auch etwas in dieser Art, wenn auch eine Frau von besonderem Format.«

Sie sprang auf.

»Wer sind denn Sie? Ein Detektiv? Ein Spion? Welche Absichten hegen Sie in Wahrheit gegen mich? Sind Sie denn wirklich auf meiner Seite? Glauben Sie, dass Sie etwas Besseres sind als ich? Haben Sie etwa keine Geheimnisse, die Sie vor mir verbergen!«

»Beruhigen Sie sich, Mrs. Appleton – ich bin ganz gewiss auf Ihrer Seite! Zweifeln Sie bitte nicht an mir! Sie müssen mir vertrauen!«

»Ach, wirklich?«, rief sie. »Warum behandeln Sie mich dann so unverschämt und nennen mich eine Prostituierte? Hören Sie, Herr Offizier: Es war mir nicht in die Wiege gelegt, eine monogame Frau zu sein, aber sobald ich den Richtigen gefunden habe, bin ich ihm treu. Die Welt, in die ich hineingeboren wurde, war eine der weniger vornehmen Gegenden von London. Ich musste das Beste daraus machen und nutzte die Talente, die der liebe Gott mir gab. Es ist nichts Schimpfliches daran! Ich bin eine ehrenwerte Frau!«

»Es tut mir leid«, sagte Carran. »Ich bitte Sie nur darum, dass Sie mir ehrlich sagen, was Sie von mir wollen.«

»Was ich von Ihnen will ...« Sie trat einen Schritt auf ihn zu. »Ach verdammt, können Sie sich das denn nicht denken!« In einer spontanen Reaktion riss sie sich einen Träger ihres Kleides von der Schulter. »Ich will, dass Sie mir das Kleid vom Leib streifen – ich trage nichts darunter – und dann – dann werfen Sie mich dort drüben auf das Bett – oder hier auf den Boden – und machen Liebe mit mir!«

Carran machte große Augen und dann eine hilflose Gebärde mit den Händen, als ob er um Worte rang, aber keine finden konnte. Es war offensichtlich, dass ihre Direktheit ihm für den Moment die Sprache verschlagen hatte, als hätte sein britisches Offiziersohr solche Töne noch nicht gehört.

»Mrs. Appleton, Mrs. Appleton ...«, stammelte er schließlich und holte tief Luft, als wolle er noch etwas hinzufügen, aber indem er mit einem Seufzer ausatmete, brach er ab, »... aber ja, Mrs. Appleton, aber ja – ich will Sie doch auch!«

Gladys musste plötzlich lachen. Es amüsierte sie zu sehen, wie schnell ihre vehemente Reaktion die noble Fassade des ehemaligen Offiziers Seiner Majestät zum Einsturz brachte.

»Worauf warten Sie dann noch, Mr. Carran?«, flüsterte sie, als ihr Lachen verklang. »Hier bin ich! Sie können mich haben!«

Seine Gesichtszüge entspannten sich, und endlich lächelte er.

»Ich glaube, Sie haben mich überzeugt, Mrs. Appleton, ja, jetzt bin ich im Bilde, und nein, ich habe keine Fragen mehr an Sie.«

»Dann befreien Sie mich von meinem Kleid, Mr. Carran!«

Er ergriff ihre glatten Oberarme, wo diese in fein geschwungenen Linien formvollendete Kurven nach innen beschrieben, und zog sie fest an sich heran.

»Sie dürfen mich ruhig Gladys nennen«, lächelte sie und reckte sich ihm in einer Geste entgegen, die ihre ganze Sehnsucht zum Ausdruck brachte. Endlich fanden ihre Lippen zueinander, und während sie sich küssten, streifte er den anderen Träger von ihrer Schulter, öffnete ein paar Knöpfe und zog dann das Kleid an ihrem ranken Körper herab.

Nackt und anmutig stand sie kurz darauf vor ihm, wie ein leibhaftiges Geschenk, und sie wusste, dass sie das schönste Geschenk war, das ein Mann sich wünschen konnte.

»Bei deiner Geburt haben die Götter gelächelt, Gladys«, flüsterte Roger Carran mit heißem Atem. »Oh Gladys, du bist unglaublich schön! Eine schönere Gestalt als die deine ist nicht denkbar.«

Alles in ihr bebte dem Augenblick entgegen, in dem die nackte Haut seines Körpers die ihre zum ersten Mal berühren würde.

»Und du …«, sie zerrte an seinem Hemd; »… Liebster, du bist doch auch ein Schöner! Herunter mit den Sachen! Ich will auch von dir alles sehen!«

6. KAPITEL
SONNTAG, 14. APRIL 1912

Gladys schlüpfte aus dem Bett und zog sich an, dann weckte sie Roger mit innigen Küssen und flüsterte ihm zu, dass sie ihn für eine Weile verlassen würde, um den Bordgottesdienst aufzusuchen.

»Komm bald wieder«, raunte er schlaftrunken, »du fehlst mir. Ich liebe dich.«

Der Gottesdienst fand im Speisesaal der ersten Klasse statt. Passagiere aller Klassen waren zugelassen, und die Dritte-Klasse-Passagiere betrachteten mit Ehrfurcht die luxuriöse Einrichtung. Das Schiffsorchester spielte und begleitete die Gesänge. Kapitän Smith führte einen mehrstimmigen Chor an. Die Gemeinde sang ›Almighty Father Strong to Save‹. Gladys hätte am liebsten vor Freude geweint. Sie dankte ihrem Schöpfer für ihre Schönheit, ihren wundervollen Geliebten und für die intensiven körperlichen Freuden, die sie in der vergangenen Nacht hatte erleben dürfen. Sie war glücklich und voller Zuversicht. Sie hatte keine Angst mehr vor ihren Verfolgern, mochte ihr Leben bedroht sein oder nicht. Irgendetwas hatte sich verändert in ihr. Ihre Angst war verschwunden, und sie wurde von keinen Schuldgefühlen mehr gequält. Sie fühlte sich völlig frei, und als sie zu ergründen suchte, was mit ihr geschehen sein mochte, kam ihr das Wort Erlösung in den Sinn. Ihr kamen plötzlich die Tränen, und während sie aus vollem Herzen die Lieder mitsang, die die Gemeinde anstimmte, ließ sie ihnen freien Lauf.

Sie kehrte in die Kabine zurück, zog sich wieder aus und schmiegte sich an den nackten Körper ihres Geliebten.

»Was du gestern Abend sagtest, ist wahr, Roger«, sagte sie. »Ich habe dir noch nicht alles erzählt. Doch ich möchte keine Geheimnisse vor dir haben. Nur wenn du alles erfährst, bin ich selbst frei.«

»Wenn dich etwas belastet, dann lade es bei mir ab«, erwiderte er.

»Dieser Mann, von dem ich dir erzählte«, sagte sie, »Frank Jago, Phils Mörder ...«, sie unterbrach sich und sah ihn an, als wollte sie sich seiner uneingeschränkten Aufmerksamkeit vergewissern.

»Was ist mit ihm?«, fragte er.

Sie schlug die Bettdecke zurück und setzte sich auf.

»Es könnte sein, dass ich ihn getötet habe«, sagte sie.

Eine Weile sagte er nichts, sondern betrachtete sie stumm. Dann setzte er sich gleichfalls auf, und so saßen sie nebeneinander mit dem Rücken zur Wand.

»Es könnte sein? Was hast du getan?«

»Ich gab ihm Gift, das ich ihm heimlich in seinen Whisky kippte, als er auf der Toilette war. Ich besaß auch ein Stilett, um mich gegen ihn zu wehren, aber ich glaube, solche Angriffe hatte er einkalkuliert. Er hätte mich wahrscheinlich überwältigt, wenn ich mit dem Messer auf ihn losgegangen wäre. Aber an Gift hat er nicht gedacht.«

»Was für ein Gift war das?«

»Es sind Tropfen – ich glaube vom Fingerhut. Eine alte Frau aus Limehouse, meiner Londoner Heimat, gab es mir. Ein schönes Mädchen wie du muss sich wehren können, hat sie gemeint. Das Mittel sei ein Betäubungsgift und wirke sofort; ähnlich den Pfeilgiften, die die Indianer in Amerika und die Eingeborenen in Afrika verwenden, aber ich müsse aufpassen und solle nicht mehr als ein paar Tropfen nehmen, denn in hoher Dosis könne das Mittel tödlich sein. Na, sie hatte nicht unrecht. Ich goss eine ordentliche Dosis in sein Whiskyglas, denn ich musste auf Nummer sicher gehen. Im hochprozentigen Alkohol löst das Mittel sich besonders gut und entfaltet seine ganze Wirkungskraft. Er trank davon, und es dauerte keine zehn Sekunden, dann wurde er schlagartig müde. Er konnte gerade noch das Glas abstellen, bevor er auf dem Boden aufschlug. Sein Puls war ganz schwach, als ich ihn verließ, aber ich konnte nichts anderes tun, als ihn liegen zu lassen. Hätte ich ihm geholfen, hätte das meinen Tod bedeutet. Für mich war es die einzige Möglichkeit, ihm zu entkommen. Ich hatte keine andere Wahl, trotzdem habe ich es nicht leichtfertig getan, und immer wenn ich daran denke, was ich gemacht habe, meldet sich mein Gewissen. Aber was hätte ich anderes tun sollen? Mich in das Schicksal ergeben, das er mir zugedacht hatte? Das ging nicht! Ich hätte das Schiff sonst nicht erreicht. Deshalb musste ich in Kauf nehmen, dass ihn die Dosis getötet hat. Vielleicht ist das auch der Grund, weshalb sie hinter mir her sind. Sie wollen Rache an mir nehmen.«

Roger ließ den Blick zum Kajütenfenster schweifen.

»Sag mir ganz ehrlich, ob du dir selbst Vorwürfe machst, wegen dem, was du getan hast, Gladys?«

»Ganz ehrlich?«

»Ja, ganz ehrlich.«

»Nein«, sagte sie.

»Dann mache ich dir auch keine Vorwürfe«, sagte er. »Menschen wie dieser Frank Jago können nicht über ihre Mitmenschen verfügen, indem sie sie töten oder versklaven. Wer so etwas tut, muss damit leben, dass sich ein Opfer auch einmal wehrt. Und wenn sich ein Opfer wehrt, sollte es sich so wehren, dass die eigene Verteidigung erfolgreich ist. Du hast das mildeste Mittel gewählt, das dir in dieser Situation zur Verfügung stand. Du hast richtig gehandelt.«

Sie begann zu weinen, und er drückte sie fest an sich.

»All das ist nun vorbei«, flüsterte er. »Der liebe Gott hat dich mir geschickt. Ich werde dich nie mehr verlassen, mein Liebes.«

Sie lächelte glücklich, und der Strom ihrer Tränen versiegte langsam.

»Was machen wir jetzt mit diesem Faussett?«, fragte Roger. »Am besten, ich nehme ihn mir heute mal vor.«

»Müssen wir überhaupt etwas machen?«, fragte Gladys. »Du bist doch jetzt bei mir. Ich habe keine Angst mehr vor diesem Menschen.«

»Ich werde während der Reise gelegentlich auf dem Schiff unterwegs sein«, erwiderte Roger. »Ich kann nicht jeden Augenblick an deiner Seite bleiben.«

»Das musst du auch nicht«, entgegnete Gladys. »Wichtig ist ja nur, dass wir in den Nächten zusammen sind. Tagsüber kann mir nichts passieren.«

»Heute Abend werden wir das Eisfeld erreichen«, sagte Roger nachdenklich. »Ich werde nicht umhin können, in den Abendstunden zuweilen das Deck aufzusuchen.«

»Ich bin heute bei den Wideners zum Abendessen eingeladen. Anschließend soll im Café Parisien ein Ball stattfinden, zu dem Mr. Raubold mich bat, seine Tischdame zu sein. Mr. Raubold ist ein ehrenwerter Mann.«

»Das ist gut, dann werde ich später am Abend im Café Parisien zu dir stoßen. In den beiden letzten Nächten an Bord müssen wir nicht mehr getrennt sein. Die Gefahr durch Eis besteht nur in der kommenden Nacht.«

Durch das Bullauge sah Gladys die ruhige im Licht der Morgensonne glitzernde Meeresoberfläche, die ihr zum ersten Mal in den Tagen der Reise einen versöhnlichen Eindruck bot.

»Ich glaube, jetzt bist du dran, mir zu erzählen, warum

du auf diesem Schiff bist«, sagte sie. »Oder ist es ein so großes Geheimnis?«

»Es ist bloß ein Dienstgeheimnis«, antwortete er. »Mit Menschen, von denen ich nicht weiß, ob ich ihnen vertrauen kann, mag ich darüber nicht sprechen, vor allem, damit nichts weitergetragen wird und die Besatzung des Schiffes kein Misstrauen gegen mich hegt. Aber unser Verhältnis ist jetzt ein anderes als gestern. Auch ich habe keine Geheimnisse mehr vor dir, mein Liebstes.«

»Ich bin verschwiegen«, erwiderte sie und löste sich aus seinem Arm. Roger lehnte sich in die Kissen zurück.

»Ich arbeite und reise im Auftrag von Lloyds in London«, sagte er nach einer Weile. »Bei dieser Gesellschaft ist die Titanic bei einem Unfall gegen Schäden versichert.«

»Ein Versicherungsagent bist du also? Glaubt man denn, dass mit dem Schiff etwas passieren könnte?«

»Die Jungfernfahrt findet unglücklicherweise im April statt«, erwiderte er. »Das ist nicht gerade die günstigste Jahreszeit, denn in diesem Monat besteht die Gefahr von schweren Stürmen, die im schlimmsten Fall eine Herabsetzung der Geschwindigkeit erforderlich machen, oder von Nebel, bei dem die Geschwindigkeit auf jeden Fall reduziert werden muss, oder auch von Eis. Von diesen drei Widrigkeiten ist Eis die gefährlichste. Es gibt Eisberge in allen nur erdenklichen Größen, die eine Gefahr für jedes Schiff darstellen.«

»Aber die Titanic ist doch nicht wirklich in Gefahr?«
Roger zuckte mit den Achseln.

»Nun ja. Eiswarnungen waren schon bekannt, als die Titanic noch in Southampton lag. Bereits seit Wochen wissen die Reeder, dass Eisberge und Eisfelder auf die Schifffahrtsroute nach New York zutreiben. Alle Meldungen weisen daraufhin, dass in diesem Jahr die Eissituation auf dem Atlantik sehr ungewöhnlich ist, das Eis kommt in diesem Jahr sehr früh.«

»Dann muss man eben etwas vorsichtiger fahren.«

»Die Jungfernfahrt der Titanic ist ein Stelldichein der High Society. Eine verspätete Ankunft in New York passt nicht in den Plan der Gesellschaft. Die Olympic, das Schwesternschiff der Titanic, schafft eine Überfahrt in fünf Tagen und sieben Stunden. Die Titanic ist zwar ein ganz neues Schiff, das erst eingefahren werden muss, aber sie ist die verbesserte Version der Olympic. Von daher darf sie einfach nicht langsamer als die Olympic sein, auch wenn es ihre erste Überfahrt ist.«

»Das heißt, die Jungfernfahrt muss ein Geschwindigkeitsrekord werden?«

»Der Kapitän steht unter einem gewissen Druck. Ein anderes Ergebnis wird man als Versagen des Kapitäns werten. Die Olympic hat eine Geschwindigkeit von 22,75 Knoten. Von der Titanic erwartet man, dass sie nach der Einfahrzeit 23 Knoten schafft. Der Konkurrenzkampf auf der Atlantikroute nach New York ist sehr hart. Viele Reedereien bemühen sich um die Gunst der Passagiere. Der Transport von Auswanderern aus Europa nach Amerika ist ein Massengeschäft. Viel lukrativer und damit noch härter umkämpft ist die Gruppe der Passagiere, die es sich leisten können, erster Klasse zu fahren. Das sind Geschäftsreisende und ganz besonders die den Atlantik auf ihren Urlaubsreisen überquerende High Society. Die White-Star-Line hat viel Geld in den Bau der Olympic und der Titanic investiert, das auf dem Atlantik wieder hereingeholt werden muss. Außerdem wird bereits ein drittes Schiff der Olympic-Klasse gebaut. Auch dieses Schiff muss in absehbarer Zeit abgenommen und damit bezahlt werden.

Je schneller die Titanic in die Gewinnzone fährt, umso besser. Eine gute erste Passage hilft dabei sehr.«

»Die Titanic fährt also zu schnell?«

»Eindeutig ja! Der Kapitän ist bestrebt, den Atlantik zügig zu überqueren. Diese Einstellung ist aber angesichts der herrschenden Witterungsverhältnisse falsch.«

»Ist es nicht ein berechtigter Wunsch für den Kapitän eines neuen Schiffes, schneller zu sein als das zuvor in Dienst gestellte Schiff?«, fragte sie.

»Dass Kapitän Smith, nachdem wir die Irische See verlassen haben, das Schiff beschleunigt, obwohl wir in eine Gegend des Nordatlantik gelangen, von der er weiß, dass sie wesentlich mehr Eis enthält und es erheblich weiter südlich anzutreffen ist als üblich, ist in meinen Augen schlicht ein Zeichen von Unvernunft«, gab Roger zurück.

»Er ist eine so starke, beruhigende Erscheinung«, sagte Gladys. »Ich habe ihn vorhin im Gottesdienst erlebt. Man mag gar nicht glauben, dass er fehlgehen kann.«

»Leider denkt er das selbst von sich auch, obwohl er es eigentlich besser wissen müsste.«

»Inwiefern?«

»Ein Unfall mit der Titanic wäre nicht sein erster. Als Kommodore der Olympic hat er im letzten Jahr im Hafen von Southampton einen Zusammenstoß mit dem britischen Kreuzer ›Hawke‹ verursacht. Sein Verhalten als Kapitän war kein Ruhmesblatt für die White Star. Obwohl die beiden Schiffe einander schon in sechs Kilometer Entfernung erkannten, wich Smith dem Kreuzer nicht aus, sodass die Hawke ihren Bug in die Flanke der Olympic bohrte.«

Gladys dachte an den Vorfall beim Auslaufen in Southampton, als die Titanic beinahe mit dem Frachter New York kollidiert wäre.

»Nun, sicherlich wird Kapitän Smith die Geschwindigkeit herabsetzen, wenn wir das gefährliche Seegebiet erreichen«, sagte sie.

»Ich habe ihn gestern bereits auf die Situation angesprochen. Meine Warnungen scheinen ihn jedoch nicht sehr beeindruckt zu haben. Von vorgestern Mittag bis gestern Mittag hat das Schiff 464 Seemeilen zurückgelegt. Das ist geringfügig weniger als die Olympic bei ihrem Tagesrekord geschafft hat. Er wird den Rückstand einholen wollen. Das Schiff hat jeden Tag weiter beschleunigt. Die Zeichen stehen weiterhin auf Geschwindigkeitsrekord.«

»Es wird schon alles gut gehen«, sagte Gladys. »Nur um ein paar Stunden früher in New York anzukommen, wird der Kapitän kein unnötiges Risiko eingehen.«

»Es gibt nur alles oder nichts«, sagte Roger. »Es nützt der Gesellschaft wenig, ein paar Stunden früher und damit in der Nacht in New York einzutreffen. Die Titanic muss Dienstagnachmittag in den Hafen einlaufen.«

»Dann hätten wir ja eine Nacht weniger auf dem Schiff. Oh nein, das gefällt mir überhaupt nicht. Wenn der Kapitän so viel Wert auf die Ansicht der Erste-Klasse-Passagiere legt, muss er sich auch meine Meinung anhören. Ich treffe ihn heute Abend auf dem Empfang der Wideners.«

Roger versuchte nicht, sie von ihrem Vorhaben abzubringen.

»Versuch dein Glück! Wenn er schon den Argumenten der Versicherung nicht zugänglich ist, dann vielleicht denen einer schönen Frau.«

Nachdenklich sah er zum Kajütenfenster, und auch Gladys warf einen Blick auf die dahinter liegende See.

»Das Meer ist so ruhig, so glatt und friedlich«, sagte sie.

Roger war eine Weile still, bevor er erwiderte:

»Das macht es gerade so gefährlich. Wären die Umstände widriger, würden die Menschen sich vorsichtiger verhalten.«

»Ist die hohe Geschwindigkeit der Titanic der Grund dafür, weshalb du so viel auf dem Schiff unterwegs bist?«, fragte sie.

Roger zögerte, und sein Blick kehrte zu ihr zurück. Sie sah in seine Augen.

»Ich mache mir Sorgen und habe ein Gefühl, als müsste ich mich um das Schiff kümmern«, sagte er dann. »Das Schiff macht mir ein ungutes Gefühl. Irgendetwas stimmt nicht mit der Titanic. Ich habe den Verdacht, dass sie eine verborgene Beschädigung haben könnte.«

»Und du suchst nach dieser Beschädigung?«

»Ja, aber vor allem spreche ich mit Leuten von der Besatzung. Das ist nicht einfach. Gerade die Heizer sind sehr verschwiegen. Trotzdem bin ich bereits auf einige Merkwürdigkeiten gestoßen.«

»Sind es Dinge, die die Passagiere beunruhigen müssen?«

»Ich bin sehr beunruhigt.«

»Was ist geschehen? Was ist mit dem Schiff?«

»Das erste äußerst beunruhigende Ereignis, über das ich stolperte, war ein Feuer, das vor der Abfahrt des Schiffes im Kohlebunker wütete«, erwiderte Roger und beugte sich etwas vor. »Wie ich von einem Heizer vertraulich erfuhr, wurde das Feuer schon nach der Probefahrt der Titanic in Belfast entdeckt. Das Feuer war auf der Steuerbordseite von Bunker zehn, am hinteren Ende des sechsten und vordersten Kesselraums und am vorderen Ende des wasserdichten Schotts Nummer fünf. Dem Inspektor des Handelsministerium, der das Schiff am Morgen des Abfahrtstages über mehrere Stunden inspiziert hat und der erst kurz vor der Abfahrt von Bord gegangen ist, hat man dieses Feuer verheimlicht. Dabei hätte das Feuer vor der Abfahrt durch den Einsatz der Feuerwehr von Southampton gelöscht werden können. Aber man hat die Feuerwehr nicht gerufen, sondern ist mit dem Feuer an Bord in See gestochen.«

»Ist so ein Feuer im Kohlenraum gefährlich?«

»Ein Feuer an Bord ist immer gefährlich. Solange man ein Feuer unter Kontrolle hat, droht den Passagieren zwar keine unmittelbare Gefahr, aber wenn Unvorhergesehenes hinzukommt, kann alles Mögliche geschehen. Wenn der Kapitän eines Schiffes mit einem Feuer an Bord in See sticht, obwohl die Möglichkeit besteht, es vorher zu löschen, ist seiner Person gegenüber Misstrauen angebracht.«

»Hat der Kapitän denn von dem Feuer gewusst?«

»Selbstverständlich.«

»Aber warum hat er es verheimlicht, anstatt es schon im Hafen löschen zu lassen?«

»Ich denke, der Kapitän könnte aufgrund früherer Ereignisse um seinen guten Ruf gebangt haben und ging das Risiko einfach ein, indem er sich sagte, man würde das Feuer schon unter Kontrolle halten.«

»Und ich dachte, Kapitän Smith sei ein Ehrenmann.«

»Wenn der Brand ungefährlich war, hätte es nicht geschadet, ihn zu melden, und wenn er gefährlich war, wäre es seine Pflicht gewesen, ihn zu melden. Leider ist das Feuer im Kohlenkeller nicht die einzige Merkwürdigkeit an Bord.«

»Was ist noch?«

»Es ist bekannt, dass die Titanic nur etwa 6000 Tonnen Kohle an Bord hat«, sagte er. »Eigentlich sollte sie 9500 Tonnen Kohle aufgenommen haben. Doch es gab einen

Kohlearbeiterstreik, weshalb man nicht vollständig Kohle aufnehmen konnte, wollte man den Abfahrtstermin nicht gefährden.«

»Reicht die Kohle etwa nicht bis New York?«

»Wenn das Schiff keinen Umweg machen muss, wird sie reichen. Aber man wusste schon vor Reisebeginn, dass Gefahren durch ein Eisfeld auf das Schiff zukommen können, das man aber wegen Kohlemangel nicht südlich umfahren kann. Angesichts der bekannten Eissituation ist dies eine weitere Verantwortungslosigkeit.«

»Dann muss man eben mit langsamer Geschwindigkeit durch das Eisfeld hindurchfahren.«

»Ja! Doch offenbar geht man lieber das Risiko einer Beschädigung des Schiffes ein, als den Erfolg der Reise zu gefährden.«

»Wenn es zu einem Schaden kommt, ist die Reise kein Erfolg.«

»Natürlich nicht – aber wenn man zu langsam fährt, ist sie es auch nicht. Folglich setzt eine ganz simple Überlegung ein. Man sagt sich, dass das Risiko eines Schadens zwar vorhanden ist, aber doch recht gering, ein Misserfolg also unwahrscheinlich. Fährt man aber langsam, ist der Misserfolg garantiert.«

»Ich kann nicht glauben, dass der Kapitän das Leben seiner Passagiere gefährden wird.«

»Das Problem auf diesem Schiff ist Joseph Bruce Ismay, der Generalmanager der IMM und Direktor der White-Star-Line, der die erste Fahrt der Titanic als Passagier begleitet. Allein seine Anwesenheit an Bord muss den Kapitän ständig daran erinnern, wie das Ergebnis der Jungfernfahrt auszusehen hat. Es ist nicht einfach für einen Kapitän, stark zu sein, wenn der Chef der Reederei einen ständig im Auge hat.«

»Dann muss man diesen Mr. Ismay an seine Verantwortung für das Wohl seiner Kunden gemahnen.«

»Er bestreitet, dass er sich in die Belange des Kapitäns einmischt. Aber in Wahrheit ist ihm das wirtschaftliche Wohl seiner Gesellschaft näher als das Wohl der Passagiere.«

»Er ist selbst ein Passagier.«

»Er verkennt die Gefahr. Die Geschichte der White-Star-Line ist eine Kette von Unfällen und Katastrophen, zweifelhaften oder illegalen Geschäftsmethoden, Schlamperei, Rücksichtslosigkeit und Pech. Lord Pirrie, einer der Direktoren von IMM, der die White-Star-Line gehört, ist zugleich Vorstandsmitglied von Harland and Wolff, deren Hauptkunde die White-Star-Line ist. Lord Pirrie war es auch, der J.P. Morgan dazu ermutigte, die White-Star-Line in den IMM-Konzern aufzunehmen. Er überzeugte Morgan, in die gigantischen neuen Schiffe von Harland and Wolff zu investieren. Doch die White-Star-Line erlitt einen Schaden nach dem anderen. Besonders der Unfall der Olympic im vergangenen Jahr verursachte immens hohe Kosten.«

»Aber alles redet doch von der Titanic!«, erwiderte Gladys. »Sollte sie nicht das größte und prunkvollste Schiff der Welt sein, noch herrschaftlicher eingerichtet als die deutschen Liner und selbst die Olympic, ihre eigene Schwester?«

»Die Wahrheit kehrt man unter den Tisch«, sagte Roger und setzte sich ein Stück auf. »Die White-Star-Line hat die meisten Unfälle der führenden Transatlantik-Schifffahrtsgesellschaften zu verzeichnen und braucht dringend Geld oder jedenfalls einen schnellen wirtschaftlichen Erfolg. Mr. Ismay quälen insgeheim große Sorgen, denn der White-Star-Line geht es nicht gut. Die Kosten für den Bau der

Titanic waren höher als kalkuliert. Einige Leute munkeln, die White-Star-Line stünde vor dem Bankrott.«

Gladys seufzte resigniert und schüttelte den Kopf.

»Du hast von einer geheimen Beschädigung gesprochen – was hat es damit auf sich?«

»Es ist auffällig, dass das Schiff trotz ruhiger See immer leicht nach Backbord geneigt ist«, sagte Roger.

»Stimmt! Das ist mir auch schon aufgefallen. Das ist also nicht normal?«

»Ganz gewiss nicht.«

»Was bedeutet es?«

»Die Neigung könnte auf ein Leck zurückzuführen sein, das sich im Heck des Schiffes befindet«, sagte Roger. »Ich habe ein paar vorsichtige Erkundigungen eingezogen, und sowohl mit Heizern als auch mit Offizieren gesprochen. Alle weisen entsprechende Vermutungen zurück. Niemandem ist angeblich etwas von einem Leck bekannt. Aber das bedeutet nichts. Es herrscht eine merkwürdige Geheimniskrämerei an Bord. Immerhin haben meine Gespräche einige weitere Tatsachen zu Tage gefördert, die nicht zu meiner Beruhigung beitragen.«

»Und die wären?«, fragte sie.

»Bei der Schiffsbesatzung wurden unmittelbar vor der Abfahrt einige sehr ungewöhnliche Umbesetzungen vorgenommen. Fast alle Heizer, die die großen Heizkörper versorgen sollten und von dem Bunkerfeuer wussten, sind in Southampton von Bord gegangen und haben für die Atlantiküberquerung nicht wieder angeheuert. Und dies, obwohl gerade ein langer Kohlenstreik zu Ende ging und das Geld der Leute äußerst knapp geworden war. 55 Passagiere, darunter J.P. Morgan, der Eigentümer der Titanic, haben die Reise kurz vor der Abfahrt, und zwar sozusagen um fünf vor zwölf storniert.«

»Du glaubst, diese Leute haben etwas gewusst, was wir nicht wissen?«, fragte sie.

»Ja! Und das ist auch der Grund, weshalb ich das Schiff so ausgiebig erkunde. Der Wechsel der Besatzung hat es mit sich gebracht, dass es nur wenige Leute an Bord gibt, die sich im Labyrinth der Räume und Gänge überhaupt auskennen. Auch dies ist eine ungeheure Fahrlässigkeit, die in einem Notfall schlimme Folgen haben kann.«

Gladys wandte sich zu ihrem Geliebten herum und schmiegte sich in seine Arme.

»Wo befindet sich das Eisfeld?«, fragte sie.

»In dem Seegebiet südlich von Neufundland«, antwortete Roger. »Die Eisberggrenze beginnt gewöhnlich am 42. Breitengrad, doch im ungünstigsten Fall können Eisberge, die sich losgerissen haben, bis zum 39. Breitengrad treiben.«

Gladys hatte genug gehört.

»Du hast eine so schöne und zarte Haut«, sagte sie, während sie ihren Liebsten zärtlich streichelte, »wie es sehr selten ist bei einem Mann.«

»Was bin ich gegen dich, meine Schönste«, erwiderte er, »deine Haut ist wie reine Seide.«

»Wann werden wir in dem gefährdeten Gebiet sein?«, fragte sie, während sie fortfuhr, ihn zu liebkosen. »Etwa in den frühen Abendstunden schon?«

»Die Eiswarnungen betreffen vor allem den nordwestlichen Atlantik. Wirklich gefährlich wird es erst in der kommenden Nacht.«

Gladys sah, dass Roger zur geschlechtlichen Vereinigung bereit war. Sie setzte sich ihm gegenüber und spreizte ihre langen Beine über seinen Hüften.

»Noch ist zum Glück nicht Nacht und kein Eis in der Nähe«, sagte sie. »Wir wollen nun nicht mehr davon reden und uns lieber aneinander erfreuen.«

Roger griff nach ihr und zog sie dicht an sich heran.

»Du hast recht, Liebes«, erwiderte er, »lass uns das Eis vergessen. Ich sehne mich so sehr nach dir – wie nach nichts sonst auf dieser Welt. Mir ist, als hätte neben dir nichts anderes noch eine Bedeutung. Du bist mein Leben, mein alles.«

Sie seufzte vor Wonne, als sie seine wundervolle Härte erneut in sich spürte, und sie reckte und streckte sich, um ihn ganz tief in sich aufzunehmen. Es war herrlich. Der ruhige und feste Druck, mit dem er die Nervenfasern ihres empfänglichen Geschlechts bis zum Äußersten reizte, stand in vollkommenem Einklang mit ihren geschickten Bewegungen, und dieses Zusammenspiel entfesselte in ihr eine tief empfundene Lust.

»Du machst mich glücklich, Liebster«, jauchzte sie, als sie sah, dass die Freude, die sie selbst erlebte, ihr aus dem Gesicht ihres Liebsten wie aus einem Spiegel entgegen leuchtete, und sie zitterte, als sie fühlte, dass all ihr Sehnen Erfüllung fand, und das in den höchsten Graden, die zu empfinden sie fähig war.

*

»Ich merke plötzlich, was für einen gewaltigen Hunger ich habe«, sagte Gladys später. »Wenn wir noch Mittagessen bekommen wollen, müssen wir uns sputen.«

Zum ersten Mal saßen sie wie ein Ehepaar zusammen an einem der kleineren Tische, unbeeindruckt von den Blicken, die man ihnen zuwarf. Es war gewiss nichts Ungewöhnliches, wenn nicht miteinander verheiratete Frauen und Männer beim Essen zusammensaßen, aber die Leute ringsum ahnten wohl, dass das Zusammensein von Gladys und Roger nichts von der üblichen Unverbindlichkeit besaß, sondern auf eine tiefere Gemeinsamkeit schließen ließ, die alles umfasste, auch das gemeinsame Bett.

»Einige der Anwesenden halten mich für eine Prostituierte, andere für eine Ehebrecherin«, flüsterte Gladys ihrem Geliebten zu. »Ich spüre es deutlich, aber wie soll ich den Irrtum der Leute aufklären. Ich kann doch nicht lauthals verkünden, dass ich gar nicht verheiratet bin.«

»Lass die Menschen denken, was sie wollen«, erwiderte Roger. »Du bist nicht verheiratet, aber du bist meine Frau. Die Leute, die sich über den Lebenswandel anderer Menschen empören, wollen die Wahrheit gar nicht wissen. Solange sie sich das Maul zerreißen können, sind sie glücklich.«

»Zum Glück habe ich keinen guten Ruf zu verlieren«, lächelte Gladys. »So lebt es sich viel freier. Ja, und ich bin deine Frau, und es ist nichts Unrechtes an dem, was wir miteinander tun.«

Er drückte ihre Hand, und sie freute sich königlich darüber, dass auch ihr Gefährte über das Getuschel an den Nachbartischen lachen konnte.

Sie verließen den Saal und gingen an Deck.

»Welch milde Luft«, sagte Gladys. »Kein Eis weit und breit.«

»Das besagt nicht viel«, erwiderte Roger Carran. »Die Veränderungen auf dem Meer können sich mit einer Geschwindigkeit ereignen, die man als Bewohner des flachen Landes kaum für möglich hält. Spätestens am Abend werden die Temperaturen deutlich fallen.«

Gladys drängte sich in seinen Arm.

»Ach, Liebster, komm, lass uns in die Kabine gehen, bevor die Temperaturen fallen. Die Kabine ist gut geheizt.«

Roger drückte sie an sich.

»Du hast recht. Wenn die Leute schon über uns tuscheln, sollen sie wenigstens mit ihren Vermutungen, dass wir uns im Bett miteinander vergnügen, recht behalten.«

Es war schon Nachmittag, als Roger aufstand, um sich anzukleiden.

»So schwer es mir fällt, aber ich habe meine Arbeit zu erledigen«, sagte er. »Heute ist ein wichtiger Tag. Wenn wir die kommende Nacht überstanden haben, wird der Rest der Reise gefahrlos sein.«

»Heute Nacht bist du wieder bei mir, mein Liebster. Schon jetzt kann ich es kaum erwarten, in deinen Armen zu sein.«

Er kam noch einmal ins Bett zurück und presste sie fest an sich.

»Ich werde mich von nun an jeden Tag meines Lebens um dich kümmern, Gladys, und dich nie länger als für ein paar Stunden verlassen.«

»Ich dich auch nicht, Roger«, flüsterte sie. »Ich liebe dich.«

Eine halbe Stunde, nachdem er gegangen war, stand Gladys auf und zog sich an, dann verließ sie die Kabine für einen Spaziergang durch das Schiff.

Die Titanic fuhr mit unverminderter Geschwindigkeit durch die schwach bewegte See. Die Sicht reichte weit bis zum Horizont. Auf dem Freideck war es kälter geworden, aber davon abgesehen war es ein ruhiger und sonniger Reisetag, fast zu schön für die Jahreszeit und das Seegebiet. Nordamerika war nahe gekommen; so nahe, dass die Funker bald mit den Landstationen auf Neufundland in Verbindung treten konnten.

Während sie über das Promenadendeck ging, erblickte sie den Reeder Ismay, der mit ein paar Passagieren sprach.

Ihre Neugier regte sich, als sie Kapitän Smith bemerkte, der sich der Gruppe um Ismay näherte, und sie verharrte einen Augenblick an der Reling, um die Gruppe zu beobachten. Smith blieb neben dem Reeder stehen und reichte diesem ein Schriftstück, offenbar ein Telegramm. Dann ging der Kapitän weiter, wortlos, wie es schien, und Gladys war es, als wäre er auf den Reeder nicht gut zu sprechen.

Nun löste sich auch Ismay aus der kleinen Gruppe und schlenderte mit dem Telegramm in der Hand in ihre Richtung. Als er Gladys erkannte, hielt er inne und sagte, während er das Telegramm in der Hand wedelte:

»Wir haben gerade Nachricht erhalten, dass wir zwischen Eisbergen sind.« Er sagte dies in einem Tonfall, als handle es sich bei der Nachricht um eine interessante, aber letztlich belanglose Neuigkeit.

»Oh, dann wird der Kapitän sicher mit der Geschwindigkeit heruntergehen«, sagte Gladys.

»Nein, nein«, erwiderte Ismay, »wir werden mehr Kessel in Betrieb nehmen und daraus herauskommen.«

»Aus dem Eisfeld?«

»Ja, wenn wir mit der Geschwindigkeit zulegen, sind wir schneller durch.«

»Je höher die Geschwindigkeit umso größer ist doch die Gefahr einer Kollision!«, entgegnete Gladys stirnrunzelnd.

Ismay schüttelte den Kopf.

»Je mehr Zeit vergeht, umso größer wird das Problem mit dem Eis. Je früher wir es hinter uns lassen, umso besser ist es für das Schiff.«

Sie machen also das Gegenteil, dachte Gladys, und erhöhen die Geschwindigkeit. Sie wollte den Reeder gerade fragen, ob er es war, der den Kapitän angewiesen hatte, schneller zu fahren, da kam Mrs. Widener um die Ecke.

»Wann werden wir die Eisberge sehen?«, fragte sie Mr. Ismay. Offenbar hatte sie etwas mitbekommen.

»Ich weiß es nicht«, antwortete Ismay unwillig. »Ich hoffe gar nicht.«

»Sie müssen den Kapitän anweisen, die Geschwindigkeit zu drosseln, Mr. Ismay!«, versuchte Gladys es noch einmal.

Der Reeder zuckte mit den Achseln und wandte sich ab, als wolle er weiteren Erörterungen ausweichen, und bevor Gladys nachsetzen konnte, entfernte er sich mit zügigen Schritten.

Das stumme Verhalten des Kapitäns, das sie eben beobachtet hatte, dachte sie, sprach dafür, dass sich der Kapitän den ausdrücklichen oder stillschweigenden Weisungen seines Reeders unterwarf. Der eine schob die Verantwortung auf den nächsten. Die letzte Verantwortung trug jedoch der Kapitän. Sie nahm sich vor, Kapitän Smith daran zu erinnern.

»Ah, Mrs. Appleton«, sagte Mrs. Widener, »Sie werden heute Abend wie versprochen mein Gast sein, nicht wahr?«

Offenbar war bis zu Mrs. Widener nicht vorgedrungen, dass sie als Ehebrecherin galt, denn sonst hätte sie sie wohl nicht an die Einladung erinnert. Aber vielleicht, dachte Gladys, herrschten auf einem Schiff andere Regeln, und es verhielt sich genau andersherum. Manche Leute liebten die Nähe des Skandals.

»Bleibt es dabei, dass Kapitän Smith auch erscheinen wird?«

»Gewiss«, antwortete Mrs. Widener. »Er hat mir sein Kommen fest zugesagt.«

»Gut, dann können Sie mit mir rechnen.«

Beim Weitergehen begegnete sie dem zweiten Offizier Lightoller.

»Stimmt es, dass wir uns in der Nähe von Eisbergen befinden?«, fragte sie ihn.

»Mir ist von Eiswarnungen nichts bekannt«, gab dieser zurück.

Eine merkwürdige Antwort, dachte Gladys; denn von Eiswarnungen hatte sie gar nicht gesprochen.

»Es erstaunt mich, dass Sie nichts von Warnungen wissen. Selbst Mr. Ismay kennt sie.«

»Dann wird es wohl stimmen. Der Mann muss es wissen.«

»Wie meinen Sie das?«

»Kein Kommentar.«

»Eigentlich sollten Sie es wissen, nicht unbedingt dieser Herr, oder gehört Mr. Ismay etwa zur Mannschaft?«

Lightoller biss sich auf die Lippen und verkniff sich eine Antwort. Gladys war überzeugt, dass Lightoller die Eiswarnungen kannte, aber den Befehl bekommen hatte, nicht darüber zu sprechen.

»Wenn Sie mir nicht glauben, können Sie den Kapitän danach fragen«, fügte sie dennoch hinzu, »von dem hat Mr. Ismay nämlich die Eiswarnung erhalten. Ich war dabei, als der Kapitän ihm ein Telegramm übergab.«

»Ich werde mich erkundigen«, sagte Lightoller und wandte sich zum Weitergehen.

»Einen Moment noch«, sagte Gladys, um ihrem Anliegen Nachdruck zu verleihen. »Sie werden also die Anweisung geben, dass die Geschwindigkeit herabgesetzt wird?«

»Der Kapitän setzt die Geschwindigkeit des Schiffes fest. Die Senioroffiziere sind nicht berechtigt, die Geschwindigkeit nach Belieben herunter- oder heraufzusetzen, aber ich werde mich um das Problem kümmern.«

Gladys kam es vor, als hätten sich die Vibrationen des Schiffes verstärkt, und sie hatte das Gefühl, dass das Schiff eine höhere Geschwindigkeit hatte als zu jeder anderen Zeit, seitdem sie Queenstown verlassen hatten.

Sie hatte Glück und fand Roger in seiner Kabine, wo er mit der Durchsicht von Zeichnungen beschäftigt war, die den Grundriss des Schiffes abbildeten.

»Wie ich von einem Heizer erfuhr, ist es gestern Abend gelungen, das Feuer im Kohlenbunker zu löschen«, berichtete er ihr.

»Wenigstens eine gute Nachricht«, erwiderte Gladys.

»Was sind die schlechten?«

»Es liegen aktuelle Eiswarnungen vor.«

»Das ist mir auch schon bekannt geworden«, sagte Roger. »Ich habe mit dem Funker gesprochen.«

»Die Geschwindigkeit des Schiffes ist aber nicht reduziert worden, sondern die Titanic fährt schneller.«

»Noch sind wir nicht wirklich in einem Eisfeld«, sagte Roger. »Die bloße Nähe zum Eis ist nach gängiger Praxis auf diesen Schiffen kein Anlass, die Geschwindigkeit zu reduzieren. Von dieser Praxis wird Smith nicht abweichen. Wir erreichen das Eisfeld voraussichtlich gegen 23 Uhr. Sollte zu dieser Zeit die Geschwindigkeit nicht deutlich zurückgenommen worden sein, werde ich beim Kapitän Protest einlegen!«

»Es ist ein Skandal, wie dieser Kapitän sich verhält«, entgegnete Gladys. »Er darf nicht tun, was der Reeder verlangt. Man muss ihm ins Gewissen reden. Sonst geht das Schiff noch unter. Denk nur an das prophetische Buch dieses Schriftstellers. Ich mag es nicht mehr auf die leichte Schulter nehmen.«

»Keine Angst«, sagte Roger, »so schnell kann die Titanic nicht untergehen.«

»Aber wenn das Schiff durch ein Eisfeld fährt, ist die Gefahr einer Kollision doch ziemlich ernst?«

»Das ist durchaus richtig – aber auch wenn es zu einer Kollision kommt, bedeutet dies kaum, dass das Schiff untergeht. Das Schiff verfügt über Schotten. Wenn durch ein Loch Wasser einfließt, verhindern die geschlossenen Schotten ein Überlaufen des Wassers in die anderen Kammern. Das Schiff kann sich auch über Wasser halten, wenn eine Kammer vollgelaufen ist.«

»Hoffentlich hast du recht«, sagte Gladys. »Mrs. Widener hat mir noch einmal bestätigt, dass Kapitän Smith zu ihrem Abendessen in das Restaurant kommen wird. Ich werde ihm sagen, was ich von der Sache halte.«

Nicht lange, nachdem Gladys die Kabine ihres Geliebten verlassen hatte, lief ihr Raubold über den Weg. Der Blick, mit dem er sie bedachte, enthielt einen mit Anstrengung zurückgehaltenen Vorwurf und bestätigte ihre Vermutungen in Bezug auf das Gerede der Passagiere.

»Ich dachte, Sie hätten zu Hause einen Gatten«, sagte Raubold.

Sie wollte nicht, dass Raubold schlecht von ihr dachte. Bei den anderen Passagieren war es ihr egal, nicht aber bei ihm.

»Es tut mir leid, Mr. Raubold«, entgegnete sie, »ich habe Sie genauso wie alle hier an Bord an der Nase herumgeführt. Ich musste es tun, um mich zu schützen. In Wahrheit bin ich nicht verheiratet. Der Mann, mit dem ich die Reise machen wollte, war nur so etwas wie mein Verlobter – ach was, nicht einmal das. Er lebt nicht mehr, aber ich müsste lügen, wenn ich sagen würde, dass er mir noch etwas bedeutet.«

Raubold nickte, und Gladys sagte sich, dass es wirklich das Beste wäre, wenn Roger Carran und sie offensiv zu ihrer Verbindung standen; für Geheimniskrämerei gab es schlicht keinen Grund.

»Ich habe diese Reise unternommen, um meinem alten Leben zu entfliehen«, fügte sie hinzu. »Und ich habe ein neues Leben gefunden, schneller, als ich es für möglich hielt.«

»Sind Sie wirklich sicher, Mrs. Appleton?«

»Vollkommen sicher.«

»Sie haben einen neuen Liebsten?«

»Ja, es ist Roger Carran – und diesen Mann liebe ich. Ich kenne ihn erst seit vorgestern, und doch ist es so! Mögen Sie mich auch für verrückt halten, Mr. Raubold. Aber ich habe endlich gefunden, wonach ich suchte.«

Raubold nickte.

»Ich verstehe. So etwas kommt vor. Mir ging es am Tag der Abreise ganz ähnlich …«, er wurde unsicher und zögerte, bevor er hinzusetzte, »als ich Sie erblickte. Ich vermutete natürlich, dass Sie einen Gatten oder wenigstens einen Liebsten haben, und als ich erfuhr, dass Sie verheiratet sind, dachte ich: Alfred Raubold, du hast es ja geahnt, nimm es nicht so schwer, wenn ich auch gehofft hatte, es könnte anders sein. Wenn es denn so ist, wie Sie sagen, dann wünsche ich Ihnen viel Glück.« Er sah sie an, und sie bemerkte den Schimmer in seinen Augen. »Ich meine das wirklich so«, sagte er. »Ich wünsche Ihnen alles Glück dieser Erde. Sie haben es verdient.«

Gladys spürte, dass er es ehrlich meinte.

»Sie sind ein guter Mann, Mr. Raubold«, sagte sie. »Und ein echter Mann. Sie müssen nur so bleiben, wie Sie sind, und Sie werden das Glück finden, das Sie nicht weniger verdient haben als ich.«

»Danke Mrs. Appleton«, sagte er und wischte sich über die Augen. »Nun ist es aber gut, ich will einmal sehen, was es zum Abendessen gibt. Wir sehen uns um neun Uhr auf dem Ball?«

»Ja, ich komme gewiss. Es gibt noch eine andere Einladung, aber bis neun Uhr werde ich den Empfang bei den Wideners hinter mich gebracht haben.«

Sie traf pünktlich auf der Abendgesellschaft ein, zusammen mit den meisten anderen Gästen. Kapitän Smith saß bereits am Tisch.

Die Gäste waren eine erlesene Runde, unter denen sich auch die Thayers und die Hays befanden. Während des Abendessens saß Gladys neben Mrs. Thayer. Der Kapitän gab Anekdoten zum Besten, um die Passagiere zum Lachen zu bringen, und Gladys wartete, bis der geeignete Moment gekommen war.

»Mr. Ismay hat mir heute Mittag eine Eiswarnung gezeigt, die er kurz davor von Ihnen erhalten hat«, sagte sie zu Kapitän Smith, als das Essen beendet war und der Kapitän sich eine Zigarre angezündet hatte. »Aber ich kann nicht feststellen, dass die Geschwindigkeit des Schiffes herabgesetzt worden wäre.«

»Das ist nicht nötig, schöne junge Lady«, sagte Kapitän Smith und blies einen Schwall Rauch in die Luft, »das Wetter ist klar, die Sicht vortrefflich.«

»Wann wird die Titanic New York erreichen?«

»Wenn alles gut geht, laufen wir am Dienstagnachmittag in den Hafen ein.«

»Das wäre aber schade«, sagte Gladys.

Kapitän Smith zog die Augenbrauen hoch.

»Dann hätten wir ja nur noch zwei Nächte auf dem Schiff. Von mir aus kann die Reise ruhig bis Donnerstag dauern.«

Smith lächelte.

»Nun, es freut mich, dass es Ihnen an Bord so gut gefällt, dass Sie gar nicht in New York ankommen möchten. Ich fürchte allerdings, die meisten Passagiere werden zufrieden sein, einen Tag früher einzutreffen.«

Am Tisch entstand vereinzelter Widerspruch.

»Ich denke, dass New York wegen der Eisfelder, die auf dem Weg liegen, vor Mittwoch nicht erreicht werden kann«, sagte Gladys mit Nachdruck.

Der Kapitän blickte in die Ferne.

»Nun, wir werden sehen«, sagte er einsilbig. »Im Moment besteht kein Anlass, die Geschwindigkeit zu drosseln.«

»Das Vibrieren des Schiffes ist seit heute Nachmittag stärker als sonst«, sagte Gladys, »demnach haben Sie die Geschwindigkeit sogar noch erhöht.«

In den Augen von Smith blitzte Unwille auf.

»Das Schiff hat die Geschwindigkeit, die es haben muss. Ich kann es beurteilen, schöne junge Lady, ich bin seit 30 Jahren auf dieser Route unterwegs.«

Gladys gab sich einen Ruck. Die Sache war zu wichtig, um Rücksicht auf Konventionen zu nehmen.

»Ich muss Ihnen widersprechen!«, sagte sie. »Die Temperaturen sind gefallen. Sie haben kein Recht, in einem Gebiet mit Eisgefahr so schnell zu fahren. Sie müssen die Geschwindigkeit reduzieren.«

Am Tisch herrschte plötzlich Schweigen.

»Junge Lady«, sagte der Kapitän. »Es gibt Temperaturänderungen, auch ohne dass Eisberge in der Nähe sind. Der kalte Labradorstrom fließt bei Neufundland südwärts quer durch die Routen der Atlantikschifffahrt, führt aber nicht notwendigerweise Eisberge mit sich. Kalte Winde blasen auch von Grönland, nicht nur von Eisfeldern.«

Gladys ließ sich von dem Ton des Kapitäns nicht einschüchtern.

»Es war nicht richtig, dass Sie die Eiswarnung Mr. Ismay übergeben haben, anstatt sie im Navigationsraum auszuhängen«, gab sie zurück.

Der Kapitän, dem es ob ihrer für ihn unerwarteten Aufsässigkeit die Sprache verschlug, wandte sich, ohne etwas zu erwidern oder sich weiter etwas anmerken zu lassen, seinen Tischnachbarn zu, die den Disput mit angehört hatten.

Gladys achtete nicht mehr darauf, was der Kapitän zu den anderen Gästen am Tisch sagte, aber ein wenig hatte sie mit ihren Bemerkungen wohl doch bewirkt, denn es vergingen nur wenige Minuten, bis Kapitän Smith seine Zigarre in einem Aschenbecher ausdrückte, einen kurzen Blick in die Runde warf und erklärte:

»Ich werde auf der Kommandobrücke erwartet und muss mich nun leider verabschieden.« Sein Blick traf Gladys, als wollte er mit dem angekündigten Aufbruch den von ihr geäußerten Verdacht an seiner Fähigkeit und der Unangemessenheit seines Verhaltens Lügen strafen, dann erhob er sich, verbeugte sich leicht nach allen Seiten und verließ die Gesellschaft.

Gladys wartete einen Moment, dann stand sie ihrerseits auf und verabschiedete sich. Sie ging in ihre Kabine, um sich umzuziehen und begab sich ins Café Parisien.

Der Ball war für die anwesenden Gäste jüngeren Alters Anlass, in voller Kriegsbemalung aufzutauchen und zu zeigen, wer man war. Einige Damen waren in großer Toilette erschienen und zeigten ihren Schmuck. Manche der Herren trugen Smoking, weiße Hemden mit Fliegen, und andere Passagiere hatten ausgefallene Kostüme angelegt.

Gladys setzte lieber auf ihre nackte Haut. Ihr makelloser Teint und das Ebenmaß ihrer Arme waren ihr schönster Schmuck und ließen die teure Seide und die Juwelen vieler anderer Frauen vergleichsweise fad aussehen. Einige andere junge Frauen bewiesen ebenfalls Mut und führten ihre neuen, freizügigen Kleider vor.

Raubold setzte sich zu ihr, als er sie erblickte.

»Wo haben Sie denn Ihren Liebsten, Mrs. Appleton?«

»Er hat noch zu tun und kommt später nach, wie ich hoffe.«

Die Kapelle spielte zum Tanz.

»Kommen Sie, Mrs. Appleton«, sagte Raubold.

Raubold war ein besserer Tänzer, als es seine äußere Erscheinung hatte vermuten lassen. Sonst machte er mit seiner gedrungenen Gestalt und den breiten Schultern einen eher schwerfälligen Eindruck, aber wenn er sich bewegte, trugen ihn seine Beine wie Flügel. Wie der Wind fegte er über das Tanzparkett, und sie hatten viel Spaß, wenn er sie herumwirbelte. Gladys tanzte ausgelassen, so wie sie es von den Londoner Vergnügungen kannte. Die Konventionen der besseren Gesellschaftskreise bekümmerten sie nicht, aber auch die übrigen Gäste hielten sich heute nicht so sehr daran, wie sie es bei sonstigen Anlässen auf der Titanic taten.

Bald kamen andere Männer, und Raubold wurde abgeklatscht. Gladys war der augenfällige Liebling des Abends, und die Männer rissen sich darum, mit ihr zu tanzen. Die Stimmung war fröhlich, allenthalben herrschte gute Laune, und Gladys fühlte sich wunderbar. Die Zukunft leuchtete wie ein heller Stern vor ihr auf.

Fast eine Stunde lang tanzte sie ununterbrochen, dann kehrte sie an den Tisch zurück, und Raubold setzte sich wieder neben sie. Die Gespräche drehten sich um die Ankunft der Titanic in New York.

»Zwei Nächte noch, dann sind wir am Ziel«, sagte Raubold und erzählte Gladys von dem neuen Woolworth Building in New York, das Frank Woolworth, der Gründer der Ladenkette, die seinen Namen trug, mitten in den Bauarbeiten hatte aufstocken lassen, damit es den vor zwei Jahren errichteten Metropolitan Tower überragen und bei seiner Fertigstellung eine Höhe von 240 Metern erreichen würde.

»Unglaublich«, staunte Gladys, »wie es wohl ist, von dort oben auf die Stadt hinunterzusehen? Wie klein müssen einem die Menschen erscheinen! Sie müssen mit mir zusammen den Metropolitan Tower besteigen, damit ich eine Vorstellung davon bekommen kann.«

Gladys trank zum stillen Wasser einen rabenschwarzen Mokka. Raubold nahm, wie die meisten Männer es taten, einen Highball, Whiskey mit heißem Wasser, zu sich. An einem der anderen Tische erblickte sie Garfield. Sie wünschte sich sehr, dass Roger käme, doch sie hatte keine große Hoffnung, dass er sich rechtzeitig sehen lassen würde, um die Feier zusammen mit ihr zu genießen. Spätestens um Mitternacht lösten sich solche Bordgesellschaften gewöhnlich auf. Raubold entschuldigte sich mit der Bemerkung, er müsse sie für ein paar Augenblicke verlassen, und nachdem er sich entfernt hatte, saß sie allein und war froh, dass sie nach ihren ausgelassenen Tänzen für eine Weile in Ruhe gelassen wurde.

Zwei, drei Minuten vergingen, dann berührte jemand von hinten ihre Schulter, und als sie sich umdrehte, erblickte sie Nevil, den Kabinensteward, der sich verhalten ein Stück zu ihr herabbeugte.

»Mr. Carran schickt mich zu Ihnen«, flüsterte er ihr zu. »Er bat mich, Ihnen auszurichten, Sie möchten ihn in seiner Kabine aufsuchen.«

Gladys war glücklich, von ihrem Liebsten zu hören, und lächelte dem Steward dankbar zu.

»Vielen Dank, Nevil.« Kurz dachte sie daran, sich bei ihm zu entschuldigen, weil sie ihm gestern die Tür ihrer Kabine vor der Nase zugeschlagen hatte, aber Nevil war schon wieder davongeeilt.

Sie blickte auf die schmale Uhr, die ihr Armgelenk zierte. Es war eine Viertelstunde vor elf. Der Ober brachte ihr einen zweiten Mokka, den sie vor fünf Minuten bestellt hatte. Sie nippte daran und lehnte sich in ihrem Stuhl zurück. Der Ruf ihres Geliebten hatte sie innerlich erbeben lassen, sie sehnte sich so sehr nach seiner Gesellschaft, dass sie am liebsten sofort losgelaufen wäre. Die Stunden ohne ihn kamen ihr viel zu lang vor. Obwohl sie wusste, dass er nicht weit weg war, ertrug sie es kaum noch, wenn sie ihn nicht neben sich spürte. Sei keine Närrin, Gladys, dachte sie, das ist das Schicksal der frisch Verliebten, in einigen Wochen ist das vorbei. Aber sie wusste, dass es nicht so sein würde. Etwas in ihr glaubte nicht daran, dass es jemals wieder anders kommen würde, sondern hielt daran fest, dass ihre Liebe zu Roger etwas ganz Besonderes war.

Sie trank einen Schluck von dem Kaffee und spürte das Gemisch von Unruhe und Vorfreude, das sich warm in ihr ausbreitete. Eigentlich war es unglaublich, dass sie erneut sexuelles Sehnen empfand, aber die intensiven Liebeserlebnisse der vergangenen Stunden hatten ihre Energien nicht erschöpft, sondern beflügelt, und es war ihr, als hätte sich in ihrem Leben alles regelrecht auf den Kopf gestellt.

Aber war es wirklich das Sexuelle, wonach sie sich sehnte? War das Erotische, wenn sie mit Roger zusammen war, nicht nur ein untergeordneter Teil dieser fantastischen Süße, die Körper und Geist beflügelte? Dieses

Gefühl, das ihre Liebe zu Roger durchwehte, ging über alles hinaus, was sie kannte. Eine Liebe, die so süß war, dass sie den Tod überwand. Sie verscheuchte den Gedanken und sah sich nach Raubold um, von dem sie sich vorsorglich verabschieden wollte, weil sie nicht wusste, ob sie mit Roger zusammen noch einmal auf den Ball zurückkehren würde; doch sie erblickte ihn nicht. Sie trank ihren Mokka aus und verließ den Tisch, dann entfernte sie sich durch die Tür des Rauchsalons in den Gang, von dem aus eine Treppe hinauf zum Freideck führte. Der Weg über das Deck war der kürzeste zu Rogers Kabine.

Als sie in die Nacht hinaustrat, erschrak sie. Eisige Luft schlug ihr ins Gesicht, die laue von vorhin war wie weggeweht. Es war empfindlich kalt geworden. Ihre nackten Arme fröstelten nicht nur, sondern die Kälte des Fahrtwindes schnitt wie mit Messern hinein. Die Temperatur musste den Gefrierpunkt erreicht haben. Es war jedoch weniger die kalte Luft, die sie hatte zusammenzucken lassen, sondern die plötzliche Erkenntnis, dass die Temperaturen in den Keller gefallen waren, weil sie das Eisfeld erreicht haben mussten, und damit verbunden war das Erkennen, dass die Titanic mit unverminderter Geschwindigkeit durch die kalte dunkle Nacht nach Westen fuhr. Deutlich spürte sie die Vibrationen der Maschinen. Noch nie hatte sie diese so stark wahrgenommen wie jetzt, und die Überlegung, dass größere Vibrationen eine höhere Geschwindigkeit bedeuteten, machte sie sicher, dass die Titanic schneller fuhr als jemals zuvor. Sie hatten also die Geschwindigkeit nochmals erhöht. Dieser Narr von einem Kapitän, dachte sie, Roger musste endlich etwas Entscheidendes dagegen tun.

Unbeirrt ging sie weiter, vorbei an den aufgehängten Booten und den Deckaufbauten, über denen die Schornsteine in den klaren Sternenhimmel ragten. Kaum ein Passagier hatte sich in die Kälte hinausgewagt, sie war praktisch allein an Deck.

Die Titanic jagte über die schwarze, spiegelglatte See dahin. Ein matter, kaum wahrnehmbarer Dunstschleier hing über dem Wasser. Die Nacht war mondlos, aber der Himmel sternenklar. Gladys hatte das Gefühl, die Sterne noch niemals heller gesehen zu haben. Sie schienen geradezu aus dem Himmel herauszuragen und glitzerten wie geschliffene Diamanten. Vom Fahrtwind abgesehen war es völlig windstill, und sie empfand diese Windstille als unheimlich, als ob es nicht richtig war, dass auf dem Atlantik völlige Windstille herrschte.

Sie erreichte die Deckaufbauten unter dem zweiten Schornstein, wo sich der Gymnastikraum befand. Auch hier war außer ihr kein Mensch. Dass sie sich irrte, bemerkte sie Augenblicke später. Plötzlich nahm sie eine Bewegung wahr und ein leises Geräusch. Sie riss den Kopf herum und versuchte dem, was sich ihr näherte, auszuweichen, aber es war zu spät. Sie wurde von hinten ergriffen, Hände schlossen sich um Hals und Kehle. Sie wollte aufschreien, doch es gelang ihr nicht. Eine kräftige Hand, die ein Tuch hielt, schob sich über Nase und Mund. Der abscheuliche Geruch einer Chemikalie war das Letzte, was sie registrierte, bevor sie den Boden unter ihren Füßen verlor.

*

In lichten Momenten nahm sie bruchstückhaft ihre Umgebung wahr, ohne dass sie begriff, was mit ihr geschah. Irgendwann registrierte sie benommen, dass sie sich nicht mehr an Deck, sondern in einer Kabine befand, und es wurde ihr zugleich bewusst, dass man sie dorthin geschleppt hatte, während sie ohnmächtig gewesen war. Als sie schließlich wieder zu vollem Bewusstsein erwachte, geschah es, weil man sie auf ihre Füße stellte, und sie bemerkte zugleich, dass über ihrem Kopf etwas mit ihren Armen und Händen geschah. Sie öffnete die Augen und sah ein Sideboard und einen Kamin, dann einen ovalen Tisch, der auf einem dicken, dunkelroten Teppich stand und von schweren Ledersesseln und einem Ledersofa umgeben war. Sie starrte auf die mit Eichenpaneelen verkleideten Wände und auf das Mobiliar im französischen Stil, auf Spiegel und Leuchten aus geschliffenem Glas, und angesichts der luxuriösen Pracht, die um sie herum herrschte, kam ihr der Gedanke, dass sie sich in einer der Luxussuiten auf dem B-Deck befand. Dann sah sie zwei Gestalten, die sie aus einiger Entfernung zu betrachten schienen, aber bevor sich ihr Blick auf deren Gesichter konzentrieren konnte, fühlte sie ihre schmerzenden Arme über dem Kopf, und als sie aufblickte, sah sie, dass sie an ihren nackten Armen aufgehängt war. Mit Entsetzen stellte sie fest, dass man sie in die Mitte der Kabine gestellt und mit einem Strick, der schmerzhaft in ihre zusammengebundenen Handgelenke schnitt, regelrecht an die Decke gebunden hatte.

Ihre Besinnung kehrte nun vollständig zurück, und das bewirkte immerhin, dass sie wieder Halt unter ihren Füßen fand, wodurch ihre Arme etwas entlastet wurden und die Schmerzen der Dehnung ein wenig abklangen. Sie trug noch immer ihr Abendkleid, aber als sie an sich herunterblickte, sah sie, dass es über ihren Brüsten aufgerissen war, als hätte man versucht, es ihr vom Körper zu zerren.

Ihr Blick konzentrierte sich auf die Gesichter der beiden Ganoven, die sie offenbar hierhergebracht hatten.

Es waren zwei Männer; der eine saß in einem Sessel, der andere dahinter etwas versetzt auf einer Couch.

Der Mann im Sessel war der Kabinensteward Nevil Boyes, das Gesicht des anderen, der auf der Couch saß, war nicht zu erkennen, denn es war maskiert. Der Maskierte, dachte sie erschrocken, sie war in der Hand ihres geheimnisvollen Verfolgers, und dieser besaß einen Helfer in Gestalt des Kabinenstewards, der auch für ihre eigene Kabine zuständig war.

»Was haben Sie mit mir gemacht?«, gelang es ihr endlich zu fragen.

»Ich hatte Mr. Boyes gerade den Auftrag gegeben, dich vollständig zu entkleiden, Schöne, aber da wurdest du wach, und so haben wir dich erst einmal auf deine Füße gestellt. Aber auch so bietest du einen recht reizenden Anblick.«

»Entkleiden? Warum wollen Sie mich entkleiden?« Gladys stöhnte auf. »Ihr Schufte! Wollt ihr euch an mir vergehen?«

»Nicht doch!«, lächelte der Maskierte. »Wir sind Gentlemen! Auch wenn's einem bei deinem Anblick ziemlich schwerfällt, sich in Zurückhaltung zu üben. Du bist wirklich ein absoluter Leckerbissen.« Er blickte zur Seite. »Aber es bleibt dabei, wir sind ehrenwerte Männer, nicht wahr, Mr. Boyes?«

Das langsame Kopfnicken fiel dem Angesprochenen sichtlich schwer.

»Ich bin Engländer!«, sagte Nevil dann. »Mit Leib und Seele! Und ein Engländer kann sich beherrschen!«

»Dann machen Sie mich los, Sie aufrechter Engländer!«, rief Gladys wütend. »Gehört es sich etwa für einen guten Engländer, eine Dame so zu behandeln, wie Sie es gerade mit mir tun?«

»Eine Dame?«, feixte der Maskierte. »Na ja! Mit deiner Schönheit nehmen es nur wenige Damen auf – doch du bist keine Dame, sondern eine Hure, die ihren Luxuskörper für teures Geld an den Meistbietenden verkauft!«

»Und du bist ein Feigling, der sich an schwachen Frauen vergreift!«, schrie Gladys zurück.

Der Maskierte erhob sich aus seinem Sitz, trat vor sie und schlug ihr links und rechts ins Gesicht. Ihre Wangen brannten.

»Wenn du es noch einmal unternehmen solltest, mich anzuschreien, werde ich dir den Mund zubinden lassen!«

Gladys bemühte sich, seine Stimme einzuordnen, aber es gelang ihr nicht. Sie blickte nach oben und versuchte, die Zeiger ihrer Uhr an ihrem Arm zu erkennen, aber die Seite mit dem Zifferblatt war auf die Innenseite des Armes verrutscht, und deshalb gelang es ihr nicht.

»Wie spät ist es?«, fragte sie.

»Der Tag neigt sich dem Ende zu«, sagte der Maskierte. »Ebenso wie dein Leben. Es ist halb zwölf.«

Halb zwölf! Sie musste länger als eine halbe Stunde ohnmächtig gewesen sein.

»Machen Sie mich bitte los!«, sagte sie, und obwohl sie versuchte, einen energischen Ton anzuschlagen, klang es mehr wie ein Flehen als wie ein Befehl.

Der Maskierte lachte, drehte sich fort und setzte sich auf das Sofa zurück.

»Nevil! Tu ihr den Gefallen! Binde den Strick los und schnür ihn ihr um den Leib«, sagte er. »Aber zieh ihr vorher das Kleid aus!«

»Ich denke, ihr seid Ehrenmänner! Lasst mir mein Kleid!«

Der Maskierte seufzte. »Im Atlantik brauchst du kein Kleid.«

Ein Wahnsinniger, dachte sie, der Freude daran fand, ihr Angst einzujagen.

»Was habt ihr mit mir vor?«

»Geduld, meine Schöne«, sagte der Maskierte.

»Ich bin nicht deine Schöne.«

»Doch! Du bist das schöne Opfer, das ich mir ersehnt habe.«

»Opfer?«

»Ja, Opfer! Du wirst noch in dieser Nacht sterben!«

Sie schüttelte den Kopf.

»Nein! Das werde ich nicht! Warum sollte ich sterben? Was habe ich Ihnen getan?«

»Du kennst die Antwort!«

»Sie reden ja Unsinn! Ich weiß überhaupt nichts.«

In den Augen des Maskierten, die durch die Schlitze blitzten, schimmerte etwas Tückisches auf, als ob ihm ein böser Gedanke gekommen war.

»Es gibt mehrere Gründe, weshalb du sterben musst!«, sagte er nach einer Weile. »Nun, vielleicht kennst du nicht alle Gründe! Aber einen Grund kennst du, schöne Lady! Die anderen werde ich dir noch nennen! Du sollst erfahren, wofür dein Opfer erforderlich ist.«

Gladys sagte nichts. Sie musste Zeit gewinnen. Es war ihre einzige Chance.

»Erinnerst du dich an deinen letzten Abend in London?«, fragte der Maskierte süffisant. »Es ist noch keine Woche her.«

Sie sagte nichts, und der Maskierte stand wieder auf.

»Nevil, wie können Sie mir so etwas antun?«, rief Gladys dem Steward zu, auf den sie den ihr verbliebenen Rest von Hoffnung setzte. »Ich hielt Sie für einen Freund.«

Nevil zündete sich eine Zigarette an.

»Freund hin, Freund her«, sagte er, »ich habe eine Familie.«

»Familie?« Gladys schüttelte ungläubig den Kopf. »Was hat Ihre Familie mit unserer Freundschaft zu tun?«

»Ich brauche Geld.«

Die Maske des Maskierten war jetzt nahe vor ihrem Gesicht, und sie konnte die schwarze Glut in den besessenen Augen sehen. Wer war er? Warum verbarg er sein Gesicht?

»Reden wir mal von deinen früheren Freunden«, sagte ihr Peiniger. »Hat Frank Jago dir nicht von dem frechen Mädchen erzählt, das man aus der Themse fischte?«

Sie schüttelte den Kopf, aber gleichzeitig erschrak sie so sehr, dass ihr regelrecht übel wurde.

»Lüg mich nicht an, Schöne! Du weißt Bescheid!«

Das also war es, was sie mit ihr vorhatten. Sie sollte ins Meer geworfen werden, gefesselt, nackt – und lebendig.

»Beantworte meine Frage!«, sagte der Maskierte.

Sie reagierte nicht. Sie war zu verstört, um etwas zu entgegnen. Mit der flachen Hand schlug er ihr ins Gesicht.

»Antworte!«

Sie presste die Lippen zusammen, und der Schlag seiner Hand traf ihre andere Wange. Beide Wangen brannten höllisch.

»Nun, wirst du mir antworten?«

»Feigling!«

Mehr sagte sie nicht.

Er schlug wieder zu, und sie begann zu weinen.

»Antworte!«

Sie biss die Zähne zusammen, worauf er sich zu seinem Kumpan umdrehte und sagte:

»Nevil, gib mir deine Zigarette.«

Nevil trat an die Seite seines Herrn und überreichte ihm mit einem Grinsen auf dem Gesicht den Glimmstängel. Er nahm ihn und berührte damit ganz kurz ihre Schulter.

Sie zuckte zurück, zeigte aber sonst keine Reaktion, nur dicke Tränen der Wut liefen an ihren Wangen herab.

»Verbinde ihr den Mund, Nevil, damit man ihre Schreie nicht hört.«

Sie sah ihn an. »Feigling! Leute wie Sie, die hilflose Frauen quälen, sind das Letzte!« Sie hatte allen Abscheu, den auszudrücken sie fähig war, in ihre Stimme gelegt.

Er wich einen Schritt zurück, dann holte er aus und schlug zu – links, rechts, mehrmals. Ihre Lippen platzten auf, und sie sah das Blut, das auf ihre nur noch halb bedeckte Brust herabtropfte. Nevil presste ihr einen Schal zwischen die Zähne und band ihn hinter ihrem Kopf zusammen.

Sein Meister trat vor sie. Er bewegte die Zigarette dicht an der Haut ihrer rechten Schulter entlang, als suchte er eine geeignete Stelle.

»Wirst du meine Frage beantworten? Du hast zum letzten Mal die Wahl: Nicke mit dem Kopf, wenn du einsichtig bist! Oder schüttele ihn, dann weißt du, was passiert!«

Sie tat nichts von beidem.

Mit aller Kraft drückte er zu.

Der Schmerz raubte ihr fast die Sinne. Sie schrie und heulte, aber ihre Schreie wurden durch den Knebel gedämpft.

»Du wolltest es nicht anders, Täubchen, also jammere nicht!«

Sie schluchzte verzweifelt. Ihr Peiniger stand immer noch vor ihr und fuchtelte mit dem Glimmstängel herum.

»Versprichst du mir, dass du nicht schreien wirst?«, zischte er sie an.

Gladys nickte.

Er gab seinem Kumpan ein Zeichen, und Nevil löste den Knoten hinter ihrem Kopf und entfernte ihr den Knebel. Aus der Hand des Maskierten nahm er den Zigarettenstummel entgegen und drückte ihn in einem Aschenbecher aus.

»Und nun erzählst du mir, was du mit Frank gemacht hast. Erzählst du es nicht, zündet sich Nevil die nächste Zigarette an«, sagte der Maskierte.

Sie sagte nichts, sondern schluchzte stumm vor sich hin.

»Nevil!«

Gladys sagte weinend und mit tonloser Stimme:

»Ich habe ihm nur etwas Bitterstoff in seinen Whisky gekippt.«

»Warum nicht gleich so, Schöne!« Er fasste ihr ans Kinn. Sie riss den Kopf zur Seite.

»Fass mich nicht an, du maskiertes Schwein!«, heulte sie auf.

Er ließ die Hand sinken.

»Du wolltest ihn töten, nicht wahr?«

Ja, hätte sie am liebsten geschrien, aber sie tat es nicht.

»Ich wollte nur, dass er mich nicht daran hindern kann, das Haus zu verlassen«, schluchzte sie. »Es war Notwehr.«

»Du hättest ihn beinahe umgebracht«, zischte ihr Peiniger, als sei er ehrlich empört. »Wären seine Leute nicht am Morgen gewaltsam in die Wohnung eingedrungen, wäre er nicht mit ein paar Platzwunden davongekommen. Aber er besitzt ein starkes Naturell – nur deshalb hat er deinen Mordanschlag überlebt. Trotzdem: Zwei Stunden später, und er wäre tot gewesen.«

Gladys fühlte eine merkwürdige Erleichterung. Er war also gar nicht tot.

»Wie geht es ihm?«, fragte sie, noch immer weinend.

»Inzwischen wird er wieder wohlauf sein.«

»Wenn er wohlauf ist, gibt es keinen Grund, dass du Rache an mir nimmst und mich quälst«, sagte sie, ohne dass sie viel Hoffnung hatte, er könne ihre Argumente verstehen.

»Rede keinen Unsinn! Er hat Glück gehabt«, sagte er. »Was du getan hast, ist ungeheuerlich. Für diese Tat wirst du büßen.«

»Ich wollte ihn nicht töten.«

Er lachte.

»Das sagt man immer, wenn es schiefgegangen ist. Spar dir deine Erklärungen, es kommt ohnehin nicht darauf an. Du bist dem Tod geweiht und wirst ihn noch in dieser Nacht erleiden.«

»Warum?«

»Es gibt so viele Gründe, dass es mir fast schwerfällt, sie alle aufzuzählen. Den ersten Grund habe ich dir genannt. Der zweite ist, dass du eine Zeugin bist, die unsere Pläne vereiteln könnte.«

»Ich kenne eure Pläne nicht und will sie auch nicht kennenlernen.«

»Du kennst sie sicher, oder du könntest helfen, dass andere dahinterkommen. Du weißt, weshalb Phil sterben musste.«

Eine Weile war sie still.

»Ich habe keine Ahnung. Es interessiert mich auch nicht.«

»Du wirst es erfahren.«

»Nein«, schrie sie. »Ich will es nicht wissen.«

Ein weiteres Mal schlug er ihr ins Gesicht.

»Hör auf zu schreien, sonst bekommst du den Knebel.«

Allmählich versiegte der Strom ihrer Tränen.

Der Maskierte wandte sich seinem Helfer zu.

»Wir verschwenden nur unsere Zeit. Fessle ihre Füße, Nevil. Dann schneide ihr das Kleid vom Leib und verschnüre sie fest. Wir werfen sie über Bord.«

Nevil hielt schon einen Strick bereit, er kniete nieder, streifte ihr die Schuhe ab und band ihre nackten Fußgelenke fest zusammen.

»Um Gottes willen«, heulte Gladys auf. »Ihr wollt mich doch nicht wirklich ins Wasser werfen!«

»Meine Kabine hat ein kleines privates Deck«, sagte der Maskierte. »Schwupp, und du bist verschwunden.«

»Es könnte jemand sehen.«

»Das ist unwahrscheinlich«, entgegnete der Maskierte. »Das Schiff macht eine gute Geschwindigkeit. Außerdem haben wir Neumond. Man sieht das Wasser von oben nur schlecht.«

»Man wird nach mir suchen.«

»Ach, du stehst nicht einmal in der Passagierliste. Du hast selbst dafür gesorgt, dass Mrs. Phil Ryland nicht darin geführt wird. Und dass dein angenommener Name daraus verschwindet, dafür haben Nevil und ich bereits Vorsorge getroffen.«

»Mein Geliebter wird Himmel und Hölle in Bewegung setzen, wenn ich verschwunden bin.«

Der Maskierte wandte sich an seinen Kumpan.

»Hat sie hier an Bord auch schon einen Geliebten?«

»Sie hat einigen Männern an Bord den Kopf verdreht und turnt durch die Betten der reichen Passagiere, wie sie es nicht anders kennt. Ihr letzter Geliebter war ein Mr. Carran – mit dem hat sie es letzte Nacht ziemlich wild getrieben. Man hat es bis draußen auf den Gang gehört. Falls er Schwierigkeiten macht, sollten Sie sich um ihn kümmern.«

»Morgen ist schon Montag, und am Dienstagnachmittag sind wir in New York. Wegen einer Hure, die sich an Bord geschlichen hat, um die reichen Passagiere auszunehmen, wird niemand viel Aufhebens machen. Darüber mache ich mir keine Sorgen.«

Nevil zog einen Stuhl heran und kletterte hinauf, um den Strick von der Decke zu lösen.

»Halt!«, rief Gladys, bevor es soweit war, und wandte ihr Gesicht in Richtung des Maskierten. »Wer sind Sie überhaupt? Nehmen Sie die Maske ab, Sie Feigling! Sie haben mir versprochen, mir die anderen Gründe zu nennen. Was haben Sie mit Frank Jago zu tun?«

Sie musste Zeit gewinnen, irgendwie das Ende hinausschieben, und in ihrer Verzweiflung kam ihr sogar der Gedanke, ob sie den Männern nicht freiwillig ihren Körper anbieten sollte. Roger würde inzwischen gewiss nach ihr suchen. Aber konnte er sie überhaupt in der Kabine dieses Wahnsinnigen finden?

»Frank ist mein Schwager«, antwortete der Maskenmann, »und mein Partner. Ich habe in Queenstown eine Nachricht von ihm erhalten – ein Gewährsmann hat mir seine Botschaft überbracht. Daher wusste ich, dass du ihm Gift verabreicht hast.«

»Warum habt ihr euch gegen Phil verbündet?«

»Wir?« Er lachte höhnisch. »Ryland hat sich mit Astor gegen uns verbündet! Oder er hat es wenigstens versucht. Der Narr wollte das Geschäft allein machen.«

»Astor? Was hat Astor damit zu tun?«

Ihr Peiniger blickte sie eine Weile stumm an.

»Nun gut«, sagte er nach einer Weile. »Warum sollst du es nicht erfahren: Wir planen die Gründung einer deutschamerikanischen Transatlantiklinie. Dafür benötigen wir Astors Geld. Weil er nicht als Eigner oder Mitgesellschafter in Erscheinung treten durfte, sollte Phil Ryland unser Strohmann sein. Aber Phil hat uns in die Suppe gespuckt und damit sein eigenes Todesurteil gefällt.«

»Das verstehe ich nicht. Was heißt: Er hat euch in die Suppe gespuckt? Wenn er nicht mitmachen wollte, hättet ihr doch einen anderen Strohmann nehmen können.«

»Ryland wollte unser Ziel – die deutsche Vorherrschaft über den Atlantik – an Astor verraten, indem er Astor dazu bringen wollte, das Geschäft nicht mit uns, sondern mit ihm zu machen. Deshalb wollte er sich mit Astor an Bord der Titanic treffen, um ihm seine Pläne zu unterbreiten, wie man die Deutschen ausschalten könnte. Das durften wir uns nicht gefallen lassen und haben den Verräter liquidiert. Ich bin an Bord der Titanic gegangen, um unsere Sache zu retten. Meine Gespräche mit Colonel Astor sind sehr positiv verlaufen.«

»Wenn Mr. Astor Ihr Partner ist, holen Sie ihn bitte hierher«, rief Gladys verzweifelt. »Er wird nicht dulden, dass mir etwas geschieht.«

»Astors Meinung spielt überhaupt keine Rolle. Mich interessiert nur sein Geld. Er ist mit mir ins Geschäft gekommen, weil er für sich selbst die Vorherrschaft auf dem Atlantik haben will. Aber die Verbindung, die er mit uns eingegangen ist, wird nicht den Amerikanern, sondern den Deutschen die Oberhoheit auf dem Nordatlantik bringen. Sobald er seine Schuldigkeit getan hat, wird er gehen. Der Mann ist ein auslaufendes Modell. Er hat es nur noch nicht begriffen, dass eine neue Zeit begonnen hat, die nicht mehr die seine ist.«

»Mir ist das alles ganz egal!«, entgegnete Gladys. »Ich habe mit diesen Geschäften nichts zu tun, und es kümmert mich nicht, wer die Vorherrschaft auf dem Atlantik hat. Sie brauchen keine Angst vor mir als Zeugin zu haben.

Ich weiß von nichts. Lassen Sie mich gehen! Ich weiß ja nicht einmal, wer Sie sind. Mit Nevil kann ich mich wieder vertragen.«

»Du musst mich für ziemlich töricht halten, Schöne. Aber genug geredet, geh an die Arbeit, Nevil. Es gilt nun, was wir zu tun haben, hinter uns zu bringen.«

Gladys hätte schreien mögen, weil ihr nun klar war, dass es kein Argument gab, das geeignet wäre, ihre Peiniger von ihrem schändlichen Vorhaben abzubringen. Ein Irrer, dachte sie beim Anblick der schwarz umrandeten Augen, ein größenwahnsinniger Psychopath. Geldgier und Wahnsinn, die schlimmste Kombination.

Nevil hatte ein Messer in der Rechten und ergriff mit der anderen Hand den Ausschnitt ihres Kleides. Er setzte gerade an, um den Träger zwischen ihrem Hals und ihrer Schulter durchzuschneiden, als es plötzlich einen dumpfen Schlag gab, der von irgendwo aus dem Schiff herüberdrang, ein merkwürdiges Geräusch, das sich nicht verlässlich orten ließ. Dem Schlag folgte ein reißendes, schneidendes Geräusch, das ein paar Momente lang anhielt, fünf, acht oder zehn Sekunden, und dann war es vorbei.

»Was war das?«, fragte Nevil und zog das Messer zurück, ohne den Träger des Kleides durchschnitten zu haben.

Gladys empfand das Geräusch als ungewöhnlich, und ihren beiden Peinigern schien es nicht anders zu gehen, denn sie sahen einander verblüfft an.

»Eine Welle«, sagte der Maskierte, »das Schiff muss von einer großen Welle getroffen worden sein.«

»Es hörte sich eher an, als sei dem Schiff etwas in die Quere gekommen«, sagte Nevil. »Als ob draußen am Schiffskörper etwas entlanggeschrammt ist.«

»Vielleicht ein Eisberg«, sagte Gladys. Ganz sicher war es ein Eisberg gewesen, dachte sie bei sich.

»Ein Eisberg?«, sagte der Maskierte. »Der Gedanke ist gar nicht so abwegig, Schöne. Nun, horcht, die Maschinen laufen weiter, es scheint also nichts weiter passiert zu sein.« Er spitzte die Ohren, als erwarte er ein neuerliches Scharren oder etwas Ähnliches, doch ein weiteres Geräusch war nicht zu vernehmen.

»Okay, mach weiter«, sagte er zu Nevil, der noch immer die Ohren gespitzt hatte und in das Schiff hineinlauschte.

»Warten wir noch ein wenig«, erwiderte Nevil.

Gladys schien es, als wäre das Vibrieren der Motoren schwächer geworden. Offenbar hatte die Titanic ihre Geschwindigkeit gemindert und fuhr nur noch mit halber Kraft durch den Ozean.

»Es war wohl nichts von Bedeutung«, sagte der Maskierte, während das schwache Vibrieren andauerte.

In diesem Augenblick stoppten die Maschinen, und mit einem Mal war es schlagartig still. Das knarrende Holz, der ferne Rhythmus der Maschinen, und alle anderen vertrauten Geräusche, die das Schiff bei der Bewegung über den Ozean verursachte, waren mit einem Mal verstummt. Die Titanic hatte angehalten und ihre Fahrt mitten auf dem Atlantik gestoppt. Die Bewegungslosigkeit des Schiffes, die Stille, die plötzlich herrschte, war unheimlich und irreal.

»Jetzt haben sie doch angehalten!«, sagte Nevil irritiert und schüttelte den Kopf. »Etwas Vergleichbares habe ich mitten auf dem Ozean noch nicht erlebt, und ich habe den Atlantik schon oft überquert.«

»Ach, die fahren gleich weiter«, erwiderte sein maskierter Kumpan.

»Was machen wir jetzt?«, fragte Nevil. »Ich meine, bis sie weiterfahren?«

Der Maskierte drehte sich fort und ging hinüber zu der Couch.

»Wir warten«, sagte er und ließ sich auf die Couch fallen. »Solange das Schiff nicht fährt, kann die Schöne nicht über Bord gehen. Nein, im Moment ist es zu gefährlich. Na ja, es wird sicher gleich weitergehen.«

Nevil kehrte nun ebenfalls an seinen Platz im Sessel zurück und zündete sich eine Zigarette an. Auch der Maskierte griff nach der Schachtel, und während sie rauchten, betrachteten sie Gladys und weideten sich ohne Scheu an ihrer bloß liegenden Schönheit und an ihrer Qual.

Nach einer Weile stand der Maskierte auf, trat auf sie zu und hielt ihr die Zigarette vor den Mund.

»Komm, nimm einen Zug, Täubchen. Es ist dein letzter.«

Gladys schüttelte nur stumm den Kopf.

»Meine Arme schmerzen fürchterlich«, sagte sie. »Macht mich los, damit ich sie herunternehmen kann. Ich kann euch ja doch nicht davonlaufen.«

Der Maskierte schüttelte den Kopf.

»Gleich, wenn du über Bord gehst, machen wir dich los. Es wird ja nicht mehr lange dauern. Du hast es bald hinter dir.«

Gladys sah zu Boden und ließ den Kopf zwischen den Schultern hängen, sie merkte, dass sie zu resignieren begann.

Ein paar Minuten verstrichen, aber das Schiff fuhr nicht wieder an. Stattdessen hörte man vermehrt Geräusche aus dem Schiff, Geräusche unterschiedlichster Art; es war, als ob draußen auf den Gängen Passagiere waren, die herumgingen und sich unterhielten. Bis vor zehn Minuten hatte Nachtruhe an Bord geherrscht, aber plötzlich war das Schiff wieder aufgewacht.

»Soll ich mal rausgehen und nachsehen, was dort los ist?«, fragte Nevil.

»Nein, bleib hier. Da draußen erzählen sie sich nur gegenseitig irgendwelchen Unsinn. Ich kenne die Leute. Ich brauche dich, um sie über die Reling zu werfen.«

Nevil Boyes starrte missmutig vor sich hin. Die Situation behagte ihm offensichtlich nicht.

»Komisch«, sagte er, nachdem eine Zeit lang Schweigen in der Kabine geherrscht hatte, »aber es kommt mir so vor, als hätte das Schiff eine Neigung nach Backbord bekommen.«

Der Maskierte starrte ihn an.

»Neigung? Unsinn! Das Schiff liegt ganz gerade.«

Und es hat doch eine Neigung bekommen, dachte Gladys, die wieder schwache Hoffnung schöpfte. Nevil hatte recht, und auch sie selbst bemerkte es nun, sie stand nicht mehr ganz gerade mit den Füßen auf dem Boden.

»Sehen Sie es denn nicht?«, fragte Nevil seinen Herrn und Meister. »Das Schiff hat sich geneigt. Wissen Sie nicht, was das bedeutet?«

»Es bedeutet gar nichts«, sagte der Maskierte. »Falls wirklich Wasser eindringt, hängt es mit der Beschädigung zusammen, die unsere Leute am Heck herbeigeführt haben. Obwohl das in dieser Nacht noch keine Folgen haben sollte. Ich sehe überhaupt keinen Grund, von meinem Plan abzuweichen. Wir müssen warten, bis das Schiff wieder anfährt. Dann wird es auch da draußen wieder ruhig.«

Sie würde schreien, überlegte Gladys, aber wann sollte sie das tun? Vielleicht war die Gelegenheit gerade günstig, da das Schiff so still dalag und es nicht vibrierte. Andererseits würden sie ihr dann sofort den Mund stopfen. Gewonnen hatte sie damit vorerst wahrscheinlich nichts.

»Solltest du schreien, weißt du, was passiert«, sagte der Maskierte, der offenbar ihre Gedanken lesen konnte. »Du kannst die Minuten nutzen, um mit deinem Schöpfer ins Reine zu kommen.«

»Wenn du willst, dass mein Schöpfer dir gnädig ist, solltest du von deinem Vorhaben Abstand nehmen«, sagte Gladys in erneut aufwallender Verzweiflung.

»Ach ja, jetzt wirst du auf deine letzten Minuten noch zur Betschwester, ausgerechnet du – die beste Nutte des Londoner Ostens.«

»Wie lange sollen wir warten?«, fragte Nevil.

»Das weiß ich auch nicht. Es bleibt uns nichts übrig, als uns in Geduld zu üben.« Er stand auf und trat zu einem Sideboard. »Lass uns einen Cognac nehmen, Nevil«, sagte er und stellte eine Flasche und zwei Gläser auf den Tisch. »Machen wir es uns eine Weile gemütlich.«

*

Auch Roger Carran war durch das seltsame Geräusch aufgeschreckt worden. Etwa um elf Uhr hatte er sich auf den Weg zum Café Parisien gemacht, aber Gladys nicht mehr dort angetroffen. Niemand von den anderen Gästen konnte ihm sagen, wann und wohin sie gegangen war. Auch der deutsche Reporter Raubold, nach dem er sich erkundigte, war nicht mehr auf dem Ball. Irgendjemand meinte, Mrs. Appleton zuletzt im Gespräch mit einem Steward gesehen zu haben, aber auch das war, wie alles andere, was er hörte, ziemlich unbestimmt. Eine Viertelstunde hatte er gewartet, aber weder Gladys noch Raubold waren in das Café zurückgekehrt. Er hatte sich dann auf den Weg zu Gladys' Kabine gemacht, wo er die Tür verschlossen vorfand, und auf sein Klopfen war keine Reaktion erfolgt.

Fast eine halbe Stunde durchstreifte er das Schiff auf der Suche nach seiner Geliebten. Er ging durch alle Gesellschaftsräume, besuchte die Bars und die Salons – vergeblich, er konnte sie nirgendwo finden.

Während er nachdenklich über das Bootsdeck ging, bemerkte er winzige Eissplitter in der Luft, fein wie Staub, die Myriaden leuchtender Farben ausstrahlten, wenn sich das Licht der Decklampen in ihnen brach. Es war ruhig, klar und kalt; eine mondlose Nacht, keine Wolke hatte sich vor die glitzernden Sterne geschoben, der Atlantik sah wie eine polierte Glasplatte aus.

Er war nahe der Kommandobrücke, als er plötzlich spürte, wie eine merkwürdige Bewegung den gleichmäßigen Rhythmus der Maschinen störte. Die Bewegung mündete in einen Ruck, eigentlich kaum mehr als ein leichtes Holpern, gefolgt von einem Zittern, das durch den Schiffskörper lief, und er hörte ein seltsames Knirschen, wie eine Kette, die über eine Winde rollt. Er blickte nach vorn, rieb sich die Augen und starrte wieder in die Nacht. Ein Windjammer unter vollen Segeln schien an Steuerbord vorüberzugleiten, ein schwarzes Schiff. Nein, kein Schiff, dachte er erschrocken, sondern etwas, das zwei lange schwarze Rippen hatte, die irgendwie miteinander verbunden waren, ein zweigipfeliges, dunkles Gebilde, flüchtig wie ein Schatten, der für Momente hoch und drohend über dem Schiff auftauchte, bevor er hinter dem Heck irgendwo achteraus in der Nacht verschwand.

Ein Eisberg, erkannte er im selben Augenblick, ein riesiges dunkles Ungetüm von einem Eisberg, und die Titanic hatte ihn gestreift und dabei dieses unbehagliche Geräusch und das Holpern gemacht! Er lief zur Reling, um dem schwarzen Ungetüm nachzusehen, aber er konnte es schon nicht mehr entdecken. Verdammt, ein Eisberg; es war also tatsächlich geschehen, seine schlimmsten Befürchtungen hatten sich bewahrheitet. Er wusste, dass der Teil des Eisbergs, der sich über der Wasseroberfläche befand, nur etwa ein Neuntel seiner ganzen Masse ausmachte, und ein Zusammenstoß mit einem Eisberg war für ein Schiff eine äußerst gefährliche Sache. Ein solcher Eisberg, dessen Teil er gesehen hatte, war eine schwimmende Insel mit einem Gewicht von Hunderttausenden von Tonnen, und eine Kollision war so, als führe man mit voller Wucht gegen einen echten Felsen.

Carran lief auf die Treppe der Kommandobrücke zu, und als er die Treppe erreichte, erblickte er Kapitän Smith, den das Geräusch sofort herbeigerufen hatte und der nun auf die Brücke eilte. Auf der Brücke stand der Offizier Murdoch.

»Mit was sind wir zusammengestoßen?«, fragte der Kapitän den ersten Offizier.

»Mit einem Eisberg, Sir. Ich befahl hart Steuerbord und ließ die Maschinen auf rückwärts schalten, dann wollte ich hart backbord herumfahren, doch es war zu nahe. Ich konnte nichts mehr tun.«

»Schotten dicht!«, rief der Kapitän.

»Schon geschehen«, sagte der erste Offizier. »Ich habe die wasserdichten Türen geschlossen.«

Kapitän Smith schaute einen Moment lang auf das Meer, dann trat er vor und rief in den Maschinenraum. »Halbe Kraft voraus!«

Falls das Schiff ein Leck bekommen hatte, war das keine sehr weise Entscheidung, ging es Carran durch den Sinn; denn wenn das Schiff Fahrt machte, wurde noch mehr Wasser in die frische Wunde gepresst.

Carran sah irritiert zum Bootsdeck zurück. Einige Passagiere waren aus dem Rauchsalon ins Freie geeilt. Einer von ihnen rief:

»Da trieb eben ein Eisberg hinter uns.«

Auch der vierte Offizier Boxhall war auf die Brücke gestürmt. Kapitän Smith erblickte ihn und rief ihm zu:

»Gehen Sie vorn auf der Steuerbordseite nach unten und stellen Sie das Ausmaß des Schadens fest. Machen Sie mir sofort Meldung!«

Boxhall verschwand.

Carran stand noch unschlüssig am oberen Ende der Treppe, als er merkte, dass das immerwährende verlässliche Vibrieren der Motoren urplötzlich aufgehört hatte und es keinen Fahrtwind mehr gab. Die Maschinen hatten gestoppt.

Reglos und erhaben lag die Titanic auf dem schwarzen Spiegel der See. Im Vorschiff rauschte und gurgelte das Wasser, aber ansonsten war es still. Ein paar Neugierige wanderten ziellos umher und starrten in die leere Nacht hinaus in der Hoffnung, irgendwo Aufschluss über die Ursache der Störung zu finden.

In diesem Moment erblickte Carran den Reeder Ismay, der neben ihm auf der Treppe aufgetaucht war und auf den Kapitän zueilte.

»Was ist passiert?« Er starrte den Kapitän an, als hätte er ein Recht auf eine Antwort. »Haben wir ein Blatt des Propellers oder die Schraube verloren? Es hörte sich in meinen Ohren so an!«

Der Kapitän beachtete ihn kaum.

»Wir haben einen Zusammenstoß gehabt«, sagte er schließlich dumpf.

»Glauben Sie, dass das Schiff ernsthaft beschädigt ist?«, fragte Ismay.

»Ja, das glaube ich«, sagte der Kapitän.

Die Reaktion des Schiffsführers machte deutlich, dass dieser schon begriffen hatte, was auch Carran selbst ahnte: Es war etwas sehr Ernstes geschehen. Der Kapitän war schon zu lange auf See, um nicht das Gespür dafür zu besitzen, ob ein Ereignis harmlos oder gefährlich war, auch wenn er das genaue Ausmaß des dadurch entstandenen Schadens noch nicht kannte, und Smith hatte instinktiv erkannt, dass sich sein Schiff in ernsthafter Gefahr befand.

Der Offizier Boxhall kam auf die Brücke gelaufen.

»Ich habe alle Decks durchstreift, aber keinen Schaden festgestellt.«

»Dann wiederholen Sie die Inspektion!«, sagte Kapitän Smith scharf. »Nehmen Sie den Schiffszimmermann mit!«

Kaum hatte Boxhall die Brücke verlassen, als der Zimmermann auch schon außer Atem angelaufen kam, sodass er Carran fast umgerissen und mit Boxhall fast zusammengeprallt wäre. »Großes Leck!«, keuchte er. »Das Wasser dringt schnell ein.«

Der Kapitän atmete tief durch, dann wandte er sich um und verließ die Brücke, und Carran hörte noch, wie er zu irgendjemandem sagte:

»Holen Sie Andrews!«

Der Reeder Ismay eilte hinter dem Kapitän her. Carran wusste, dass Andrews der Chefkonstrukteur der Titanic war und einer der wenigen an Bord, die das Innere des Schiffes wirklich kannten, und vielleicht auch der einzige Mensch an Bord, der beurteilen konnte, welche Auswirkungen eine Beschädigung des Schiffes hatte.

Er blickte sich um. Alle Lichter auf dem Schiff leuchteten. Aus den Schornsteinen quoll der Qualm der gelöschten

Feuer, und aus den Überdruckventilen fauchte der Dampf, den die Kessel nicht mehr in die Maschinen schickten.

Carran dachte wieder an seine Geliebte. Möglicherweise war Gladys unpässlich geworden, sagte er sich zum wiederholten Mal, und hatte sich an ein stilles Örtchen zurückgezogen, aber seine Überlegungen verhinderten nicht, dass seine Unruhe vehement wuchs und er sich inzwischen ernsthaft Sorgen um sie machte. Die Tatsache, dass die Titanic mit einem Eisberg zusammengestoßen war, machte die Situation nicht leichter. Er ging nach Backbord. Sein geschultes Auge bemerkte, dass die Titanic eine leichte Schlagseite bekommen hatte. Er musste seine Liebste nun unverzüglich finden.

Ein paar frierende Gestalten waren an Deck gekommen. Die ungewöhnliche Stille, die das Verstummen der Motoren bewirkte, hatte die Leute geweckt.

»Sicherlich wird es gleich weitergehen«, sagte jemand zu Carran und lächelte ihn irritiert an.

»Ja, wahrscheinlich«, sagte dieser und wandte sich um. Vielleicht hatte die Stille auf dem Schiff auch Gladys an Deck getrieben, überlegte er und stieg eine Treppe hinab.

Auf dem Welldeck im vierten Stock ging es fröhlich zu. Dort hatte der Eisberg ein paar Tonnen Eis abgestreift. Fußballgroße Brocken lagen verstreut auf dem Deck. Einige Passagiere warfen sie übermütig hinab in das schwarze Wasser.

Er bewegte sich zurück zu den Räumen der ersten Klasse.

Auf den Gängen hatten sich vereinzelt Kabinentüren geöffnet. Der eine oder andere Passagier war aufgestanden, hatte sich einen Morgenmantel übergeworfen und spähte in den Korridor, um zu erfahren, was geschehen war. Das Geräusch der Kollision hatte kaum jemand gehört, doch die merkwürdige Stille beunruhigte die Leute.

»Irgendetwas Besonderes? Irgendeine Gefahr?«

So hörte er es allenthalben. Er selbst gab keine Antworten. Das taten dafür die Stewards, die auf den Gängen waren.

»Nicht im Geringsten, Sir! Kein Anlass zur Beunruhigung, Madam! Gehen Sie ruhig wieder zu Bett!« So kam es aus unberufenem Munde zurück.

Einer der Stewards hatte die Tür zur Mannschaftstreppe offen stehen lassen, durch die er in den Kabinengang gekommen war, und einem spontanen Antrieb folgend ging Carran durch die offene Tür und stieg über die Mannschaftstreppen hinab in die Tiefe. Als er das Zwischendeck erreichte, tief im Schiff und nahe dem Bug, sah er, dass das Wasser Pfützen auf dem Boden bildete. Er eilte weiter. Das Postamt der Titanic erstreckte sich über zwei Decks. Die beiden Etagen waren durch eine breite Eisentreppe miteinander verbunden, die vom G-Deck zum F-Deck und den anderen Decks führte. Im Gepäckraum gluckste das Wasser. Die Postangestellten hatten nasse Hosen. Sie rissen Witze über das durchnässte Gepäck und stellten Vermutungen darüber an, was wohl in den Briefen stand, die in dem verlassenen Postraum herumschwammen. Es herrschte eine fast fröhliche Stimmung.

Er müsste eigentlich noch tiefer in das Labyrinth der Gänge, sagte sich Carran, doch er kehrte zunächst zum Treppenhaus zurück. Als er sich anschickte, die noch tiefer führende Treppe zu betreten, erblickte er unter sich Kapitän Smith zusammen mit Andrews, dem Chefkonstrukteur der Titanic, die durch eine Tür, die zu den Mannschaftstreppen führte, in den allen Passagieren zugänglichen Bereich zurückgekehrt waren. Er blieb stehen. Die beiden bemerkten ihn nicht.

»Das Schiff ist drei Meter über dem Kiel in einem Drittel seiner Länge in großen Teilen aufgeschlitzt«, hörte er Andrews sagen.

»Was bedeutet das?«, fragte der Kapitän.

Der Chefkonstrukteur Andrews sagte:

»Die Titanic wird untergehen.«

»Wie lange hat sie noch?«

»Ich gebe ihr noch eineinhalb, höchstens zwei Stunden.«

»Mein Gott!«, sagte der Kapitän, und mein Gott, dachte Carran und wich vorsichtig zurück.

Gleich darauf eilten Smith und Andrews an ihm vorbei nach oben.

Carran wusste genug und stieg wieder die Treppen hinauf, und dabei hatte er das Gefühl, dass der Aufstieg schwierig war und seine Füße nicht dorthin trafen, wohin sie hätten treffen sollen, die Treppe hatte sich also geneigt. Er eilte zu der Kabine von Gladys, klopfte lautstark gegen die Tür und rüttelte an der Klinke. Vergeblich, sie schien noch immer nicht in ihre Kabine zurückgekehrt zu sein.

Er dachte an ihren Widersacher, an ihren unbekannten Feind, an Jack the Ripper, den Prostituiertenmörder, an die dubiosen Okkultisten, die das Schiff bevölkerten, und ein Gefühl der Verzweiflung krampfte ihm das Herz zusammen. Was, wenn Gladys leblos in einer Kabine lag, in der eigenen oder in einer anderen Unterkunft? War sie ein Opfer dieses maskierten Schuftes geworden, der sie verfolgte? Aber wo auf dem Schiff sollte er nach ihr suchen? Warum hatte er auch arbeiten müssen und war nicht bei seiner Geliebten geblieben. All seine Bemühungen hatten nichts genützt, das Ereignis, das er hatte verhindern sollen, war trotzdem geschehen.

7. KAPITEL
MONTAG, 15. APRIL 1912

Unschlüssig kehrte Carran an Deck zurück, wo Kapitän Smith seine Offiziere um sich versammelt hatte.

»Mr. Wilde, lassen Sie die Rettungsboote klarmachen«, sagte der Kapitän. »Mr. Murdoch, lassen Sie die Passagiere wecken! Befehlen Sie ihnen, Rettungswesten anzulegen und sich auf dem Deck zu sammeln. Die nicht im Dienst befindlichen Offiziere sollen sofort hier oben erscheinen.« Der Kapitän entfernte sich. Er schlug den Weg zur Funkerkabine ein, die an der Backbordseite des Bootsdecks lag.

Carran verließ das Bootsdeck und suchte seine Kabine auf, wo er sich einen Pullover, eine feste Jacke und darüber die Schwimmweste anzog, und, einem plötzlichen Impuls folgend, steckte er auch seine Pistole ein.

Auf dem Bootsdeck hatten sich die ersten Passagiere in der eisigen Nacht versammelt, in Abendanzügen, in Pelzmänteln oder in Bademänteln, wie es sich gerade ergeben hatte. Die Nachricht, dass mit dem Schiff etwas nicht stimmte, sprach sich allmählich herum.

Mr. Stead, der bekannte Spiritist und Verleger, war zu sehen, und Carran hörte, wie er den nicht minder bekannten amerikanischen Maler Frank Millet fragte, was geschehen sei.

»Eisberge«, antwortete Millet einsilbig.

»Soso.« Stead zuckte die Achseln, blickte sich um und schaute einen Moment grübelnd zum Horizont. »Wird schon nicht so schlimm sein«, sagte er schließlich. »Ich gehe wieder in meine Kabine und lese.«

Die Matrosen begannen nun tatsächlich damit, die Rettungsboote klarzumachen, und Carran entdeckte Officer Lightoller auf der Backbordseite bei den Booten, der den Eindruck machte, über den Ernst der Lage unterrichtet zu sein. Eine Zeit lang beobachtete Carran ihn, wie er einige der Boote inspizierte. Er gab sich kühl, umsichtig und überlegt, ganz der Mann, der seine Offizierspflichten bis aufs i-Tüpfelchen kannte. Auch der Reeder Bruce Ismay stand bei den Booten und sah ihm dabei zu. Weitere Matrosen und auch ein paar Heizer mit schwarzen Gesichtern kamen auf das Deck und postierten sich bei Lightoller, als warteten sie auf Befehle von ihm. Sicher war großen Teilen der Besatzung bekannt, dass die Rettungsboote nicht für alle Passagiere reichten. Ismay wusste es, und wahrscheinlich, dachte Roger, hatte er von Smith erfahren, wie es wirklich um das Schiff stand. An eine ernste Gefahr für das Schiff schien aber außer den Eingeweihten niemand zu denken.

»Gehen Sie wieder nach unten«, sagte Lightoller zu den Heizern. »Hier oben werden Sie nicht gebraucht.«

Die Männer mit den schwarzen Gesichtern entfernten sich.

»Wie viele Bootsplätze sind vorhanden?«, fragte Ismay.

»Die 14 Boote an der Backbord- und Steuerbordseite nehmen jeweils 65 Personen auf«, erwiderte Lightoller kalt. »Dazu haben wir auf dem Vorderdeck noch zwei kleinere für jeweils 40 Personen und die vier Faltboote, in denen 47 Personen Platz finden.«

Obwohl Ismay wusste, dass höchstens für die Hälfte der Passagiere Platz in den Rettungsbooten war, hatte er sich wohl noch einmal vergewissern müssen, dass dies stimmte, als hoffte er darauf, sich geirrt zu haben.

Auf Lightollers Befehl hin entfernten die Matrosen die Planen, schlugen die Sicherungskeile weg und drehten mit Kurbeln die Schwingen der kleinen Stahlkräne, bis die Boote frei über die Bordwand hinaus hingen.

Die Schornsteine ließen brüllend Dampf ab. Es war ein scheußliches Fauchen und Zischen der riesigen Überdruckventile, die den Dampf aus den Kesseln in die Nachtluft bliesen, ein Lärm wie von tausend Lokomotiven, die auf einem Bahnhof standen. Aber das war der einzige Lärm, der herrschte, es gab keine schrillen Glockenzeichen, keine Sirenen, keinen allgemeinen Alarm. Lightoller rief Frauen und Kinder herbei. Aber es kam kaum jemand.

Als Carran zur Seite blickte, sah er einen Mann, der einen grünlichen Tweedanzug mit Weste trug und eine Fotokamera umgehängt hatte, auf sich zukommen. Auf seinem Gesicht lag ein fragender Ausdruck.

»Sie sind Mr. Carran?«, fragte der Mann.

»Ja, und Sie sind Mr. Raubold, nehme ich an?«

Sie gaben einander die Hand. »Jemand erzählte mir, Sie hätten nach mir gesucht?«, erwiderte Raubold.

Carran gab ihm mit der Hand ein Zeichen und wandte sich dann ein Stück zur Seite, und der Reporter folgte ihm.

»Was ist denn hier los?«, fragte Raubold.

»Haben Sie Mrs. Appleton gesehen?«

»Sie war auf dem Ball in einem der Salons. Ich war ein paar Minuten fort, und als ich zurückkehrte, habe ich sie nicht mehr gesehen, weshalb ich dachte, sie sei zu Bett gegangen. Es wundert mich, dass ausgerechnet Sie mich nach ihr fragen.«

»Ich suche sie schon seit fast einer Stunde. Sie ist wie vom Erdboden verschluckt, auch in ihrer Kabine scheint sie nicht zu sein. Die Tür ist verschlossen. Mit wem haben Sie sie zuletzt gesehen?«

»Sie saß die meiste Zeit mit mir zusammen am Tisch. Sie tanzte ausgelassen mit mir, aber auch mit ein paar anderen Herren. Alle haben sie bewundert. Sie war allein, als ich den Salon für eine Weile verließ. Bei meiner Rückkehr fand ich sie nicht mehr vor. Um Viertel nach elf ging ich selbst in meine Kabine, und ich hatte mich kaum schlafen gelegt, als ich dieses Scheppern hörte, als ob man den Anker heruntergelassen hätte. Zunächst dachte ich, es sei ohne Bedeutung, aber als dann die Maschinen stoppten, wurde ich unruhig und bin schließlich aufgestanden. Was ist denn los mit dem Schiff?«

»Die Titanic ist mit einem Eisberg kollidiert«, sagte Carran leise. Er blickte sich um und fügte dann hinzu: »Behalten Sie es vorerst für sich, damit hier an Bord keine Panik ausbricht. Der Chefkonstrukteur Andrews hat das Todesurteil gefällt. Die Titanic wird sinken. Sie hat noch etwa eineinhalb Stunden.«

Raubold wurde blass.

»Ich muss unverzüglich Gladys finden«, sagte Carran. »Es gibt Menschen auf diesem Schiff, die ihr Übles wollen. Man könnte ihr etwas angetan haben, und ich bin in großer Sorge. Es ist höchste Eile geboten. Ich bin entschlossen, ihre Kabinentür aufzubrechen. Helfen Sie mir dabei?«

Raubold, dem der Schreck für eine Weile die Sprache verschlagen hatte, fand wieder Worte.

»Ich begleite Sie«, sagte er leise. »Natürlich werde ich Ihnen helfen.«

Er zog die Richtigkeit der Schlussfolgerung des Schiffserbauers Andrews nicht einen Moment in Zweifel. In aller Schnelle hatte er eins und eins zusammengezählt und die Zeichen und Hinweise an Deck in ihrer einzig möglichen Konsequenz gedeutet.

Der Betrieb an Deck nahm zu. Nach der Aufforderung an die Passagiere, Schwimmwesten anzulegen und sich aufs Bootsdeck zu begeben, hatte ein Strom von Menschen eingesetzt, der sich über die Treppen bis zu sieben Stockwerke hoch in die kalte Nacht hinaus auf das Dach des schwimmenden Hotels schob. Ein paar Frauen und Kinder, denen sie begegneten, weinten, doch niemand stolperte, niemand rannte, von Panik war keine Spur.

Sie erreichten die Kabine von Gladys auf dem C-Deck und klopften laut an der Tür, aber jede Antwort von innen blieb aus. Carran rüttelte an der Klinke. Die Tür war verschlossen wie zuvor.

»Gibt es nicht einen Steward, der einen Hauptschlüssel besitzt?«, fragte Raubold.

»Was ist, wenn der Schlüssel von innen steckt? Wir haben keine Zeit, nach dem Steward zu suchen.«

Er trat ein paar Schritte zurück und warf sich vehement gegen die Tür. Durch den heftigen Aufprall barst das Holz.

»Sie haben recht!«, sagte Raubold. »Es ist nicht die Zeit, falsche Rücksichten zu nehmen.« Nun nahm er selbst Anlauf und warf sich mit aller Kraft gegen das Holz, und dieses Mal gab die Tür vollständig nach.

Sie blickten sich in der Kabine um, sahen das Bett aus echtem Messing, es war leer – die Laken waren noch zerwühlt. Da war der Marmortisch, das Rosshaarsofa, die Klingelknöpfe und die elektrischen Armaturen; Carran trat zur Seite und riss ein paar Schranktüren auf, er wusste selbst nicht, was oder wen er dahinter vermutete, aber es war alles vergeblich, Gladys war weder in der Suite noch in dem angrenzenden Bad zu finden. Gladys, liebe Gladys, dachte Carran verzweifelt. Wo bist du? Was haben sie mit dir gemacht?

»Verdammt! Wo sollen wir denn nach ihr suchen?«, sagte Raubold laut.

»Bei den Teilnehmern der Séance«, antwortete Carran.

»Die Séance?« Raubold blickte ihn verwundert an. »Ja, sie hat mir davon erzählt und mir die Leute genannt, die daran teilgenommen haben, ich erinnere mich. Die Séance fand doch in der Kabine der Astors statt?«

»Es waren neun Teilnehmer«, sagte Carran und zählte nach kurzem Überlegen die Namen auf. »Einer von den anderen acht muss wissen, wo sie ist.«

»Sind Sie davon überzeugt?«

»Ja, ich bin mir fast sicher. Die Teilnehmer dieser Runde stehen auf eine schwer durchschaubare Weise miteinander in Verbindung – ausgenommen Gladys. Sie wurde vorgestern von einem Unbekannten überfallen, und es deutete alles darauf hin, dass einer der Teilnehmer der Séance der Verantwortliche war – und dieser Unbekannte ist es, nach dem wir suchen müssen.«

»Ich weiß, wo sich die Kabine der Astors befindet«, sagte Raubold.

Sie wollten die Kabine von Gladys schon wieder verlassen, da hielt Carran nochmals inne und trat zu dem Schrank, in dem sich die Reisekoffer befanden. Er öffnete die Schranktür, nahm den Koffer von Phil Ryland heraus, öffnete ihn und drehte ihn um, sodass er dessen gesamten Inhalt auf den Boden schütten konnte. In aller Eile durchwühlte er die Kleidungsstücke und den sonstigen Inhalt, fand aber nichts, was sein Interesse erregte. Er warf den Koffer ein Stück hoch in die Luft, fing ihn wieder auf und tastete ihn ab. Der Koffer schien leer zu sein, aber vielleicht war das eine Täuschung. Er nahm ein Taschenmesser aus seiner Gesäßtasche und zerschnitt das Leder. Nichts! Er betrachtete den Boden des Koffers. Der untere Lederbezug war sehr stabil. Er riss daran und bemerkte, dass irgendetwas nicht stimmte. Er setzte das Messer an, und endlich gelang es ihm tiefer zu dringen. Tatsächlich, der Boden enthielt ein Geheimfach. Ein brauner Umschlag fiel heraus. Er hob ihn vom Boden auf, öffnete ihn und entfaltete das Schriftstück, das er enthielt. Er überflog die Zeilen und wurde blass.

»Es ist beabsichtigt, der Titanic einen Schaden zuzufügen«, sagte er. »Dies soll auf der Rückfahrt von New York nach Southampton geschehen, zu der die Titanic am 20. April aufbrechen wird.«

»Wer will das tun?«, fragte Raubold. »Werden in dem Schreiben Namen genannt?«

»Nein!« Carran wedelte mit dem Papier. »Nein, aber das Schreiben ist an Astor adressiert. Es handelt sich anscheinend um einen Durchschlag. Das Original wird Astor erhalten haben. Derjenige, der das Schreiben verfasste, wird gewusst haben, weshalb er es anonym aufgesetzt hat.« Er faltete das Papier zusammen und steckte es ein. »Kommen Sie, Mr. Raubold«, sagte er. »Wir müssen mit Astor sprechen.«

Die Nachricht über die Notlage des Schiffes breitete sich langsam aus. Immer wieder wurden Carran und Raubold durch Gruppen von Passagieren aufgehalten, die darüber diskutierten, was zu unternehmen sei. Sie brauchten fast zehn Minuten, um die Kabine von Astor zu erreichen, aber sie kamen zu spät. Die Astors waren nicht mehr da, sondern hatten sich ihrerseits bereits an Deck begeben oder sich auf den Weg dorthin gemacht.

*

Das anschwellende Stimmengewirr und das Klirren von Gerätschaften, das man aus dem Inneren des Schiffes hörte, versetzte Nevil Boyes in Unruhe.

»Das Schiff hat nicht nur eine Neigung, sondern es hat regelrecht Schlagseite bekommen«, sagte er. »Ich bin mir nicht so sicher, dass das Schiff bald weiterfährt. Es ist eher unwahrscheinlich. Wenn die Titanic einen Schaden hat, muss sie zumindest notdürftig repariert werden, bevor es weitergeht, und das kann Stunden dauern. Was ist, wenn die Passagiere in die Boote müssen? Ich habe den Eindruck, da oben werden schon die Rettungsboote klargemacht.«

Auch der Maskierte war nachdenklich geworden. Er war aufgestanden und neben Gladys in die Mitte der Kabine getreten, um Nevils Behauptung zu überprüfen.

»Aber wir sind auf der Titanic!«, erklärte er. »Dieses Schiff mag eine Beschädigung haben, aber es wird nicht gleich sinken! Also braucht man auch die Rettungsboote nicht!«

»Und wenn doch?«, sagte Nevil.

»Ach was! Die Titanic ist unsinkbar!«

Auch Gladys spürte, dass der Boden der Kabine sich weiter geneigt hatte. Ihre zur Decke gestreckten Arme schmerzten grauenhaft. Aber sie bat nicht darum, ihr Erleichterung zu verschaffen. Es war so immer noch besser, als nackt und verschnürt am Boden zu liegen.

»Ich muss herausfinden, was da draußen los ist«, sagte Nevil. »Dieses Getrampel mitten in der Nacht. Die Passagiere sind aufgewacht und laufen in den Gängen herum. Ich weiß, dass wir irgendetwas gerammt haben.« Er stand von seinem Sessel auf. »Ich glaube, ich sehe mal nach.«

»Besser wäre es, wenn wir die Sache hier zuerst zu Ende bringen könnten«, sagte der Maskierte. »Wenn jemand Sie sieht, könnte er Verdacht schöpfen. Die Gefahr mag gering sein, aber wir sollten auf Nummer sicher gehen.«

Sie war nur noch eine Sache, die zu Ende gebracht werden musste, dachte Gladys, und furchtbare Verzweiflung legte sich auf ihr Herz. Gab es überhaupt noch eine Hoffnung für sie? Suchte Roger nach ihr? Hatte er überhaupt schon bemerkt, dass sie verschwunden war? Anders als die anderen Passagiere konnte sie selbst nur hoffen, dass das Schiff tatsächlich einen ernsthaften Schaden davongetragen hatte und noch lange an der Weiterfahrt gehindert war, sodass Roger Gelegenheit hätte, sie zu finden. Seltsam, dass ausgerechnet das Schiffsunglück, das zu verhindern sie bestrebt gewesen waren, ihr nun zu Hilfe kam.

Nevil schenkte sich einen weiteren Cognac ein und ging mit dem Glas in der Hand hin und her.

»Am besten, wir geben ihr eine Kugel, und dann verschwinden wir hier und suchen uns in einem der Boote ein warmes Plätzchen.«

»Ihre Leiche kann nicht hier in der Suite bleiben, das führt nur zu Ärger und Ermittlungen. Das ist Ihnen doch wohl klar! Sie muss in den Atlantik, dann ist sie weg, und jeglicher Ärger auch.«

»Wenn das Schiff untergeht, hätte sich das Problem erledigt«, sagte Nevil. »So gesehen hätte es auch etwas Gutes, wenn die Titanic sinkt. Wir lassen ihre Leiche hier liegen und machen uns mit einem der Boote davon.«

»Das ist kompletter Unsinn. Stellen Sie sich vor, was passieren kann, wenn ihre Leiche in der Kabine bleibt. Dann sind wir im Boot, und die Titanic säuft nicht ab. Irgendwann rudern die Boote zurück, und wir sind alle wieder auf dem Schiff. Oder noch schlimmer. Wir werden auf ein anderes Schiff gebracht. Dann haben wir einen verdammten Ärger am Hals – vor allem ich!«

»Kann man es nicht so hinbekommen, dass es wie Selbstmord aussieht?«

»Das ginge nur in ihrer eigenen Kabine, aber wie sollen wir sie dort hinbekommen? Die Gänge draußen sind voll mit Leuten.«

»Es gibt eine dritte Möglichkeit. Wir lassen sie am Leben. Sie ist gefesselt und geknebelt und kann nicht fort. Wenn das Schiff untergeht, ist das Problem erledigt, und wenn nicht …«

»Wenn nicht – wird sie uns beschuldigen …«

»Und wenn schon! Ihr Wort gegen das unsere. Kein Mensch wird ihr glauben. Sie ist eine Hure, deren Wort nicht zählt.«

»Das ist doch verrückt! Nur wegen eines kleinen Malheurs, das das Schiff hat, gebe ich meinen Plan nicht auf. Nein, diese Katze stirbt so, wie ich es für sie vorgesehen habe. Es ist und bleibt der einzige Weg. Die Titanic und sinken – was für ein Unsinn!«

»Machen Sie doch, was Sie wollen; ich gehe jedenfalls und sehe nach, was da draußen vor sich geht.« Nevil wandte sich zur Tür.

»Halt!«

Nevil hatte schon die Hand an der Klinke, hielt aber inne, als es draußen auf dem Gang ungewöhnlich laut wurde, und dann war ganz deutlich eine Stimme zu vernehmen, die rief: »Alle Passagiere mit angelegten Schwimmwesten an Deck!« Nevil drehte sich um.

»Von wegen nicht sinkbar!«

Von draußen schlug jemand laut gegen die Tür.

»Aufstehen!«

»Ja, in Ordnung!«, rief der Maskierte zurück und fügte gleich darauf leiser zu Nevil gewandt hinzu:

»Das ist doch nur ein Scherz! Sie machen eine Übung!«

Nevil schüttelte ungläubig den Kopf.

»Übung? Sie glauben im Ernst, dass der Kapitän ausgerechnet heute Nacht, wo wir ein Eisfeld erreichen, die Passagiere wecken lässt, um eine Übung zu machen?«

»Den Engländern ist alles zuzutrauen!«, sagte der Maskierte. »Sind die Engländer nicht bekannt für diesen merkwürdigen Humor? Wer aufsteht, ist selbst schuld.«

»Ich muss raus«, sagte Nevil. »Ich bin Steward. Wenn das Schiff in Gefahr ist, darf ich nicht in meiner Koje liegen bleiben.«

Der Maskierte machte eine abwinkende Handbewegung.

»Dieses Schiff hat 475 Stewards. Viel zu viele!«

Nevil nahm noch einen Schluck von seinem Cognac.

»Nun mal ganz im Ernst«, sagte er leise, und sein Blick streifte durch die Kabine. »Die Schlagseite des Schiffes ist nicht mehr zu übersehen. Sie wissen, was das bedeutet. Es läuft Wasser in das Schiff.«

»Er weiß mehr als Sie, Nevil«, rief Gladys, »es ist ein abgekartetes Spiel. Sie wollen die Titanic absaufen lassen, und er wird dafür sorgen, dass Sie nicht unter den Überlebenden sind. Er weiß, dass die Titanic untergeht. Er hat selbst dafür gesorgt, dass es geschieht.«

Der Maskierte sprang Gladys an und schlug ihr rechts und links ins Gesicht.

»Du hältst den Mund, Miststück!« Er griff nach dem Schal und band ihn nun selbst Gladys um den Mund, sodass sie nicht mehr sprechen konnte.

»Sie versucht, uns gegeneinander auszuspielen!«, sagte der furchtbare Mann zu seinem Gehilfen. »Lassen Sie sich nicht von ihr verrückt machen. Das Schiff wird sich noch lange halten, auch dann, wenn es eine Beschädigung haben sollte. Aber gut! Sehen Sie meinetwegen einmal nach, was da draußen los ist! Kommen Sie aber unverzüglich zurück! Und verlassen Sie sich nicht auf die Erzählungen der Passagiere, sondern sprechen Sie mit jemandem von der Besatzung, der fähig ist, die Lage des Schiffes zutreffend zu beurteilen.«

Nevil zögerte nicht länger, trat zu der Kabinentür und öffnete sie vorsichtig einen Spalt, blickte hinaus und schlüpfte dann hindurch. Gladys war mit dem Maskierten allein. Sie überlegte fieberhaft. Gab es nicht eine Möglichkeit, diesen Teufel zu überlisten, indem sie sich seine Aggressivität nutzbar machte und ihn mit seinen eigenen Waffen schlug?

»Machen Sie mich los!«, sagte sie.

Ihr Peiniger gab keine Antwort, sondern betrachtete sie stumm, und sie bemerkte das böse Flackern, das durch die dunklen Augenschlitze drang.

»Warum quälen Sie mich?«, fragte sie. »Haben Sie Spaß daran?«

Er schien unter seiner Maske zu lächeln, aber er sagte nichts, sondern weidete sich stumm an ihrer Qual.

»Wenn Sie mich losmachen, ziehe ich mein Kleid freiwillig aus.«

Der Maskierte lachte.

»Ist das ein Angebot?«

Gladys nickte. »Ich tue es für Sie – zögern Sie nicht! Falls wirklich etwas mit dem Schiff nicht in Ordnung ist, sollten wir uns nicht zu viel Zeit lassen, um Spaß miteinander zu haben.«

»Du würdest alles tun, um dein verdorbenes Leben zu retten, nicht wahr?«

Gladys konnte sich nicht erinnern, schon einmal einen solchen Hass gespürt zu haben wie in diesem Augenblick. Sollte sie frei kommen, sagte sie sich, würde sie ihn töten. Sie wusste noch nicht wie, aber sie würde es tun.

»Es ist mein Beruf«, sagte sie. »Und wissen Sie, weshalb es mein Beruf ist?«

»Erzähl es mir!«

»Weil ich Spaß daran habe.«

Der Maskierte trat näher und streckte die Hand aus, als wollte er ihre nackte Schulter berühren, doch dann ließ er die Hand wieder sinken.

»Du scheinst ein gut gewachsener Mann zu sein«, setzte sie hinzu, um am Ball zu bleiben, »und deinen Augen sehe ich an, dass du zu starker Leidenschaft fähig bist.«

Er nickte.

»Sicher hätten wir viel Spaß miteinander«, sagte er, »dessen bin ich mir gewiss, aber ich weiß, dass du mich zu täuschen suchst.«

»Nein, es ist mir ernst.«

»So ernst wie mit Frank Jago, nicht wahr?«

»Ja! Noch ernster! Du vergisst – oder du weißt nicht, dass ich mit Jago geschlafen habe und dass es mir großen Spaß gemacht hat.«

»Du bist ein durch und durch verdorbenes Miststück«, fauchte er, »und obendrein eine arrogante Britin. Es reizt mich am meisten, den Willen einer arroganten Britin zu brechen.«

»Ich bin nicht arrogant.«

»Alle Briten sind arrogant.«

»Und du? Bist du etwa kein Brite?«

»Ich bin ein Londoner Junge«, sagte der Maskierte. »Aber meine Mutter war eine Deutsche, ein Hamburger Mädchen von der Reeperbahn – so eine wie du. Du erinnerst mich sogar ein wenig an sie. Die Männer liebten sie sehr, und als sie nach London kam, war sie eine der Attraktionen von Southwark. Mit 14 verließ ich sie und ging zur See, ich kam in der Welt herum und blieb kein einfacher Matrose.« Er griff hinter sich. »Aber du sollst wissen, wer ich bin«, sagte er, während er an seinem Hinterkopf herumfingerte, »die Maske war eine Vorsichtsmaßnahme, die inzwischen völlig überflüssig geworden ist.« Dann nahm er die Maske ab, und Gladys sah in das bleiche, aber nicht unattraktive Gesicht des Reeders Karl Barrett. »Mein kaufmännisches Geschick führte dazu, dass ich Eigner einer Schifffahrtslinie in Sumatra wurde, bevor ich 30 war«, fuhr er mit unbedecktem Gesicht zu sprechen fort. »Dann kam ich mit den Deutschen ins Geschäft und fand zu meinen Hamburger Wurzeln. Kurz und gut: Ich bin heute Teilhaber einer Hamburger Reederei, die den Einstieg in das Atlantikgeschäft anstrebt. Wenn ich Glück habe, werde ich sogar die White-Star-Linie in meine Holding bekommen. Ein erstes Sondierungsgespräch mit Ismay habe ich bereits geführt. Die Gesellschaft hat große finanzielle Probleme. Ich werde dafür Sorge tragen, dass die Jungfernfahrt der Titanic kein Erfolg sein wird. Meine Stunde ist gekommen. Spätestens auf der Rückreise nach Europa, die am 20. April beginnt, wird die Titanic einen Schaden erleiden. Einer Übernahme der Oberhoheit auf dem Atlantik steht nichts mehr im Wege – das einzige Hindernis bist du, mein Täubchen.«

»Ich habe dir doch schon gesagt, wie sich dein Dilemma lösen lässt«, rief sie ihm verzweifelt zu. »Du kannst mich haben – und mich hier auf der Stelle nehmen. Wenn ich mich dir unterwerfe, hast du meinen Widerstand gebrochen – darum geht es dir doch. Deine Geschäfte interessieren mich nicht, ich betreibe, wie du weißt, mein eigenes lukratives Geschäft, und, nachdem wir Spaß miteinander hatten, kann doch jeder von uns seines Weges gehen, ohne dass wir uns noch einmal in die Quere kämen.«

Barrett betrachtete sie amüsiert, aber das Böse in seinen Augen trat dadurch nur umso deutlicher hervor.

»Wenn ich dich nehmen wollte, könnte ich es gegen deinen Willen tun«, sagte er, »obwohl ich zugeben muss, dass es erheblich mehr Freude macht, wenn die Frau selbst danach verlangt. Aber du überschätzt dich und deine Möglichkeiten doch sehr! Es gibt noch andere reizende Frauen deiner Art, und ich verfüge über Macht und Mittel, sie mir alle gefügig zu machen. Das heißt, ich bin nicht auf dich angewiesen, sodass ich in dieser Hinsicht Verzicht üben kann. Ich brauche dich für etwas anderes, und darauf kann ich nicht verzichten. Du bist sozusagen das Siegel, das dem Vertrag meiner Zusammenarbeit mit Astor gedeihliche Dauer verleiht. Neben den anderen Gründen, die ich dir schon nannte, ist dies vielleicht sogar der wichtigste Grund, weshalb du dem Gott des Meeres überantwortet werden musst.«

Gladys blieb stumm. Sie wusste, dass sie praktisch jeden Mann, der Frauen liebte, herumgekriegt hätte, aber Barrett gehörte zu den wenigen, bei denen es ihr nicht gelang. Bei einem Irren versagte ihre Kunst. Sie sah ein, dass ihre Mühe vergeblich war.

»Wer sich die unsichtbaren Mächte geneigt machen will, muss ihnen ein Opfer bringen«, sagte Barrett rau. »Wenn das Meer ein Opfer bekommt, wird es die Schiffe unserer Linie beschützen und unsere Unternehmungen segnen. Das Opfer muss ein würdiges sein – ein schönes Menschenkind wie dich nehmen die Mächte als Opfergabe gern an.«

*

Als Nevil Boyes das obere Deck erreicht hatte, fand er dort zahllose Menschen versammelt vor. Viele waren vollständig mit Mantel und Schal bekleidet, andere trugen unter der Schwimmweste nur Morgenmantel und Schlafanzug. Da das Schiff angehalten hatte, gab es keinen Fahrtwind mehr, der durch die Kleidung blies, keine Luftbewegung, die die Geschwindigkeit sonst verursacht hätte. Die Kälte hielt sich in erträglichen Grenzen. Die ganze Zeit über kamen Leute die Treppen herauf und vergrößerten die Menschenmenge an Deck.

Die Titanic lag unbeeindruckt davon friedlich auf der Wasseroberfläche; bewegungslos, ruhig und nicht einmal den Schwingungen der Dünung unterworfen. Tatsächlich war auch die See so ruhig wie ein Binnengewässer. Es gab zwar ein paar kleine Wellen, die aber keine Bewegung für ein Schiff von den Ausmaßen der Titanic erzeugten.

An Deck zu stehen, so hoch über dem Wasser, das träge an die Seiten des Schiffes schwappte, und in die Ferne zu blicken, gab Nevil für den Moment sogar ein Gefühl der Sicherheit. Es war ihm, als würde er auf einem großen Felsen mitten im Ozean stehen. Dennoch entgingen ihm nicht die Anzeichen für eine sich anbahnende Katastrophe. Der Anblick der Mannschaften, die die Rettungsboote zum Ablegen vorbereiteten; die wartenden Menschen in ihren Schwimmwesten, die ruhig dastanden und die Arbeit der Mannschaft beobachteten. Es geschah alles in Ruhe, aber die Ruhe gab es nur, weil die Menschen ganz tief in ihrem Inneren den Ernst der Lage begriffen. Anderenfalls hätten sie die Aufforderung, in die Rettungsboote zu gehen, als eine Zumutung abgelehnt, so aber, weil sie etwas ahnten, verhielten sie sich diszipliniert. Gelegentlich machte jemand einen gequälten Witz, aber meist standen die Leute da, als warteten sie auf Befehle, nach außen einigermaßen

zuversichtlich, aber doch in verborgener Weise beunruhigt.
Die Offiziere ließen sich nichts anmerken, ihre Anweisungen waren nachdrücklich und ernst. Von keinem von ihnen
würde er eine ehrliche Antwort erhalten, falls er einen von
ihnen fragen sollte, wie groß die Gefahr war, in der die Titanic sich befand. Aber er brauchte niemanden zu fragen, er
wusste es selbst. Die Lage war sehr ernst.

Acht Rettungsboote gab es auf jeder Seite. Kleine und
eng zusammengeballte Gruppen von Männern schwärmten über jedes Boot, machten die Masten und die Ruderriemen klar, legten an Deck die Taue aus, steckten die Laternen an und verstauten die Büchsen mit Zwieback. Andere
Männer standen an den Auslegearmen der Bootsdavits
bereit, setzten die Kurbeln an und machten die Leinen
klar. Einer nach der anderen traten die Kurbeln in Aktion,
um die Ausleger zu drehen, und langsam schwenkten die
Boote aus. Dann wurden ein paar Fuß Leine freigegeben, sodass jedes Boot auf gleicher Höhe mit dem Bootsdeck lag.

Das erste Boot legte auf der Steuerbordseite ab, wo der
erste Offizier Murdoch das Kommando hatte. Als das
Boot die Reise aus dem siebten Stock in die schwarze Tiefe
antrat, war es nicht einmal zur Hälfte gefüllt, und ein guter
Teil der Besatzung bestand aus Männern.

Auf der Backbordseite führte Kapitän Smith persönlich die Aufsicht. Assistiert wurde er vom zweiten Offizier Lightoller.

»Frauen und Kinder in die Boote«, ließ er durch ein
Megafon verlauten. »Die Männer bleiben zurück.«

Lightoller ließ eines der Boote auf gleiche Höhe mit dem
A-Deck bringen und befahl einigen Frauen und Kindern,
hinunterzugehen, um von dort aus die Boote zu besteigen.

Ein Matrose, zwei Stewards und ein Koch in weißer Jacke wurden als Bootsbesatzung und Ruderer eingeteilt, aber auch mit ihnen war das Boot nicht einmal zur Hälfte besetzt. Frauen und Kinder, die noch hätten einsteigen wollen, waren nicht in Sicht.

»Warum können denn nicht auch unsere Männer einsteigen?«, bettelten einige der Frauen.

»Kein Mann jenseits dieser Linie!«, rief Moody, der sechste Offizier unter den Augen von Kapitän Smith.

Wenn sie schon die Boote wegschicken, könnten sie ruhig ein paar mehr Leute hineinlassen, dachte Nevil, der wusste, dass es in den Rettungsbooten nicht genügend Plätze für alle Passagiere gab.

Das Boot fierte ab, ohne die Männer, die zum Einsteigen bereitstanden, aufzunehmen; dabei wäre für jeden Gatten und Vater noch Platz gewesen. Einige Stewards meldeten sich freiwillig, um für die Boote eingeteilt zu werden, als sei es eine gute Tat, zusammen mit den Frauen und Kindern aufs Meer hinaus zu gehen. Allein die Behauptung, sie könnten mit dem Ruder umgehen, reichte, dass man einige von ihnen für das nächste Boot einteilte.

Nevil bewegte sich von der Backbordseite fort und wanderte zurück nach Steuerbord. Auch Murdoch hatte Schwierigkeiten, die Boote zu besetzen. Obwohl auch hier zuerst die Frauen und Kinder kamen, ließ Murdoch anders als auf der Backbordseite, wo Lightoller keinem erwachsenen männlichen Passagier gestattete, in das nur teilweise gefüllte Boot zu gehen, auch Männer einsteigen, wenn noch genug Platz im Boot war und keine weiteren Frauen und Kindern bereitstanden. Nevil hatte genug gesehen. Er zweifelte nicht mehr daran, dass die Titanic im Sinken begriffen war. Es war alles nur eine Frage der Zeit, und dass rechtzeitig Hilfe in Gestalt anderer Schiffe

die Titanic erreichen würde, erschien ihm mehr als ungewiss. Doch er würde kein Narr sein und tatenlos abwar-
ten, bis das Schiff unterging, dachte er bei sich. Er musste
handeln, das war ihm nun klar, und das bedeutete für ihn,
dass er zusehen musste, schnellstens in eines der Rettungsboote zu gelangen. Doch was, fragte er sich, sollte mit Gladys Appleton geschehen? Der verdammte Eisberg hatte
alles verdorben! Die ganze Aktion dauerte schon viel zu
lange, und es erschien ihm zweifelhaft, ob es seinem Chef
überhaupt noch gelingen konnte, die Dame rechtzeitig zu
beseitigen. Was also sollte er tun? Gab es überhaupt einen
Grund, in die Kabine seines Auftraggebers zurückzuge-
hen? Nein! Der Mann, für den er arbeitete, war eindeutig
verrückt! Anstatt sich auf die neuen Gegebenheiten einzustellen, beharrte Barrett uneinsichtig auf seinem alten
Plan. Aber nicht auf seinem Rücken, sagte er sich. Nein!
Sein Entschluss stand jetzt fest. Sollte dieser Verrückte
doch an seinem Plan festhalten, bis er zusammen mit der
Frau, von deren Tod er so besessen war, unterging. Am
besten, er ging selbst sofort zum nächsten Boot und gab
sich als erfahrener Ruderer aus. Falls er dort nicht zum Zug
kommen sollte, könnte er es bei Murdoch auf der anderen Seite versuchen. Irgendwie würde er schon ein Plätzchen ergattern. Während er über die Kante des Bootsdecks
sah, beobachtete er, wie das nächste Boot zum Ablegen
bereit gemacht wurde. Die Seeleute standen an den Fall-
tauen, um sie ruckweise zu lösen, und Frauen und Kinder stiegen über die Reling in das Boot. Es war das dritte
oder vierte der Boote, das seinen Weg abwärts zur spie-
gelglatten Oberfläche des Meeres antreten sollte. 14 oder
15 Boote waren noch übrig.

Er erkannte, dass es außer der Toleranz von Mr. Murdoch, der anders als Kapitän Smith und Officer Lightoller

auf der Backbordseite Männer in die Boote ließ, noch einen weiteren Grund dafür gab, der seine Chancen auf Rettung steuerbords beträchtlich erhöhte. Bei Gefahr scharten sich die Passagiere gewöhnlich um den Kapitän, und genau das spielte sich gerade auf der Backbordseite ab. Das war ein Fehler, wie Nevil erkannte, doch für die gewitzteren unter den Passagieren war es ein Glück. Aufgrund des Herdentriebs hielten sich viel weniger Passagiere auf der Steuerbordseite auf, obwohl die Zahl der Rettungsboote auf beiden Seiten die gleiche war. Wer als Passagier einen klaren Kopf behielt und Augen hatte zu sehen, dem boten sich auch als Mann gute Chancen, in eines der Boote zu gelangen.

Als Erstes bräuchte er aber seine Schwimmweste, fiel ihm ein, und entschlossen, nicht länger zu zaudern und keine weitere Zeit zu verlieren, schob er sich zügig an der Reling entlang in Richtung des Treppenhauses.

Was ihn außerdem beschäftigte, war sein Geld. Der ihm von Barrett für seine Arbeit versprochene Lohn war so groß, dass er es für lange Zeit nicht nötig haben würde zu arbeiten, doch wenn er in eines der Rettungsboote stieg, war die Aussicht auf Lohn natürlich dahin. Gut, dass er so schlau gewesen war, einen Vorschuss zu verlangen, und der war sehr großzügig bemessen. Das Geld befand sich in seiner Unterkunft, verschlossen in seinem Spind, und das musste er schnell holen, ebenso warme Kleidung, und dann würde er sich darum kümmern, dass er schleunigst von der Titanic verschwand.

Während er zu den Treppen eilte, dachte er wieder an die schöne Gladys Appleton. Wahrscheinlich würde der Irre versuchen, sie allein über die Reling zu werfen, wenn er nicht wiederkam, überlegte er. Ob dem Verrückten das wohl allein gelang? Die Frau tat ihm fast ein wenig leid, so schön wie sie war, aber für ihn selbst wäre es tatsächlich das Beste, wenn sie zusammen mit diesem Verrückten unterging. Sollte der Verrückte ruhig weiter seinen aberwitzigen Plan verfolgen! Bald schon würde es an Bord der Titanic keine Boote mehr geben, und nicht nur Gladys Appleton, sondern auch dieser Sadist würde zusammen mit vielen anderen Passagieren ersaufen. Er stieg über die Mannschaftstreppen in die Tiefe, wo ein viel besseres und rascheres Fortkommen als auf den Gängen und Treppen der Passagiere war.

Seine Kammer lag auf dem F-Deck, gleich neben dem türkischen Bad, einer Reihe prächtiger Räume in einem feudal anmutenden Stil. Der Mosaikboden, die blaugrün gekachelten Wände, die vergoldeten Trägerbalken in der mattroten Decke, die mit geschnitztem Teakholz umkleideten Stützen – alles war noch völlig trocken.

Doch als er ein paar Meter weit den Gang entlanggegangen war, sah er etwas höchst Merkwürdiges: ein dünnes Bächlein plätscherte die Treppe vom E-Deck herunter. Das Wasser war kaum mehr als einen Zentimeter hoch und bedeckte gerade eben den flachen Absatz seiner Schuhe, als er die Treppe hinaufplatschte, um zu sehen, woher das Wasser kam. Als er das E-Deck erreicht hatte, erkannte er, dass das Wasser von der vorderen Steuerbordseite herüberdrang. Er erriet, was geschehen war. Das Wasser vorn auf dem F-Deck, dem der Weg durch das wasserdichte Schott versperrt war, war bis zum E-Deck gestiegen, wo es kein Schott mehr gab, und lief jetzt über in die nächste Kammer.

Schnell lief er zum F-Deck zurück und stand kurz darauf vor seiner Kajüte. Der Anblick des Wassers hatte ihn unruhig werden lassen, und seine Hände zitterten, als er die Tür aufschloss. Er musste dieses Deck schnell wieder verlassen, denn die Ereignisse beschleunigten sich. Es würde nicht mehr lange dauern, bis das Wasser stieg. Er fingerte nach dem kleineren Schlüssel und öffnete den Spind. Der Anblick des Geldes hatte eine beruhigende Wirkung auf ihn und ließ ihn aufatmen. Er stopfte das Geld in einen Brustbeutel, den er im Spind aufbewahrte, hängte diesen um und schob ihn unter Jacke und Hemd. Dann schlüpfte er in seinen Mantel und zog noch seine Schwimmweste darüber. Er war noch dabei, die Bänder der Weste zuzubinden – da hörte er plötzlich ein Geräusch.

Er drehte sich um und starrte direkt in die Mündung einer Pistole. Vor ihm stand der Reeder Karl Barrett, sein Auftraggeber, der statt seiner Maske nun Hut und Mantel trug.

»Sie?«, entfuhr es Nevil. »Was machen Sie hier?«

»Was Sie hier machen, kann ich sehen!«, entgegnete Barrett. »Sie wollen sich davonmachen, Sie Schuft!«

»Unsinn! Wir sind hier auf einem Schiff! Ich wollte mir nur einen warmen Mantel holen. Ich war schon fast auf dem Rückweg zu Ihnen.«

»Das ist eine Lüge! Du wolltest in ein Boot! Ich war kurz oben an Deck, ich weiß, was los ist.«

Nevil blieb eine Weile stumm und blickte in die kalten Augen seines Gegenübers und dann in die schwarze Mündung der Pistole, deren Lauf nun unmittelbar auf seine Stirn gerichtet war.

»Nehmen Sie die Waffe runter«, sagte er mit unsicherer Stimme. »Es ist nicht notwendig, dass Sie mit dem Ding vor meinen Augen herumspielen.«

»Ich spiele nie«, sagte Barrett und lächelte grausam.

Die Mündung bewegte sich keinen Zentimeter von seiner Stirn fort, und Nevil hob langsam die Hand, um dem auf ihn gerichteten Lauf eine andere Richtung zu geben, doch der Lauf wich nur einen Moment aus und kehrte dann, als Nevil die Hand wieder sinken ließ, in seine ursprüngliche Stellung zurück. Nevil starrte entsetzt auf die schwarze Mündung, als diese erneut mitten vor seiner Stirn zum Stillstand kam.

»Okay«, sagte er kleinlaut. »Gehen wir zu der jungen Lady zurück.«

Sein letztes Wort war noch nicht verklungen, da krachte der Schuss. Mitten in die Stirn getroffen sank der Steward Nevil Boyes tot zu Boden.

*

Raubold warf einen Blick in den Rauchsalon der ersten Klasse, wo einige Herren, deren Bekanntschaft er im Verlauf der vergangenen Tage gemacht hatte, ganz unbeeindruckt von dem Trubel um sie herum beim Kartenspiel saßen. Es waren Archibald Butt, der Berater des amerikanischen Präsidenten, der Fabrikant Ryerson aus Chicago, der Schriftsteller Millet und der Archäologe und Weltenbummler Clarence Moore. Neben dem Tisch stand Oberst Gracie, ein anderer seiner Bekannten aus dem Speisesaal, und sah dem Spiel der Herren interessiert zu.

»Kein Astor weit und breit«, sagte Raubold zu Carran, »und auch sonst niemand aus der illustren Runde der Teilnehmer an der Séance.«

Sie stiegen wieder zum Bootsdeck hinauf. Es war eine Nacht der funkelnden Sterne, nirgendwo war noch Eis zu sehen. Eine Gruppe von Passagieren, Frauen und Kindern, war dabei, ein Rettungsboot zu besteigen. Kapitän Smith auf der Backbordseite beaufsichtigte energisch und konzentriert das Klarmachen und Ablegen der Boote und brüllte immer wieder sein »Frauen und Kinder zuerst« in das Megafon.

Raubold beobachtete, wie die Männer zurücktraten und die Frauen hinuntergingen, um vom nächsten Deck aus das Boot zu besteigen. Einige Frauen protestierten gegen das Getrenntwerden von ihren Männern, aber teils durch Überredung, teils mit leichter Gewalt waren sie schließlich bereit, voneinander zu scheiden und sich zum unteren Deck leiten zu lassen. Lightoller ging zum nächsten Boot und winkte weitere Frauen und Kinder herbei. Obwohl schon mehrere Boote sicher auf dem schwarzen Spiegel der See gelandet waren, stieß seine Aufforderung, die Boote zu besteigen, nach wie vor bei vielen Passagieren, die den Ernst der Lage offenbar noch immer nicht vollständig durchschauten, auf Zurückhaltung. Die Leute wissen nicht, was wirklich los ist und welches Glück sie haben, dachte Raubold, dabei ist es ihre einzige Chance. Sie wechselten zur Steuerbordseite, und dort erblickte Raubold ein paar bekannte Gestalten.

»Sehen Sie! Da ist dieser Faussett samt Anhang«, sagte er, und im nächsten Moment erkannte auch Carran den unheimlichen Mann mit seinen zwei Frauen im Schlepptau. Sie traten sofort auf die kleine Gruppe zu.

»Hat jemand von Ihnen Mrs. Appleton gesehen?«, fragte Carran in die Runde.

Faussett starrte ihn abwesend an, als hätte er die Frage nicht begriffen, und Laura Faussett und Victoria Hoyt betrachteten ihn feindselig.

»Verfügen Sie nicht über hellseherische Fähigkeiten«, fügte Carran zu Faussett hinzu. »Können Sie mir nicht wenigstens sagen, wo ich nach ihr suchen muss?«

»Wahrscheinlich geht sie irgendwo ihrer Arbeit nach«, mischte Victoria Hoyt sich ein.

»Wie meinen Sie das?«, fragte Carran.

»Nun, es gibt sehr viele reiche Herren an Bord, denen sie ihre Dienste anbieten kann«, gab Victoria Hoyt zurück. »Im Bett eines dieser Herren werden Sie die Dame finden.«

»Sie sind eine unverschämte Person!«, herrschte Carran die Neiderin an.

»Das sagen ausgerechnet Sie!«, schaltete sich Laura Faussett ein. »Sie sind doch selbst einer ihrer Kunden!« Ihre Augen schleuderten Blitze.

Raubold ergriff Carran am Arm.

»Kommen Sie, Carran, wir haben keine Zeit, uns mit diesen Leuten aufzuhalten.«

»Einen Moment noch!«, sagte dieser und wandte sich an Victoria Hoyt. »Eines werden Sie mir noch sagen, Madam! Wer hat Ihnen von dem Tod des früheren Geliebten von Mrs. Appleton erzählt? Von wem haben Sie erfahren, dass er tot ist? Erzählen Sie mir nicht, der Geist des Toten sei über Sie gekommen!«

Die Züge von Victoria Hoyt verfinsterten sich noch deutlicher.

»Und doch war es so.«

»Sie wusste es von mir«, sagte Faussett, dem offenbar daran lag, die Diskussion zu beenden.

»Und woher haben Sie die Information?«

»Von Colonel Astor. Und jetzt lassen Sie mich in Ruhe!«

»Die Damen bitte ins Boot!«, rief in diesem Moment einer der Matrosen. »Steigen Sie bitte ein!«

Der erste Offizier Murdoch tauchte neben ihnen auf.

Faussett wandte sich an Murdoch. »Darf ich mich dazugesellen?«

Murdoch blickte sich um. Andere Frauen und Kinder

waren im Moment nicht in der Nähe. »Meinetwegen! Los! Steigen Sie mit ein!«

Faussett ließ sich das nicht zweimal sagen, sondern folgte augenblicklich den beiden Damen, um gemeinsam mit ihnen in das Boot zu klettern.

»Es ist noch Platz«, sagte Murdoch zu Raubold und Carran. »Sie können auch mit hinein!«

Carran wandte sich augenblicklich ab, und natürlich sprang auch Raubold nicht in das Boot.

»Nein«, sagte er in einem so entschieden knappen Tonfall, dass ihm selbst der Gedanke kam, eine Instanz in seinem Inneren könnte sich sonst womöglich anders entscheiden.

Murdoch zuckte gleichgültig die Achseln und gab Befehl, das Boot abzufieren und hinunterzulassen.

Raubold wandte sich zu Carran herum.

»Kommen Sie«, sagte er. »Wir müssen endlich Colonel Astor finden.«

Das grässliche Fauchen der Überdruckventile hörte plötzlich auf. Der Dampf war abgeblasen, die Stille köstlich und doch fast erschreckend. Sie war auch nur von kurzer Dauer; denn mit einem heftigen Zischen stieg nun eine Notrakete auf, erleuchtete das Vorderdeck, tausend Augen blickten ihr nach. Sie flog hoch, immer höher, sie explodierte mit einem weißen Sternenregen, der langsam niederging und verlosch. Dann kam die nächste Rakete und erhellte für einen Augenblick die bleichen Gesichter, die vier schwarzen Türme und das Gewirr der Kräne, Boote und Seile, an denen das Leben der Insassen hing, während die Titanic Zentimeter um Zentimeter tiefer sank. »Raketen!«, kam es von zahlreichen Lippen. Jedermann wusste auch ohne Erklärung, was Raketen auf See bedeuteten, wusste, dass es der Ruf nach Hilfe war.

»Da kann wohl kein Zweifel mehr bestehen, dass dieses Schiff ein Problem hat«, sagte jemand neben ihnen, und als Carran und Raubold zur Seite blickten, erkannten sie den Immobilientycoon Garfield, von dem sie beide durch Gladys wussten, dass er Teilnehmer an Astors Séance gewesen war.

»Sie haben vor zwei Stunden mit Mrs. Appleton getanzt«, sagte Raubold. »Wissen Sie, wohin sie gegangen ist? Wir suchen verzweifelt nach ihr.«

Garfield hob verwundert die Brauen.

»Oh, nein, ich hätte sie zwar gern begleitet, aber sie ließ es nicht zu.«

»Ist sie allein gewesen, als sie ging?«

»Für mich sah es so aus.«

»Was heißt das? Mit wem war sie zuletzt zusammen?«

Garfield blickte dem Reporter direkt ins Gesicht.

»Na, mit Ihnen – und mit mir. Wir haben beide mit ihr getanzt.«

»Das meine ich nicht. War noch jemand bei ihr? Ich meine, ganz zuletzt?«

»Ganz zuletzt? Hm! Zuletzt sprach sie mit Mr. Boyes, dem Steward, aber nur kurz, und etwas später verließ sie allein den Salon. Danach habe ich sie nicht mehr gesehen.«

»Mr. Boyes?«, sagte Raubold nachdenklich. »Ist dieser Steward hier irgendwo an Deck? Wo finden wir den Mann?«

Garfield zuckte die Achseln.

»Das kann ich Ihnen nicht sagen. Aber wenn er mir begegnen sollte, werde ich ihn nach Mrs. Appleton fragen. In ihrer Kabine ist die schöne Lady nicht?«

»Leider nicht. Noch eine andere Frage: Ist Ihnen Colonel Astor begegnet?«

»Der ist hier ganz in der Nähe und treibt Sport«, sagte Garfield.

»Sport?«

»Ja, dort vorn im Turnsaal«, sagte Garfield und deutete in Richtung der Deckaufbauten.

»Kommen Sie, Raubold, nichts wie hin!«, sagte Carran.

»Vielen Dank, Mr. Garfield. Und falls Sie Gladys Appleton begegnen sollten, richten Sie ihr bitte aus, dass wir nach ihr suchen.«

»Werde ich machen«, erwiderte Garfield. »Angenehme Nacht noch, die Herren! Wir sehen uns spätestens morgen beim Frühstück.«

»Ach, Mr. Garfield«, sagte Raubold noch im Weggehen. »Da vorn fiert gerade ein Rettungsboot ab. Eben waren noch ein paar Plätze frei. Officer Murdoch lässt auch Männer ins Boot. Wenn Sie sich beeilen, nimmt man Sie vielleicht noch mit.«

»Oh, danke für den Tipp«, sagte Garfield. »Ich werde mich sofort darum kümmern. Wenn wir uns morgen wiedersehen, gebe ich einen aus.«

Bei dem auf Backbord gelegenen Eingang der großen Freitreppe, die zur ersten Klasse führte, hatte sich die aus acht Musikern bestehende Band des Schiffes auf dem Bootsdeck postiert und begann nun, Ragtimestücke zu spielen. Die Musiker sahen ein bisschen bunt aus, einige hatten blaue Uniformmäntel an, andere weiße Jacketts – aber mit ihrer Musik war alles in Ordnung.

Raubold und Carran erreichten die hell erleuchtete Turnhalle, die an das Bootsdeck grenzte, und schon erblickten sie Mr. und Mrs. Astor, die Seite an Seite auf zwei bewegungslosen mechanischen Pferden saßen. Sie hatten ihre Schwimmwesten angelegt, und Astor hatte eine dritte Schwimmweste auf dem Schoß, die er gerade mit einem

Messer aufschlitzte; wahrscheinlich wollte er seiner Frau zeigen, was sich darin befand.

Dieser Snob, dachte Raubold, dieser unmögliche Kerl; irgendjemandem wird diese Weste vielleicht noch fehlen, aber dafür, so etwas zu erkennen, waren die Hirne dieser selbsternannten Aristokraten nicht ausgelegt.

»Mr. Astor, wir vermissen Mrs. Appleton«, sagte Carran, nachdem er sich und seinen Begleiter mit knappen Worten vorgestellt hatte, wobei er nicht unerwähnt ließ, dass er für die Versicherung der Titanic tätig war, »und wir befürchten, dass sie in großer Gefahr ist.«

»Sind wir das nicht alle?«, gab Astor gleichmütig zurück.

»Mrs. Appleton ist es in besonderer Weise«, erwiderte Carran. »Jemand an Bord will sie töten. Dieser Jemand hat vorgestern Abend vermutlich an Ihrer Séance teilgenommen, denn unmittelbar danach ereignete sich der erste Mordanschlag auf sie.«

Madeleine Astor legte erschrocken die Hand an den Mund. »Davon hat Mrs. Appleton mir überhaupt nichts erzählt.«

»Gladys hat die Bedrohung selbst nicht ernst genug genommen«, gab Carran zurück, »aber das könnte sich inzwischen gerächt haben.« Er blickte Astor scharf in die Augen. »Einer der Teilnehmer der vorgestrigen Séance ist Ihr Geschäftspartner, Mr. Astor, und ich glaube, dass es Mrs. Appleton helfen würde, wenn Sie mir seinen Namen nennen!«

Astors hochmütiger Gesichtsausdruck veränderte sich nicht.

»Meine Geschäfte sind streng geheim«, sagte er schließlich. »Mit einem Anschlag auf Mrs. Appleton hat mein Geschäftspartner selbstverständlich nichts zu tun. Ich mache keine Geschäfte mit Mördern.«

»Sie sind ein Narr«, sagte Carran kalt. »Sollten Sie diese Nacht gesund überstehen, werden Sie wahrscheinlich das nächste Opfer Ihres Geschäftspartners sein.«

Astors Gesicht verlor seine Fassung.

»Was unterstehen Sie sich zu behaupten. Wer sind Sie überhaupt, Sie ...!«

Madeleine Astor fiel ihrem Gatten ins Wort.

»Mr. Carran arbeitet für eine Versicherung, wie er uns eingangs sagte. Er ist in Sorge um eine junge Dame. Wir sollten ihn zunächst einmal zu Ende anhören.«

Carran nahm das Dokument aus der Tasche.

»Kennen Sie diesen Brief?«

Astor warf einen Blick darauf, dann begann er zu lachen.

»Wissen Sie nicht, wie das ist, wenn man Geschäfte macht, bei denen viel Geld zu verdienen ist?« Er schlug sich zweimal mit der Hand gegen die Stirn und gab selbst die Antwort. »Sofort stehen die Neider auf der Matte und erheben unsinnige Beschuldigungen gegen ihre Konkurrenten, und das alles aus dem einzigen Grund, weil sie selbst das lukrative Geschäft machen wollen. Wenn Sie weiter nichts in der Hand haben, Carran – darüber kann ich nur laut lachen!«

»Haben Sie Ihrem Geschäftspartner diesen Brief gezeigt?«

Astor schüttelte den Kopf.

»Nein, sicher nicht.«

»Oder mit ihm darüber gesprochen?«

»Ach was.«

»Oder korrespondiert?«

»Korrespondiert?«

»Ja, korrespondiert!«

Astor wurde unsicher.

»Ich weiß das nicht mehr! Woran soll ich mich denn erinnern! Und was spielt es überhaupt für eine Rolle?«

»Der Konkurrent, der diesen Brief geschrieben hat, wurde umgebracht.«

»Aber doch nicht wegen dieses Geschäfts! Was meinen Sie wohl, was geschehen würde, wenn jeder Geschäftsmann seinen Konkurrenten umbringen würde – was meinen Sie, wie viele Morde wir dann hätten? Ach was, so ein Unsinn! Es gibt überhaupt keinen Grund für meinen Partner, seinen Konkurrenten umzubringen, nur weil dieser ins Geschäft mit mir kommen will.«

»Dieser Konkurrent hatte eine Passage auf der Titanic gebucht – eigens, weil er mit Ihnen sprechen wollte. Möglicherweise hatte er auch eigene geschäftliche Interessen im Sinne, aber er hätte Ihnen auch das eine oder andere über Ihren neuen Partner erzählt, und danach hätten Sie wahrscheinlich noch einmal darüber nachgedacht, ob Sie in ihm wirklich den rechten Partner für Ihr Geschäft gefunden haben.«

»Worauf wollen Sie hinaus?«

»Ihr Geschäftspartner hätte Sie schneller wieder aus diesem Geschäft geworfen, als Sie es sich vorstellen können, aber natürlich erst, nachdem er Ihr Geld bekommen hat.«

»Das hätte ich zu verhindern gewusst.«

»Das glaube ich nicht. Anders als Sie geht dieser Mensch nämlich über Leichen. Deshalb hat es ihm nicht gereicht, Ihren Konkurrenten Phil Ryland liquidieren zu lassen, sondern er plant, auch Gladys Appleton, Rylands Geliebte und Zeugin des Mordes an Ryland, zu töten. Und es sieht ganz danach aus, als sei er in dieser Nacht zur Tat geschritten.«

Colonel Astor sagte eine Weile nichts. Immerhin schien er mit sich zu ringen. Den Namen eines Geschäftspartners zu nennen, bevor die Verbindung bekannt war, bedeutete ihm anscheinend die Verletzung eines Sakrilegs. Er schüttelte den Kopf und blickte zu seiner Frau.

»Komm, Liebes«, sagte er, »wir müssen uns darum kümmern, dass du ein trockenes Plätzchen in einem der Boote bekommst.«

»Zuerst müssen wir uns um Gladys Appleton kümmern«, sagte Madeleine, »wenn wir ihr helfen können, müssen wir es tun.« Sie blickte Roger Carran in die Augen. »Ich glaube, ich weiß, von wem Sie sprechen«, sagte sie dann.

*

Gladys erstarrte, als sie Geräusche an der Tür vernahm. Ihre Peiniger kehrten zurück. Sie war zehn Minuten oder auch länger allein gewesen. Einige Zeit nach Nevil war auch Barrett gegangen, um selbst nach dem Zustand des Schiffes zu sehen, und außerdem wollte er, wie er geäußert hatte, nach dem Verbleib des Stewards forschen, der länger ausblieb, als zu erwarten gewesen war.

Die Tür öffnete sich, und Barrett trat ein, schloss aber die Tür sofort wieder hinter sich zu. Er war allein zurückgekommen. Wo steckte Nevil? Sie hätte es gern gewusst, aber wegen des Knebels konnte sie ihren Peiniger nicht nach dem Verbleib seines Gehilfen befragen. War diesem die Sache zu heiß geworden? Hatte er sich davongemacht?

Die Neigung der Kabine hatte sich weiter verstärkt, und Gladys ahnte, dass es nicht gut um die Titanic stand. Wenn es so weiterging, konnte es nicht mehr lange dauern, bis es zu einer Katastrophe kam. Sie zweifelte nicht mehr daran, dass das Schiff dabei war unterzugehen. Es war nur noch eine Frage der Zeit. Das aber bedeutete, dass auch die Zeit gekommen war, in der sich ihr Schicksal erfüllen musste. Barrett musste zusehen, dass er sich in Sicherheit brachte. Die Vollstreckung ihres Todesurteils, das spürte sie, stand unmittelbar bevor. Es war dies wahrscheinlich sogar der einzige Grund, weswegen Barrett noch einmal in die Kabine zurückgekehrt war. Sie würde sterben, ging ihr durch den Sinn, jetzt, in dieser Nacht, die ihr wie die Schattenseite der vorangegangenen Nacht erschien, vom Gipfel des höchsten körperlichen und seelischen Glücks war sie in die Hölle der Verzweiflung, des Leidens und der Angst gestürzt.

Lieber Gott, lass mich nicht so schrecklich leiden, betete sie still. Erspare mir weitere Qualen, sondern nimm mich schnell zu dir.

Barrett trat hinter sie und entfernte den Schal von ihrem Mund.

»Du hast versprochen nicht zu schreien«, sagte er.

»Ich werde nicht schreien«, erwiderte sie. »Hast du es dir überlegt? Nimmst du mein Angebot an?«

»Selbst wenn ich es annehmen wollte, es wäre zu spät dafür«, gab der Mörder zurück. »Ich bin oben an Deck gewesen, es ist nicht gut um das Schiff bestellt. Die Titanic wird untergehen.«

»Es gibt doch die Rettungsboote?«, sagte Gladys, obwohl sie wusste, dass es auch um die Boote nicht gut stand.

»Es sind nicht genügend Boote vorhanden«, antwortete Barrett, der vor sie getreten war. »Sie reichen nur für ein Drittel der Passagiere.«

»Unglaublich.«

»Unglaublich, aber wahr«, betonte ihr Peiniger. »Ich muss mich beeilen, um noch ein Plätzchen zu ergattern.

Mehr als die Hälfte der Rettungsboote hat schon abgelegt. Mr. Murdoch, der erste Offizier ist ein ehrenwerter Mann. Er will mir einen Platz freihalten, so versprach er es mir eben, aber er meinte auch, ich müsse mich beeilen. Ich erklärte mich im Gegenzug bereit, ihm einen größeren Geldbetrag zur Verfügung zu stellen, den seine Familie erhalten wird, sollte er selbst nicht gerettet werden.«

»Das Schiff selbst ist das Rettungsboot«, sagte Gladys in dem verzweifelten Bemühen, Zeit zu gewinnen.

»Ja, so sollte es eigentlich sein – doch die Narren von der White Star verstehen es leider nicht, sichere Schiffe zu bauen. Auf deutschen Schiffen gibt es durchgehende Schotten – doch diese Ignoranten haben es nicht für nötig gehalten, ein durchgehendes Schott einzuziehen. In unserer neuen Schifffahrtslinie wird es einen solchen Schlendrian nicht geben. Die deutschen Bestimmungen sehen vor, dass für jeden Passagier ein Platz im Rettungsboot zur Verfügung stehen muss. Die Engländer sind unfähig. Sie stellen es erneut unter Beweis. Sie verdienen es einfach nicht, die führende Rolle auf dem Nordatlantik zu spielen.«

»Sicher wird sich das Schiff noch ein paar Stunden halten.«

»Ganz im Gegenteil sieht es so aus, als würde es spätestens in einer Stunde von der Wasseroberfläche verschwunden sein.«

»Aber die Schiffe, die der Titanic zu Hilfe eilen, sind doch sicher längst unterwegs«, beharrte Gladys, die verzweifelt nach jedem Strohhalm griff. »Bestimmt ist bald Rettung da! Wir befinden uns auf einer viel befahrenen Route. Es wird gar nicht nötig sein, in eines der Rettungsboote zu steigen.«

Sie tat gerade genau das Gleiche wie Phil damals in London, fiel ihr ein. Nur um noch ein paar Augenblicke Zeit zu gewinnen, redete sie daher, was immer ihr in den Sinn kam. Phil? Damals? Mein Gott, es war ja nur ein paar Tage her, dass Phil gestorben war, weniger als eine Woche! So schnell also sollte sie ihm folgen. So nahmen also Frank Jago und dessen Chef doch noch Rache an ihr. Sie war ihrem Schicksal nicht entkommen.

»Die Hoffnung stirbt zuletzt«, bemerkte Barrett in zynischem Ton.

Gladys schluckte.

»Wo ist der Steward? Warum ist Mr. Boyes nicht hier?«

»Du hast ihn gerade überlebt«, lachte Barrett. »Wenn es auch kein Erfolg ist, von dem du lange etwas haben wirst.«

»Er ist tot?«, fragte Gladys betroffen. »Warum? Was ist geschehen?«

»Er hat sich in die Reihe der Verräter eingereiht«, sagte Barrett. »Ich fand ihn in seiner Kammer, als er gerade dabei war, sich die Taschen mit dem Geld vollzustopfen, das er von mir bekommen hatte. Er hatte die Gegenleistung noch nicht erbracht, war aber schon fast auf dem Wege, in eines der Rettungsboote zu springen und zu verschwinden. Ich habe den Feigling erschossen.«

Gladys schloss die Augen und dachte an Roger, ihren Liebsten. So hatte sie ihn nur gefunden, um ihn gleich darauf erneut zu verlieren. Ein paar gemeinsame Stunden des Glücks waren ihnen in diesem Leben beschieden gewesen. Oh Gott, warum währte unser Glück so kurz?

»Bitte mach mich los«, flehte sie. »Mir tut alles weh – so furchtbar weh. Ich habe kein Gefühl mehr in meinen Händen. Du hast mich lange genug gequält! Lass mich gehen. Ich werde nichts verraten. Du hast nichts zu befürchten.«

Barrett betrachtete sie eine Weile stumm, und obwohl sie sich innerlich bereits auf ihren Tod einzustellen begann, suchte sie in einem allerletzten Versuch den Kontakt zu seinen Augen, als hoffte sie, die Wärme ihres Blicks könnte das Eis in den Augen ihres Gegenübers auftauen. So furchtbar dieser Mensch war, so war er doch nur ein bedauernswertes Geschöpf, begriff sie, auch wenn er selbst es noch nicht verstand, und ihre Hassgefühle schwanden dahin.

»Vielleicht werde nicht nur ich, sondern auch du in dieser Nacht vor deinem Schöpfer stehen«, sagte sie mit brüchiger Stimme. »Willst du denn eine solche Tat, wie du sie vorhast, auf dein Gewissen laden?«

Einen Moment lang schien er überrascht.

»Du wirst sterben«, sagte er dann. »Nicht ich! Meine Inspirationen sind von anderer Art.«

Nein, er verstand sie wirklich nicht, begriff sie, als sie das irre Flackern in seinen Zügen sah, und so musste sie hinnehmen, dass es ihr nicht gelingen würde, eine Brücke zu ihm zu bauen; die Kälte, auf die sie stieß, war noch furchtbarer als die Temperatur des Meeres in dieser schrecklichen Nacht; er hatte eine Seele, aber diese Seele war zu Eis erstarrt.

»Ich werde dich jetzt verlassen, meine Schöne«, sagte Barrett. »Ich kann dich leider nicht ins Meer werfen, wie ich es ursprünglich plante. Nicht weil Nevil weg ist, sondern weil es draußen inzwischen von Booten wimmelt. Ich hatte überlegt, ob ich dich einfach deinem Schicksal überlassen soll. Es wäre eine angemessene Lösung gewesen. Dem Gott des Meeres ist der Opfertisch bereitet. Gern hätte ich dich ihm lebendig übergeben. Er müsste ja nur noch kommen und dich holen.«

Nein, sie wollte nicht mit ihrem Gott hadern, dachte sie, während sie die Augen wieder schloss. Es waren wunderschöne Stunden gewesen, die sie mit ihrem Geliebten hatte verbringen dürfen, und allein, um sie zu erleben, hatte ihr Leben sich gelohnt.

Barrett war hinter sie getreten.

»Ehrlich gesagt, habe ich keinen großen Zweifel, dass er bald kommen und sich meine Gabe nehmen wird«, hörte sie ihn sagen. »Aber leider muss ich auf Nummer sicher gehen!« Seine Stimme erschien ihr schon sehr fern und drang nicht mehr wirklich an sie heran, und sie fühlte, dass ihre Seele sich auf den Weg gemacht hatte, diese Welt zu verlassen. Wenn es unabänderlich war, dachte sie, so muss ich eben gehen. Jeder musste gehen, früher oder später, und so viele hatten diesen Weg vor ihr beschritten und würden ihr noch folgen, so schlimm konnte es daher nicht sein, und sie hatte keine Angst. Irgendwann würde sie Roger wiedersehen, sagte sie sich, irgendwann in ferner Zeit. Und bis es soweit war, dachte sie, wollte sie ruhen, endlich ruhen. Sie öffnete noch einmal die Augen und sah Barrett, der dabei war, sich eine Schwimmweste über den Kopf und dann über seinen Mantel zu ziehen. Schade nur, dass er das Letzte war, das sie von dieser Welt sah. Wenn sie schon sterben musste, wäre sie viel lieber in den Armen ihres Geliebten gestorben, aber wahrscheinlich war es gut so, dass Roger ohne sie weiterlebte und ein neues Glück für sich fand. Vielleicht waren ihr Geliebter und sie doch noch nicht reif füreinander.

Als Barrett die Schwimmweste vollständig angelegt hatte, trat er für einen kurzen Moment zur Seite, und als er gleich darauf wieder vor ihr stand, hatte er einen Strick in der Hand, den er zu einer Schlinge knüpfte.

»Ich kann nicht ganz ausschließen, dass die Titanic über Wasser bleibt«, sagte er und lächelte sie grausam an. »Es ist nicht wahrscheinlich, aber nicht völlig unmöglich. Deshalb werde ich dich erdrosseln. Dann mache ich dich los und entferne die Stricke. Sollte man dich finden, wird jeder denken, dass du ertrunken oder sonst wie durch das Unglück ums Leben gekommen bist.« Er ging um sie herum, und das Letzte, was Gladys sah, war die Schlinge, die über ihren Kopf glitt, und dann spürte sie den Strick, der sich um ihren Hals legte und ihn eng umspannte. Gladys schloss die Augen.

*

Als Raubold einen Blick hinüber zu dem untergetauchten Vorderschiff warf, sah er, dass das Wasser langsam die Nottreppe zum Deck heraufkroch und dabei ein paar Lampen verschluckte, die noch eine Weile grünlich weiterleuchteten. Etliche Lichter über dem Wasser begannen matter zu werden und zu flackern.

Raubold und Carran betraten das Treppenhaus, von wo aus sie sich weiter zu den Kabinen wandten. Mehr als der entgegenkommende Strom der Passagiere behinderte das Labyrinth der verschachtelten Gänge und Korridore ihr Fortkommen. Es war nicht einfach, sich in einer Nacht wie dieser im komplizierten, sich über mehrere Etagen erstreckenden System der in Schieflage geratenen Treppen, Korridore, Sackgassen und Schleichwege zurechtzufinden, und bisweilen liefen sie bereits durch Wasser, das in die Nischen der Böden zu fließen begann.

»Hier ist es!«, sagte Raubold leise, als sie endlich die richtige Tür gefunden hatten.

Carran zog seine Pistole.

»Es muss beim ersten Mal klappen!«, flüsterte er. »Gemeinsam können wir es schaffen!»

»Und wenn sie gar nicht drin ist?«

»Dann ist es auch egal! Aber sie ist da drin! Ich bin mir sicher! Wo sonst sollte sie sein?«

Sie brachten sich in Position und nahmen zusammen Anlauf, und es war ihre verzweifelte Entschlossenheit, die ihrer gebündelten Kraft bereits beim ersten Versuch durchschlagende Wirkung verlieh.

Im selben Moment, da sie ihre Körper gegen das Holz warfen, ertönte ein ohrenbetäubender Krach, und die Tür splitterte auf.

Raubold war als Erster durch das Holz, und hinter ihm sprang Carran mit der Waffe in der vorgestreckten Hand in den Raum.

Der Anblick, der sich ihnen bot, ließ sie erbleichen, verwirrte sie aber nur für einen Moment. Gladys, die an ihren gestreckten Armen an der Decke hing, kämpfte um ihr Leben. Ihr Mörder, der sie fast umklammert hielt, zog an den Enden des Stricks, den er um den Hals von Gladys geschlungen hatte, doch im selben Moment, als die beiden Männer in die Kabine sprangen, ließ Barrett notgedrungen von seinem Opfer ab, und der Strick lockerte sich.

Barrett fuhr zurück und indem er sich fortdrehte, entglitt der Strick seinen Händen. Seine rechte Hand fuhr in die Tasche seines Mantels, und Carran wusste sofort, dass sein Gegner nach einer Waffe griff.

Die Tatsache, dass Barrett sich gegen seine Pistole, sondern für einen Strick entschieden hatte, um Gladys zu töten, rächte sich jetzt und brachte ihn gegenüber den anderen Männern in Nachteil. Er musste die Waffe nicht nur ziehen, sondern auch entsichern, und das konnte ihm so schnell nicht gelingen.

Auf der anderen Seite brachte der Anblick der gefesselten und gequälten Gladys ihren Geliebten zu der Erkenntnis, dass es keinen Grund zur Rücksichtnahme auf ihren Peiniger gab.

»Schießen Sie!«, schrie Raubold seinem Partner zu, »sonst tut er es!«

Zum Glück für sie hatte sich Barrett, um dem Angriff der eingedrungenen Männer zu entgehen, einen Schritt zur Seite gewandt und damit Gladys aus dem Schussfeld der Pistole ihres Geliebten gebracht, bevor er selbst seine Waffe aus dem Mantel hervorholen konnte.

Barrett kam nicht mehr zum Schuss. Carran feuerte eine Kugel auf ihn ab, und Barrett stürzte getroffen zu Boden. Seine Waffe landete neben ihm. Barrett versuchte, nach ihr zu greifen, aber Carran war schneller und trat auf seine Hand. Barrett schrie auf, vor Wut und vor Schmerz, und Carran trat die Waffe weg, sodass diese in die nächste Ecke flog.

Raubold, der sofort hinter Gladys getreten war, löste den Schal um ihren Mund.

»Roger«, weinte Gladys, nachdem sie einige Male Luft geholt hatte. »Roger! Oh, Mr. Raubold. Oh, mein Gott!«

Raubold hatte ein Messer gezückt und durchtrennte den Strick, der die Handgelenke von Gladys an der Decke gefesselt hielt, und wäre Roger Carran nicht zu ihr gesprungen und hätte sie aufgefangen, wäre sie nahe bei ihrem Peiniger zu Boden gestürzt.

Carran presste seine Geliebte an sich, sie weinte, sie zitterte und bebte.

»Es wird alles gut, Liebes«, murmelte er. »Wir müssen dir schnell etwas anziehen, die Titanic ist in großer Gefahr, wir müssen unverzüglich an Deck.«

Raubold hatte die Stiefel von Gladys entdeckt und kniete sich hin, um ihr hineinzuhelfen.

»Schauen Sie mal in einem der Schränke nach, Mr. Raubold, ob Sie dort etwas Warmes finden«, sagte Carran, als Gladys wieder in ihren Stiefeln stand.

»Verdammter Hund«, stöhnte der verletzt am Boden liegende Barrett. »Sie haben mich getroffen.« Er hielt sich die Seite, und Carran sah, dass ihm die Kugel in die Rippen gedrungen war und eine blutende Fleischwunde gerissen hatte.

»Sie müssen mich zu einem der Boote bringen«, stöhnte der Verletzte.

Carran sagte nichts, kniete aber neben Barrett nieder und öffnete die Bänder von Barretts Schwimmweste.

»Was tun Sie da?«, rief Barrett mit vor Schmerz verzerrtem Gesicht.

»Gladys braucht Ihre Weste. Sie selbst benötigen keine mehr.«

»Lassen Sie das!«, schrie Barrett und versuchte mit der Hand nach dem anderen Mann zu schlagen, aber Carran wich ihm aus. Er hatte die Schleifen gelöst und zog die Weste mit Gewalt von der Schulter und über den Kopf des Verletzten.

Barrett schrie auf, dann sackte er zusammen. Der Schmerz hatte ihm die Besinnung geraubt.

Raubold hatte im Schrank eine dicke Wolljacke gefunden, und zusammen mit Carran half er Gladys, die Jacke langsam über die fast taub gewordenen Arme zu ziehen.

»Komm Liebes, zieh noch die Schwimmweste darüber«, sagte Carran und zog ihr die Weste ihres Peinigers über die Wolljacke.

Gladys zitterte.

»Ich bin ganz benommen«, murmelte sie, »und so furchtbar müde.«

»Wir müssen sofort an Deck«, sagte Raubold. »Die Titanic sinkt.«

»Haben wir noch eine Chance?«, fragte Gladys, die sich in die Arme ihres Geliebten schmiegte.

Er strich zärtlich über ihr Haar.

»Wir müssen es versuchen«, sagte er. »Die meisten Rettungsboote wurden bereits zu Wasser gelassen. Aber vielleicht finden wir für dich noch einen Platz in einem der Boote.«

»Einen Platz für uns«, flüsterte Gladys. »Ohne dich gehe ich nicht.«

Raubold war schon an der Tür.

»Kommen Sie, es ist höchste Zeit.«

Gladys blickte hinab zu dem verletzten Reeder.

»Was ist mit ihm?«

»Wir können nichts für ihn tun«, sagte Carran. »Er wird leider nicht der Einzige sein, der mit diesem Schiff in die Tiefe gerissen werden wird. Wir müssen ihn seinem Schicksal überlassen.«

»Seine Waffe ist noch in der Kabine«, sagte Raubold. »Wenn er sie findet, kann er sich damit erschießen.«

Carran blickte sich um.

»Wo ist die Waffe? Dieser Schuft hat es nicht verdient, einen leichten Tod zu finden.«

»Wenn wir ihm die Waffe wegnehmen, vergelten wir Gleiches mit Gleichem«, sagte Gladys, »und dann sind wir nicht besser als er.«

Carran widersprach ihr nicht mehr, und so ließen sie die Waffe, wo sie war.

Im Kabinengang stand bereits zentimeterhoch das Wasser. Der Fußboden neigte sich tief und stand halb schräg.

»Wir werden hier bald nicht nur nasse Füße bekommen«, sagte Carran und zog die Kabinentür zu.

Sie eilten den Gang entlang in Richtung des Treppenhauses. Den Steward, der hinter ihnen her durch den Gang geeilt kam, bemerkten sie nicht mehr.

Dieser war damit befasst, die Kabinentüren zu verschließen, um die Räume vor möglichen Plünderern zu schützen. Auf dem hinter ihm liegenden Flur hatte er alle Kabinen leer vorgefunden, und nun, als das Wasser immer näher kam, verzichtete er auf Kontrollen und nahm die Türen nur noch mit dem Generalschlüssel unter Verschluss, so geschah es auch mit der Tür der Kabine von Karl Barrett.

Der Reeder Barrett, der den Bau besserer Schiffe geplant hatte, jetzt aber verletzt und ohnmächtig auf dem Boden seiner Kabine lag, hatte keine Chance mehr, dem Bauch des Schiffes zu entkommen. Sein Schicksal würde es sein, in der Kabine eingeschlossen zu ertrinken.

*

Die Titanic lag bewegungslos auf der Wasseroberfläche; ein Schiff, das zur Ruhe gekommen war, aber ohne irgendwelche Anzeichen eines Unglücks. Kein Eisberg war erkennbar, und auf den Decks herrschte Bewegung, aber keine Panik. Die See war bis auf die kleinen Wellen so ruhig wie ein Binnengewässer. Am Himmel herrschte ein brillantes Sternengefunkel, aber ganz ohne den Mond. Es war eine so bizarre Szenerie, dass Raubold ein Gefühl hatte, als befände er sich in einem Traum, aus dem er jeden Moment erwachen könnte.

Die Musikkapelle spielte noch immer, um die Herzen der Passagiere zu erfreuen, und die Ingenieure und ihr Personal arbeiteten fieberhaft an den Dynamos und hielten sie in Gang. Die Beleuchtung auf den Decks war matter geworden, aber doch hell genug, um Gesichter zu erkennen und auch sonst alles, was vor sich ging.

Kaum verborgen gab es am Rande Szenen zu beobachten, die zu normalen Zeiten unmöglich gewesen wären: Paare in unzweideutigen Stellungen, trotz der Kälte halb entblößt, mit nackten Schenkeln in geschlechtlicher Vereinigung; man hörte ihr Stöhnen, hörte ihr Jammern und andere Geräusche geschlechtlicher Lust.

Raubold sah seinen Kollegen, den Journalisten Stead, mit einem Buch in der Hand über das Deck flanieren. Es sah aus, als suchte er ein ruhiges Plätzchen, wo er ungestört lesen könnte. Auch die vier Herren, die er vorhin beim Kartenspielen im Rauchsalon gesehen hatte, während sie in aller Seelenruhe ihren Whisky tranken, promenierten jetzt an der Reling bei den letzten Booten. Colonel Astor, Mr. George Widener und Mr. John Thayer winkten ihren Frauen, die in eines der Boote gestiegen waren und dort auf das Abfieren warteten, zum Abschied wehmütig zu. Die Bordkapelle spielte einen Ragtime.

Nach vorn und nach unten sehend konnte man Boote auf dem Wasser erkennen, die sich langsam Stück für Stück entlang der Bordwand bewegten, ohne Hektik oder Lärm, und die sich fortstahlen in die sie verschlingende Dunkelheit.

Gladys, Carran und Raubold standen steuerbords an der Reling, als sie hörten, wie ein von Backbord kommendes Besatzungsmitglied sagte, dass im letzten Boot, das dort gerade belegt würde, noch Platz für einige Damen sei. Carran nahm den Arm seiner Geliebten, und sie eilten zu dritt auf die andere Seite. Kaum hatten sie die Reling backbords erreicht, als sie von unten den Ruf hörten:

»Sind da noch Frauen?«

Beim Blick über die Deckskante bemerkte Gladys ein Boot mit einer Besatzung von Heizern und einer Mehrzahl von Frauen. Der zweite Offizier Lightoller gab Anweisungen.

»Kommen Sie«, rief einer der Heizer, als er Gladys erblickte. »Springen Sie! Für Frauen ist noch Platz.« Und er sah sie an, als wollte er sie kraft seines Blickes veranlassen, sich nach unten fallen zu lassen. Sie müsste nicht sterben, dachte Gladys, das Schicksal erwies sich durchaus als gnädig, aber der Gedanke beeindruckte sie nicht, und die Aussicht, in eines der Boote steigen zu können, rief keine inneren Kämpfe in ihr hervor. Die Sterne am Himmel funkelten so wunderbar klar, und genauso kristallklar war ihre eigene Gewissheit, dass sie nur zu dritt, nicht aber sie allein, in eines der Boote gehen würden.

»Wir sind zu dritt«, rief Gladys daher zurück.

»Nur Frauen! Keine Männer!«, kam es von weiter unten.

Als Gladys sich zur Seite drehte, sah sie Mr. und Mrs. Strauss, die Arm in Arm über das Bootsdeck schlenderten. Sie schienen in einem heiteren Geplauder begriffen zu sein, und als sie stehen blieben und sich an die Reling lehnten, hielten sie sich eng umschlungen. Hinter sich hörte sie Rogers Stimme.

»Spring, Gladys, spring hinab! Der Heizer wird dich auffangen!«

Gladys dachte einen Moment lang daran, wie es wäre, ohne ihren Geliebten in New York anzukommen. Aber es war nur ein Gedanke, ein abstraktes Bild, das keine Gefühle in ihr auslöste, es war keine Möglichkeit, die sie ernsthaft für sich erwog.

»Nein«, sagte Gladys und trat von der Deckskante zurück. »Mein Platz ist hier auf dem Schiff.«

Roger fasste sie an den Schultern.

»Gladys, es ist deine letzte Möglichkeit! Rette dich!«

»Und was ist mit dir?«

»Ich werde mich auch retten. Die Hilfe ist nahe. Schiffe zur Unglücksstelle sind unterwegs.«

Sie sah ihn zweifelnd an.

»Es ist kein Schiff zu sehen«, sagte sie. »Die Titanic wird sich nicht mehr lange halten. Wie willst du die anderen Schiffe erreichen?«

»Ich kann schwimmen.«

»Ich auch.«

»Gladys, Liebes, bitte, spring. Dein Platz ist nicht auf diesem Schiff.«

»Kommen Sie, schöne Lady, wir legen jetzt ab«, rief der Heizer von unten.

Gladys sah kurz zu dem Heizer, dann drehte sie sich ganz zu ihrem Geliebten herum und sah ihm in die Augen.

»Du hast recht, mein Platz ist nicht auf dem Schiff – aber mein Platz ist bei dir.«

»Gladys«, sagte er, »wenn du nicht in das Boot steigst, musst du vielleicht mit mir sterben.«

Sie richtete den Blick an ihm vorbei in die schwarze See und in ruhiger Gelassenheit wieder hinüber zu dem Boot. Auch Officer Lightoller, dessen Augen denen des Heizers gefolgt waren, sah jetzt zu ihr hinauf, und sein Blick war eine einzige Einladung an sie, in das Boot zu kommen. Sie wandte sich ab.

»Ich will mit dir sterben, Roger«, sagte sie und sah ihren Geliebten an.

Carran sagte nichts mehr, sondern nahm Gladys noch fester in die Arme, presste sie so fest an sich, als ob er mit ihr verschmelzen wollte.

Der Heizer sah es, zuckte mit den Achseln und wandte sich ab. Lightoller gab einen Befehl, und kurz darauf fierte das Boot hinunter in die See.

*

Als das Boot auf dem Wasser aufsetzte und die Besatzung zu den Rudern griff, war es Raubold klar, dass nun alle Boote herabgelassen worden waren und abgelegt hatten. Er sah einmal mehr zu der Außentreppe hinüber, die ihm Stufe für Stufe das Absinken des großen Schiffes anzeigte. Es war in diesem Moment klar auszumachen, dass die Titanic in Kürze untergehen würde.

Eine merkwürdige Stille legte sich über das Schiff. Nachdem die Boote fort waren, hatten sich die Aufregung und das Durcheinander gelegt, und Hunderte, die zurückgeblieben waren, standen schweigend auf den oberen Decks der Titanic.

Das Gefühl, das Raubold ergriff, als ihm in voller Klarheit zu Bewusstsein kam, dass alle Rettungsboote die Titanic verlassen hatten, war nicht angenehm, aber auch nicht so schrecklich, wie er es sich vorgestellt hatte. Keine Furcht hatte ihn ergriffen, sondern eher ein nüchternes Erkennen, dass er dem Tode nahe war und dass es vielleicht nur noch ein paar Minuten dauern würde, bis er seinem Schöpfer gegenüberstand. Er hatte sich nichts vorzuwerfen, sagte er sich, und er empfand keine Angst vor dem höchsten Gericht. Lieber Gott, sei meiner Seele gnädig, betete er; lass das Ende schnell kommen und erspare mir die Todesqual. Er hatte auch gar keine Zeit, sich zu fürchten. Seine Gedanken blieben darauf gerichtet, die im jeweiligen Moment gebotene Pflicht zu erfüllen, und er richtete sich auf und spannte die Muskeln entschlossen an, als er jemanden rufen hörte, dass es noch zwei zusammenklappbare Flöße gab, die auf dem Dach der Offiziersmesse befestigt waren. Vielleicht, dachte er, gab es doch noch eine Möglichkeit davonzukommen, bevor die Titanic im Meer versank.

»Kommen Sie«, sagte er zu seinen beiden Freunden. »Wir müssen nach Steuerbord. Dort haben wir die besseren Chancen.«

Das Schiff lag jetzt tief im Wasser. Das Vordeck war vollständig überspült, und die See kroch beständig zur Brücke hinauf. Sie war nur noch wenige Meter von ihnen entfernt. Bisher war noch niemand ins Meer gesprungen. Da das Wasser aber nun die Brücke erreichte, eilten viele Passagiere nach achtern, um über die Reling zu klettern und hinunter zu springen. Raubold, Gladys und Carran bugsierten sich unterdessen zur Steuerbordseite, wo einige Matrosen die Davits herrichteten, um eines der Flöße vom Dach des Offiziersquartiers auf das Bootsdeck zu bekommen.

Es bereitete der Mannschaft schreckliche Mühe, die Leinen zu kappen und das Floß aus der Vertäuung zu befreien. Kurbeln und Flaschenzüge, die dabei hätten helfen können, waren nicht vorhanden. Schließlich gelang es aber doch, das Boot loszumachen. Es wurde vom Dach gestoßen und schlug krachend auf dem Bootsdeck auf, wo es kieloben zu liegen kam. Sogleich hieß es, das Boot habe bei dem Aufprall sicher einen Schaden erlitten und würde im Wasser lecken. Trotzdem versuchten die Umstehenden, das Boot auf die richtige Seite zu drehen, aber obwohl es sehr viele Männer waren, die mit Hand anlegten, gelang es ihnen nicht.

Es war Raubold klar, dass es noch einige Zeit und Mühe beanspruchen würde, das Boot ins Wasser zu bekommen, und angesichts der Vielzahl der Leute, die helfen wollten, sah er auch, dass nur für den kleineren Teil von ihnen Hoffnung bestand, mit ins Boot steigen zu können. Für die meisten Helfer würde es keinen Platz darin geben, da dieses sonst hoffnungslos überladen wäre und mit Gewissheit kentern würde. Dann entbrannte die Diskussion um das zweite Faltboot.

»Gibt es Seeleute unter euch?«, rief einer der Offiziere vom Dach zur Mannschaft auf das Deck herab. »Wir müssen das andere Boot klarmachen!«

Plötzlich war ein unheimliches Geräusch zu vernehmen, das alle bestürzte. Es war das Wasser, das inzwischen die Brücke erreicht hatte und vorn den Lukenschacht hochgurgelte. Die Mannschaft würde es nicht mehr schaffen, das erste Boot auf die richtige Seite zu drehen und über die Reling hinauszuschwenken.

Das Schiff hatte eine deutliche Schlagseite nach Backbord bekommen, und diese Schlagseite nahm auf beängstigende Weise weiter zu, sodass Officer Lightoller, der eine tiefe, kräftige Stimme besaß, alle Passagiere nach Steuerbord rief. Schon entstand ein heilloses Geschiebe und Gedränge.

»Es sind zu viele, die es nicht erwarten können, in das Boot zu steigen«, murmelte Carran, nachdem sie noch eine Weile den aussichtslosen Bemühungen der anderen zugesehen hatten, die Faltboote klarzubekommen. »Wir sollten von hier fort und uns auch zum Heck begeben. Vielleicht ist dort eher Rettung zu finden.«

Raubold zögerte, aber Carran und Gladys marschierten bereits los, und so schloss er sich ihnen an.

Sie waren nicht weit gekommen und hatten das Deck noch nicht überquert, da tauchte plötzlich eine große Menschenmenge vor ihnen auf, die von den Treppen auf das Bootsdeck quoll, darunter viele Frauen und Kinder.

»Mein Gott, wo kommen plötzlich all diese Menschen

jetzt her?«, rief Gladys entsetzt. »Ich dachte, die Frauen und Kinder seien längst in den Rettungsbooten.«

»Vermutlich von den unteren Decks«, sagte Carran. »Es sind Passagiere der dritten Klasse.«

»Hat man diese armen Menschen dort unten denn nicht geweckt?«, sagte Gladys. »Die Kollision mit dem Eisberg ist doch schon zwei Stunden her. Es ist unfassbar.«

»Offenbar hat man sie gar nicht unterrichtet, was mit dem Schiff passiert ist«, sagte Carran.

Raubold war sprachlos. Niemand schien es für nötig gehalten zu haben, diese armen Menschen zu benachrichtigen. Erst jetzt, als keine Rettungsboote mehr zur Verfügung standen, sahen die Leute, was geschehen war. Viele der Rettungsboote waren nur teilweise besetzt gewesen. Wie viele dieser armen Frauen, an deren Rockzipfel sich verängstigte Kinder klammerten, hätten noch Platz in den Booten gefunden!

Sobald die Menschen das heranströmende Wasser sahen, machten sie kehrt und drängten nun ebenfalls in Richtung des Hecks. Aber sie kamen nicht weit. Das Eisengitter, das die erste von der zweiten Klasse trennte, versperrte ihnen den Weg. Sowohl Raubold als auch Gladys und Carran begriffen, dass sie nicht weiter vorankommen konnten und sich angesichts des hinter ihnen aus dem Deck heranströmenden Wassers in einer verzweifelten Situation befanden. Sie wären besser bei dem Floß geblieben.

Raubold beobachtete eine Familie, eine Frau mit fünf kleinen Kindern, die sich angstvoll um die Mutter scharten.

»Die armen Kinder«, sagte Gladys und trat auf eine Frau zu, um sie zu unterstützen. Die Frau schluchzte.

»Warum weinst du, Mama«, fragte eines der Kinder.

»Es ist nichts, mein Liebling, es wird alles gut, mein Kind.«

Als Raubold zum Dach der Offiziersquartiere hinaufsah, bemerkte er dort oben einen Mann, der mit dem Bauch nach unten und herabbaumelnden Beinen auf dem Dach lag.

»Wir müssen dort hinauf!«, rief Raubold und unternahm sofort einen Anlauf, das Dach im Sprung zu erreichen, doch sein Versuch schlug fehl. Behindert durch seinen Mantel, über dem er noch die Schwimmweste trug, war sein Sprung zu niedrig geraten.

»Gladys, versuchen Sie es!«, rief er. »Sie schaffen es bestimmt.«

Als er zur Seite blickte, sah er, dass Gladys eines der kleinen Kinder auf den Arm genommen hatte und es an sich presste.

Raubold fühlte, wie ihn die Verzweiflung packte, und da er nicht mehr wusste, was er tun sollte, um sich und andere zu retten, unternahm er einen neuen Anlauf auf das Dach der Offiziersquartiere zu, und in diesem Moment traf ihn das Wasser. Das Wasser hatte die Gestalt einer Welle und trug ihn wie im Schwung empor, brachte ihn gerade dorthin, wohin er hatte aufspringen wollen, und so war er ganz unerwartet in der Lage, das Dach und das an ihm entlang führende eiserne Geländer zu erreichen und sich daran festzuhalten. Auf diese Weise robbte er ein Stück vor und lag dann bäuchlings auf dem Dach vor dem zweiten Schornstein. Das Kunststück, das er instinktiv vollbracht hatte, war ihm als geübtem Schwimmer, der schon häufig in der Meeresbrandung gestanden hatte, wohl vertraut.

Als er in der Hoffnung, dass seine Gefährten ihm gefolgt wären, einen hastigen Blick zur Seite warf, sah er zu seinem Schrecken, dass die Welle, die ihn selbst auf das Dach getragen hatte, über all die Menschen, die eben noch mit ihm zusammengestanden hatten, hereingebrochen war, und diese verstreut oder mit sich fortgerissen hatte. Weder Gladys noch Carran noch die Mutter mit ihren kleinen Kindern waren zu sehen. Nur der Umstand, dass er sich selbst im rechten Moment an dem Eisengitter festklammern konnte, hatte ihn offenbar vor dem gleichen Schicksal bewahrt. Sich zu erheben, war ihm nicht möglich, denn er befand sich unversehens mitten in einem Wasserstrudel, der sich wie verrückt um sich selbst drehte, und während er versuchte, sich an dem Gitter festzuhalten, sank das Schiff immer tiefer. Hinab ging es auch mit ihm, immer weiter hinab, und dann befand er sich plötzlich unter Wasser.

Er spürte einen starken Druck in seinen Ohren, aber dennoch hatte er die Orientierung nicht völlig verloren, sodass er merkte, in welche Richtung er schwimmen musste, um dem Sog des untergehenden Schiffes zu entkommen. Er war jetzt frei und schwamm mit ganzer Kraft, wobei er instinktiv versuchte, der Steuerbordseite des Schiffes zu entkommen. Jäh war ihm der Kessel in den Sinn gekommen, und der Gedanke an das kochende Wasser und den heißen Dampf, die die zu erwartende Explosion des Kessels freisetzen würde, trieb ihn zu verzweifelten Anstrengungen an, um den tödlichen Verbrühungen, die jeder Mensch in dessen Nähe erleiden würde, zu entkommen.

An die Kälte verschwendete er keinen Gedanken und während er dem Todeskreis des untergehenden Giganten zu entkommen suchte, verspürte er keinerlei Kältegefühl. Dass er durch den Sog nicht in noch größere Tiefen hinabgezogen wurde, verhinderte nicht zuletzt die Rettungsweste, aber es war wohl vor allem die Tragkraft des Wassers, die durch die von dem sinkenden Schiff aufsteigende Luft erhöht wurde, die ihm half, dass er schneller und weiter unter Wasser schwimmen konnte, als er es früher jemals vollbracht hatte. Er hielt den Atem so lange an, bis er es kaum noch aushielt, aber genau in dem Augenblick, da er damit rechnete, aufgeben zu müssen, weil er den Atem nicht mehr länger anhalten konnte, schien er den kritischen Punkt überwunden zu haben. Der Gedanke, sein letztes Stündlein habe geschlagen, schoss ihm durch den Kopf. Während er noch immer unter der Oberfläche des Ozeans schwamm, betete er, dass sein Geist über ihn käme und ihn erlöste, aber von irgendwoher erhielt er gleichsam neue Atemluft und neue Stärke, als er an dem zunehmenden Licht bemerkte, dass er sich der Oberfläche näherte. Obwohl kein Tageslicht herrschte, bewirkte die sternenklare Nacht doch einen spürbaren Unterschied zu der unter Wasser herrschenden Dunkelheit.

Als er auftauchte, berührte er etwas, und er sah, dass es sich um eine Holzplanke handelte, an die er sich sofort klammerte, und dann entdeckte er ein weiteres, größeres Holzteil, das Ähnlichkeit mit einer Kiste hatte. Er griff danach, um so das Hauptstück für ein Floß zu bekommen, von dem er sich vorstellte, dass er es aus dem aufgelesenen Treibgut zusammenbauen könne. Er blickte sich um und schaute in die Richtung, in der er die untergehende Titanic vermutete, und was er sah, ließ ihn seinen Augen nicht trauen.

Im ersten Moment nahm er die Titanic nicht wahr, doch als er auf den Weihnachtskartenhimmel der glänzenden, funkelnden Sterne blickte, nahm er vor diesem Hintergrund den gigantischen schwarzen Rumpf des Schiffes wahr.

Die Titanic stand genau senkrecht. Vom dritten Schornstein an ragte sie hoch in die Luft. Ihre drei noch tropfenden Schrauben blinkten selbst in der Dunkelheit, als wollten sie das Licht der funkelnden Sterne über ihr spiegeln.

Raubold war ganz starr, während er zusah, wie sich das Schiff etwas bewegte und sich einige Grade weniger steil legte, als versuchte es, in seine frühere Lage zu gelangen. Dann aber begann die Titanic langsam zu sinken. Mit dem Bug voran glitt sie hinab und schien dabei an Geschwindigkeit zu gewinnen. Als die See sich über dem Flaggenmast am Heck schloss, bewegte sie sich so schnell, dass ein leises Schlucken hörbar wurde.

Die Titanic war vollständig und ohne irgendeine größere Welle zu verursachen unter der ruhigen Oberfläche des Ozeans verschwunden.

*

Als die schreckliche Szene vorüber war, sah Raubold nur noch einen hellgrauen, rauchigen Dampf, der über der Meeresfläche hing, die mit einer Menge von Trümmern und treibenden Wrackteilen übersät war, mit Tauen, Deckstühlen und Planken.

Es ging etwas Übernatürliches von dem Anblick aus. Bilder aus Dantes Inferno und Virgils Höllenregionen stürzten auf ihn ein, als er um sich herum die fürchterlichen Laute vernahm, die sich zu Himmel erhoben. Es waren die ersterbenden Schreie aus über tausend Kehlen, das Stöhnen und Wehklagen der Leidenden, die letzten Atemzüge der Ertrinkenden.

Hunderte von Schwimmern kämpften sich durch das Wasser, klammerten sich an Wrackteile und aneinander, an Kisten, Bretter, Korbstühle oder halbe Türen. Raubold nahm undeutlich wahr, dass jemand an seinen Kleidern zerrte, und dann fühlte er, wie der Arm eines Mannes von hinten seinen Hals umklammerte. Es gelang ihm, sich frei zu winden und zu schlagen, und Wasser spuckend ächzte er: »Lass mich los!«

Aber der Mann griff wieder nach ihm, und erst durch einen kräftigen Tritt konnte sich Raubold von ihm befreien.

Raubold brachte keuchend ein paar kräftige Schwimmzüge hinter sich, als er plötzlich eines der Flöße in erreichbarer Nähe vor sich erblickte, die offenbar beim Sinken des Schiffes flott geworden waren. Das Floß, das er erreichte, lag kieloben im Wasser. Auch andere Schwimmer umschwärmten den gebogenen weißen Kiel des Floßes. Mehrere Männer waren bereits auf das Boot geklettert, inzwischen lagen oder knieten mehr als ein Dutzend Männer auf dem Boden des Floßes, darunter erblickte der Reporter auch den zweiten Offizier Lightoller. Ein Mann im schwarzen Pelzmantel war gerade dabei, das Boot zu erklettern, er sah aus wie ein schwarzes zotteliges Tier. Mit einer Planke kam ein anderer Mann neben Raubold bei dem Floß an.

»Los!«, rief dieser ihm zu. »Wir müssen da auch rauf!«

Da sich ihm keine helfende Hand entgegenstreckte, ergriff der Schwimmer einfach den Arm eines Mannes, der schon auf dem Boot lag, und zog sich hinauf auf den Kiel. Danach half er Raubold, sodass es diesem auch gelang, das Floß zu erklimmen. Weitere Schwimmer landeten an und schließlich, als das Floß voll war, ächzte es unter der Last von ungefähr 30 Männern.

Die Männer, die am Bug und am Heck kauerten, schlugen nun mit Brettern auf das Wasser ein, um von der Untergangsstelle wegzukommen, vor allem aber weg von den

Schwimmern, die das Boot sonst zum Kentern gebracht hätten.

»Schon gut, Jungs, bleibt vernünftig«, rief einer der Schwimmer zurück, als sie ihn aufforderten, nicht näher zu kommen. »Viel Glück! Gott segne euch!«, rief er und schwamm weg.

Das Boot trieb mit Raubold und den anderen Männern hinaus in die einsame Nacht, weg von den Wrackteilen und den Schwimmern. Langsam entwich die unter dem Boot eingeschlossene Luft, und von Minute zu Minute sank es etwas tiefer ins Wasser. Gelegentlich spülte die See über den Kiel, und Raubold sagte sich, dass eine unbedachte Bewegung sie alle ins Wasser werfen könnte. Kühle, überlegte Führung war dringend nötig. Mit Erleichterung hörte er daher die volle, tief tönende Stimme des zweiten Offiziers Lightoller, und mit noch größerer Erleichterung nahm er es auf, als ein leicht bezechter Mann von der Besatzung rief: »Wir werden alle gehorchen, wenn der Offizier befiehlt.«

Lightoller reagierte rasch. Auch er hatte erkannt, dass nur gemeinsames, organisiertes Handeln das Boot in der Balance halten konnte, und so ließ er nun alle 30 Mann aufstehen und sich in einer Doppelreihe mit dem Gesicht zum Bug aufstellen. Als das Boot sich schwerfällig nach einer Seite wälzte, rief er: »Nach rechts lehnen!«, und brachte so das Floß wieder ins Gleichgewicht. Ein anderes Mal hieß es: »Gerade stehen!« Er gab die Befehle, je nachdem, was im Moment nötig war, um der Dünung entgegenzuwirken.

»Meint ihr nicht, dass wir vielleicht beten sollten?«, fragte einer der Matrosen.

Alle stimmten zu. Man einigte sich auf das Vaterunser. Im Chor riefen sie es in die Nacht hinaus, mit dem Mann, der es vorgeschlagen hatte, als Vorbeter.

Es war nicht der einzige Laut, der über das Wasser trieb. Hunderte von Schwimmern riefen um Hilfe. Es waren weniger Rufe als Schreie, herzzerreißende Schreie, die sich bündelten und in einen gleichmäßigen, alles übertönenden Schrei übergingen. Raubold erschien es wie der Lärm von Tausenden von Zuschauern bei einem Baseballspiel, und bei dem Gedanken, all diese Menschen ihrem schrecklichen Schicksal überlassen zu müssen, krampfte sich sein Herz zusammen. Es gab immerhin Boote, die nicht voll besetzt gewesen waren, als sie von Deck der Titanic in die Tiefe gingen, und er hoffte, dass diese noch möglichst viele der verzweifelten Schwimmer aufnehmen würden. Sie selbst hatten keine Möglichkeit, etwas für die verzweifelten Schiffbrüchigen zu tun.

Die Schreie entfernten sich schließlich und verstummten dann ganz. Mit dem Ersterben der Schreie wurde die Nacht seltsam friedvoll, und eine merkwürdige Stimmung kam über die Bootsinsassen. Eine Zeit lang dauerte die Stille an, dann begannen die Männer zu reden. Jemand von der Besatzung der Titanic, ein Koch namens Maynard, erzählte, dass Kapitän Smith neben dem Floß geschwommen habe, kurz bevor die Titanic unterging. Sie hätten ihn schon fast auf das Floß gezogen, als der Kapitän sich wieder ins Wasser habe fallen lassen, und zugleich habe er gerufen: »Ich folge dem Schiff!«

Am meisten sprachen sie von ihren Aussichten nach Rettung. Lightoller hatte auf dem Boot den Funker Harold Bride entdeckt und fragte ihn, welche Schiffe auf dem Weg zu ihnen seien.

»Die Baltic, die Olympic, die Carpathia!«, rief Bride zurück.

»Von der Carpathia weiß ich auch«, sagte Lightoller, »sie muss uns bei Tagesanbruch erreicht haben.«

Von diesem Augenblick an suchten die Männer auf dem Floß den Horizont nach Zeichen ab. Von Zeit zu Zeit wurden sie von grünen Leuchtkugeln aufgemuntert. Man war sich nicht sicher, ob diese von einem der anderen Boote abgefeuert wurden oder von einem anderen Schiff stammten.

Langsam verstrich die Nacht. Die Kälte war furchtbar, aber die Zeit war unwirklich geworden und schien anderen Gesetzen zu gehorchen als denen, die sie kannten. Unter normalen Verhältnissen vermochte man sich nicht vorzustellen, eine solch furchtbare Situation wie die, in der sie sich befanden, überhaupt auszuhalten, geschweige denn zu überleben. Doch die meisten Männer hielten am Leben fest und ergaben sich den schrecklichen Widrigkeiten nicht.

Noch vor Morgengrauen erhob sich eine leichte Brise, und die Luft wurde noch eisiger. Die See warf kurze, heftige Wellen. Eiskaltes Wasser klatschte über ihre Füße, ihre Schienbeine und ihre Knie. Der Gischt stach wie mit Dolchen in ihre Körper. Nicht alle Männer hielten dieser Pein stand. Ein Mann, dann ein zweiter, dann ein dritter rollte über das Heck und verschwand. Die anderen verstummten, mit letzter Kraft dem Wunsch folgend, am Leben zu bleiben.

Auch die See schwieg. Niemand sah noch eine Spur des Lebens auf den Wogen, die den glatten Atlantik kräuselten, aber dann passierte das Allerseltsamste in dieser Nacht.

»Das ist ja nicht zu glauben«, sagte Lightoller plötzlich. »Da kommt doch tatsächlich jemand angeschwommen!« Und gleich darauf: »Den kenne ich doch! Das ist der Bäcker Joughin! Wo kommen Sie denn her, Joughin?«

»Bin schon eine Stunde unterwegs«, brummte Joughin, der ans Floß geschwommen war. »Der Whisky hat mich warm gehalten. Hab fast ne ganze Flasche intus. Noch 'n Plätzchen frei bei euch im Boot?«

Es war kaum zu glauben, dass Joughin noch lebte, dachte Raubold, die Wassertemperatur musste sich mittlerweile unter dem Gefrierpunkt bewegen.

»Wird schwierig reinzukommen, Joughin«, sagte Lightoller. »Ich glaube, wir werden kentern, wenn Sie sich hineinhieven, zumal Sie voll sind wie 'ne Haubitze.«

»Keine Sorge, Chef, ich pass schon auf. Der Whisky wird mir helfen.«

Das kalte Wasser schien ihm erstaunlich wenig auszumachen, offenbar besaß er eine Walfischhaut. Oder es war wirklich der Whisky, der ihn warm und am Leben hielt. Wie sonst hätte er mehr als eine Stunde in diesem Eiswasser überlebt! Eine Weile schwamm er in der Nähe des Bootes mit, dann rief er:

»Maynard, du bist ja auch hier! Komm, gib mir die Hand und zieh mich raus aus der Brühe! Zusammen kriegen wir das hin!«

Maynard streckte seine Hand aus, und Joughin hielt sich daran fest, Wasser tretend, aber immer noch völlig isoliert.

Raubold fror entsetzlich. Es wurde kälter und kälter, und in der Stunde vor der Morgendämmerung, der kältesten und dunkelsten aller Stunden, erschien ihm alles hoffnungslos. Der sternenfunkelnde Himmel verstärkte die Schwärze des Wassers noch und auch ihre Einsamkeit auf dem Meer.

*

Es war nur wenig später, auf dem tiefsten Punkt seiner Verzweiflung, als ein ferner Blitz über den Horizont fegte, gefolgt von einem sehr weit entfernten Donner.

»Das war eine Kanone!«, rief Joughin hinter dem Floß.

»Oder nur eine Sternschnuppe«, gab jemand zurück.

»Schont eure Kräfte!«, rief Lightoller, »redet nicht so viel!«

»Ah, seht ihr da hinten das Licht?«, setzte Joughin hinzu und deutete mit der Hand zum Horizont. »Da kommen wohl endlich unsere Retter«

Joughin schien tatsächlich die Retter mitgebracht zu haben, denn in der Richtung, in die er gewiesen hatte, war tatsächlich ein einzelnes Licht zu sehen, dann erschien ein zweites, dann eine Reihe von Lichtern und noch eine und noch eine. Ein großer Dampfer näherte sich und schoss Raketen ab, um den Menschen von der Titanic mitzuteilen, dass Hilfe auf dem Wege zu ihnen war.

»Lasst uns alle zu Gott beten«, sagte ein junger Mann, »denn da ist ein Schiff am Horizont und kommt auf uns zu.«

»Das wird die Carpathia sein!«, rief Lightoller.

Vereinzelt erhoben sich Freudenrufe, und die Männer auf dem Floß begannen wieder miteinander zu sprechen. Auch die Natur schien sich über die Lichter am Horizont zu freuen, denn das erste Licht des Morgens schoss in Streifen über den Horizont, die Sterne verschwanden allmählich, und die furchtbare Nacht wich einer Morgendämmerung aus zartem Lila und Korallenrot, und bald flammten rosarote und goldene Farbtöne über den Himmel.

Der Anblick, der sich Raubold in der Morgendämmerung bot, war unbeschreiblich: ein rosiges Morgenrot, der Morgenstern und der Mond über dem Horizont. Das Wasser erstreckte sich in seiner ganzen Schönheit bis zum Horizont, und auf dem Meer ein Eisfeld von arktischen Ausmaßen, unzählige Eisberge überall, weiß oder rosa überhaucht und tödlich kalt, und mittendrin die Boote der Titanic. Kein Künstler könnte ein solches Bild erschaffen, denn selbst wenn er es kreierte, so läge es außerhalb der Vorstellungskraft seines Publikums.

»Seht!«, rief einer der Männer. »Das Schiff ist da – dort! Seht ihr es auch?«

Auch Raubold und die anderen blickten in Richtung des hell beleuchteten Schiffes. Sicher und zuverlässig lag es da, als warte es auf sie, ein weißes Schiff, fast so weiß wie die Eisberge, die sich aus dem Meer erhoben. Dennoch ließ der Anblick des Schiffes die Männer auf dem kieloben treibenden Floß nicht in Hurrarufe ausbrechen. Lightoller, Raubold und die anderen hatten genug damit zu tun, sich über Wasser zu halten. Noch waren sie nicht gerettet. Die Morgenbrise trieb heftige Wellen vor sich her, die über den Bootsrumpf spülten und ihn hin und her schaukelten. Bei jedem Rollen entwich etwas mehr Luft, und der Kiel sank noch tiefer ins Wasser. Immer noch schrie Lightoller seine Anweisungen, und immer noch verlagerten die Männer entsprechend ihr Gewicht, sie taten es schon seit über einer Stunde und waren todmüde. Das rettende Schiff lag noch Meilen entfernt, und die Männer auf dem Floß fragten sich, wie sie so lange aushalten sollten, bis man sie entdecken würde.

Plötzlich aber, als das Tageslicht sich über dem Meer ausbreitete, sahen sie neue Hoffnung. Nur wenige hundert Meter entfernt waren mehrere Boote in Sicht gekommen, die zusammen fuhren und offenbar unter einem einheitlichen Kommando standen.

»Schiff ahoi!«, brüllten die Männer, doch die Boote waren zu weit entfernt, und niemand hörte sie. Wieder war es Lightoller, der die rettende Idee hatte. Er kramte aus seiner Tasche eine Offizierspfeife hervor und ließ sie laut über das Meer schrillen. Der Pfiff trug nicht nur über das Wasser, sondern teilte den Matrosen in den Booten auch mit, dass ein Offizier sie rief. Nun hatte man sie im Licht des frühen Morgens erblickt. Zwei der Boote verließen die Reihe und ruderten auf sie zu. In diesem Augenblick rechnete Raubold wirklich damit, gerettet zu werden, und begann ein Dankgebet zu sprechen. Auch einige der anderen Männer beteten.

Es ging sehr langsam, bis die Boote in ihrer Nähe waren, und als sie Rufweite erreicht hatten, trieb Lightoller sie weiter an:

»Kommen Sie längsseits und nehmen Sie uns an Bord!«

»Ay, Ay, Sir!«, rief jemand zurück, und schließlich hatten die beiden Boote die Männer erreicht. Es war allerhöchste Zeit. Das Floß hielt sich nur noch mit knapper Not im Gleichgewicht, sodass die Bugwelle eines der Boote sie fast alle heruntergeworfen hätte. Die Matrosen im Boot mussten ihre ganze Geschicklichkeit aufwenden, um ihr Boot sicher längsseits zu manövrieren. Lightoller warnte die Männer, sich nicht zu drängen. Trotzdem rollte das Floß jedes Mal bösartig über, wenn einer der Männer sich vorbeugte, um in das Boot hinüberzuspringen.

Das Umsteigen war eine nervenzermürbende Sache und dauerte, aber einer nach dem anderen schafften sie es. Manche der Männer krochen mit den Händen zuerst und zogen eingeklemmte Finger dem Risiko eines Sprunges vor. Bäcker Joughin, der immer noch hinter dem Floß Wasser trat, machte sich die wenigsten Sorgen und blieb seiner Unbekümmertheit treu. Er ließ einfach Maynards Hand los und paddelte seelenruhig zu einem Boot, wo sie ihn an Bord zogen. Sein Whisky isolierte ihn immer noch gründlich. Möglicherweise würde er sich nicht einmal an den Untergang erinnern, dachte Raubold, wenn er einschlief und später aus seinem Rausch erwachte.

Lightoller verließ das umgestürzte Faltboot als Letzter. Als alle anderen in den Booten waren, sprang er selbst in eines der beiden Boote und übernahm sogleich das Kommando. Es war ungefähr halb sieben, als er von dem leeren Kiel abstieß und zu der Carpathia hinüberzurudern begann. Raubold begriff nur allmählich, dass er wirklich gerettet war. Er war froh darüber, aber Glücksgefühle stellten sich weder bei ihm noch bei den anderen Männern in den Booten ein.

Eine halbe Stunde später machten sie längsseits an der Carpathia fest. Von oben starrten die bereits an Bord befindlichen Überlebenden zu ihnen herab und hielten Ausschau nach bekannten Gesichtern. Eine Strickleiter wurde heruntergelassen, und schließlich kletterte auch Raubold zum Deck der Carpathia hinauf. Als er oben ankam und die Planken betrat, wurde ihm eine heiße Decke um seine durchnässten, bebenden Schultern geworfen, und eilig brachte man ihn in den Speisesaal, wo er Cognac und Kaffee bekam.

Vom ersten Augenblick an hielt auch Raubold Ausschau nach bekannten Gesichtern. Dr. Faussett und seine beiden Frauen gehörten zu den ersten geretteten Passagieren, die er schon im Speisesaal erblickte. Es war ihm nicht danach, ausgerechnet mit diesen Leuten zu sprechen, und daher zog er sich lieber in eine Ecke zurück.

Auch die anderen Passagiere sprachen kaum miteinander, es herrschte Stille an Bord. Das Entsetzen hatte die Leute so gepackt, dass sie nicht miteinander sprechen mochten. Viele waren wie betäubt, als fühlten sie die Gegenwart von etwas, das zu groß war, um es zu begreifen. Es war nicht allein die Tragödie, die die Schiffsinsassen bedrückte, sondern das Schicksalhafte, das in dem furchtbaren Geschehen der vergangenen Nacht spürbar geworden war.

Raubold wusste nicht, wer gerettet worden war und wie viele Passagiere die Boote aufgenommen hatten, aber je mehr Gesichter er sah, während er sich umschaute, umso größer wurde in seiner Erinnerung die Anzahl von Gesichtern, die er zu erkennen hoffte.

Als er sich etwas erholt hatte und an Deck zurückkehrte, schien es, dass die meisten Boote der Titanic wohl geborgen waren. Aber einige Boote, dachte er, waren sicher noch auf See.

Die Rettungsboote, die im Umkreis der Carpathia anlangten, wurden an Deck aufgebockt, und um halb neun an diesem Montagmorgen, als sie alle ihren Platz gefunden hatten, schickte die Carpathia sich an, zur Unglücksstelle zu dampfen. Es hieß, dass nach Passagieren Ausschau gehalten werden sollte, die sich an Wrackteile geklammert hatten.

Das Schiff erreichte bald die Untergangsstelle und kreuzte eine Zeit lang durch das Unglücksgebiet. Erstaunlicherweise gab es an der Unglücksstelle nur sehr wenige Wrackteile zu sehen: hölzerne Deckstühle und andere kleinere Holzteile, aber nichts Größeres, bis auf die aufgegebenen Boote. Die See war mit einer großen Menge von rötlich-gelbem Seetang bedeckt, und Raubold hörte, wie ein Matrose meinte, es müsse sich um Kork handeln, mit denen die Schotten isoliert gewesen waren. Man fand zu aller Enttäuschung aber nichts, was die Hoffnung weckte, noch weitere Passagiere aufnehmen zu können.

Während die Carpathia herumkreuzte, kam es Kapitän Rostron in den Sinn, dass ein Gottesdienst angemessen wäre. Er ließ einen Geistlichen der Episkopalkirche, Reverend Father Andersen, zu sich bitten, und die Menschen von der Titanic und der Carpathia versammelten sich im großen Gesellschaftsraum. Dort sprachen sie ein

Dankgebet im Namen der Lebenden und erwiesen den Toten die letzte Ehre, und während sie ihre Gebete murmelten, dampfte die Carpathia über das Grab der Titanic hinweg.

Als der Gottesdienst vorüber war, erschienen zwei weitere Schiffe am Horizont, zuerst die California und dann die Birma, ein russischer Dampfer.

Raubold hörte, wie der Kapitän zu einem seiner Offiziere sagte:

»Wir sollten die weitere Suche den anderen Schiffen überlassen und nun so schnell wie möglich mit den Geretteten Land ansteuern. Ismay hat schon zugestimmt. Er ist mit allem einverstanden, egal, was ich vorschlage, er macht mir den Eindruck eines gebrochenen Mannes.«

Die Offiziere nickten stumm.

»Halifax wäre am nächsten«, sagte Rostron, »aber um dorthin zu gelangen, müssten wir nordwärts durch ein Eisfeld dampfen. Das möchte ich den Leuten ersparen.« Er war offenbar der Meinung, dass man den geretteten Passagieren den Anblick von Eisbergen nicht mehr zumuten sollte. »Wir fahren zurück nach New York!«, sagte Rostron. »Volle Kraft voraus!«

Um neun Uhr gab Rostron die Suche auf, und die Carpathia drehte ab.

Raubold hatte keine Ruhe, sondern durchstreifte stundenlang die Decks und die Innenräume der Carpathia. Wie zahlreiche andere der geretteten Passagiere, die auf der Suche nach Angehörigen und Freunden waren, durchkämmte er die Gemeinschaftsräume, die Gemeinschaftskabinen, die Decks und das Lazarett der Carpathia. Frauen suchten nach ihren Männern, Töchter nach ihren Vätern. Raubold selbst suchte vor allen anderen nach einer Frau und ihrem Freund.

Viele der Damen, die ohne ihre Männer in die letzten Boote gestiegen waren, hatte das Unglück zu Witwen gemacht. Raubold erblickte Madeleine Astor im Gespräch mit Mrs. Widener, der Gattin des Straßenbahnkönigs von Philadelphia. Beide Damen weinten bittere Tränen. Offenbar waren sie der Überzeugung, dass ihre Ehemänner nicht mehr lebten.

Keiner der Männer, die er kurz vor dem Untergang noch über das Deck hatte flanieren sehen, war an Bord der Carpathia gelangt: weder Colonel Astor noch Mr. Widener und Mr. Hays nicht und auch nicht Mr. Stead. Er begegnete Mrs. Thayer, die ihm erzählte, dass ihr Gatte auf der Titanic zurückgeblieben war. Auch Mr. und Mrs. Strauss waren nicht zu sehen, und keiner der Herren, die Raubold im Rauchsalon beim Kartenspielen gesehen hatte, war an Bord der Carpathia gelangt. Zu seiner Freude begegnete Raubold aber dem Immobilientycoon Garfield.

»Raubold, altes Haus«, rief dieser überschwänglich, als er ihn erblickte. »Sie haben es also auch geschafft.«

Garfield wurde schnell wieder leise. »Wo sind die anderen – wo ist unsere schöne Mrs. Appleton? Die Damen sind doch alle gerettet worden, wie ich hörte.«

»Ich hatte auch gehofft, dass sie an Bord der Carpathia sei«, sagte der Reporter mutlos.

Garfield machte ein bekümmertes Gesicht.

»Hm! Ich glaube nicht, ich habe sie nicht gesehen. Aber vielleicht ist sie auf einem der anderen Boote.«

»Ja, ich hoffe es auch.«

*

Am späten Vormittag hatte Raubold das Gefühl, alle Überlebenden der Titanic, die sich an Bord der Carpathia gerettet hatten, gesehen zu haben. Seine Stimmung wurde immer bedrückter. Je mehr Zeit verstrichen war, umso mehr Erinnerungen und Bilder von Passagieren waren in ihm aufgestiegen, Erinnerungen an Menschen, denen er an Bord der Titanic begegnet war, die er aber auf der Carpathia nicht wiederfand, sodass er nun befürchten musste, dass all diese Menschen mit der Titanic untergegangen waren.

Gegen Mittag traf Raubold den Kapitän an der Reling. Raubold trat neben ihn und blickte auf das Meer, und zwar in die Richtung, wo sich in inzwischen weiter Ferne der Ort befand, an dem die Titanic gesunken war.

»Was ist mit den anderen?«, fragte er Kapitän Rostron, »ich meine, mit denen, die nicht auf der Carpathia sind?«

Der Kapitän schüttelte den Kopf.

»Von denen lebt niemand mehr.«

»Die anderen Schiffe sind ja noch an der Unglücksstelle«, sagte Raubold. »Könnten sie nicht den einen oder anderen Überlebenden gefunden haben?«

Der Kapitän sagte eine Weile nichts, und Raubold hatte ein komisches Gefühl.

»In diesem eisigen Wasser hat niemand mehr überlebt«, sagte er.

»Aber vielleicht in einem der anderen Boote.«

Rostron blickte zu den aufgedockten Booten. »Sieben der Rettungsboote haben wir in unsere eigenen Davits genommen, sechs weitere befinden sich auf dem vorderen Deck, die anderen wurden aufgegeben.« Er machte eine Pause. »Sie sind leer. Es gibt keine anderen Boote, in denen noch Menschen sein könnten.«

Raubold sah hinüber zu den Booten und begann unsinnigerweise zu zählen.

»Das sind alle?«, fragte er.

»Ja! Alle!«

»Sie meinen, es wurden alle Boote der Titanic gesichtet?«

»Ja, leider! Hätte es mehr Boote auf der Titanic gegeben, hätten ein paar mehr Menschen überlebt. Aber so«, Rostron schüttelte den Kopf und sagte nichts mehr.

»Und die anderen Schiffe haben wirklich niemanden mehr lebend gefunden?«

»Wir waren das einzige Schiff, das Überlebende aufgenommen hat«, sagte Kapitän Rostron bestimmt. »Den Schiffen, die inzwischen an der Unfallstelle eingetroffen sind, bleibt nur noch, die an die Meeresoberfläche gespülten Leichen einzusammeln.«

Raubold schluckte.

»Ist das sicher?«

»Vollkommen sicher. Ich kann Ihnen sagen, und ich irre mich nicht: Wer nicht an Bord der Carpathia gelangt ist, der lebt nicht mehr.«

Raubold nickte und wandte sich ab. Aus irgendeinem Grunde wollte er nicht, dass der Kapitän seine Tränen sah.

Raubolds Tränen galten denen, die mit der Titanic untergegangen waren und an die er sich erinnerte, aber ganz besonders galten sie einer schönen jungen Frau, von der er nun wusste, dass auch sie zu den Passagieren gehörte, von denen der Kapitän gesprochen hatte.

Er hatte das ganze Schiff nach ihr durchsucht, mit zunehmender Verzweiflung und mit ständig schwindender Hoffnung, die ihm nun, nach dem Gespräch mit Kapitän Rostron vollständig genommen worden war. Weder Roger Carran noch Gladys Appleton waren an Bord der Carpathia gelangt.

Kapitän Rostron grüßte knapp und ging davon.

»Volle Kraft voraus!«, befahl er seinen Leuten, und Raubold sah ihm nach, wie er auf die Kommandobrücke ging.

Die Carpathia fuhr die Maschinen hoch und hielt unter vollem Dampf geradewegs Kurs auf New York.

ENDE

*Weitere Krimis finden Sie auf den
folgenden Seiten und im Internet:
www.gmeiner-verlag.de*

BERNWARD SCHNEIDER
Flammenteufel

∙∙∙∙∙∙∙∙∙∙∙∙∙∙∙∙∙∙∙∙∙∙∙∙∙∙∙∙∙∙∙∙∙∙∙∙∙

274 Seiten, Paperback.
ISBN 978-3-8392-1179-3.

SPIEL MIT DEM FEUER Berlin im Oktober 1933. Anwalt Eugen Goltz erhält einen Telefonanruf. Eilig sucht er seine Mandantin, die Tänzerin Alice Resow, in einem Hotel in der Lietzenburger Straße auf. Er findet sie tot vor. Im nächsten Moment stürmt die Gestapo in das Hotel, hat aber zu Goltz' Überraschung nur Interesse daran, Alice' Tod wie einen Selbstmord aussehen zu lassen.

Eugen Goltz beschließt, die Hintergründe des mysteriösen Falls aufzuklären. Eine heiße Spur führt ihn zurück in die Nacht des Reichstagsbrands vom 27. Februar 1933.

BERNWARD SCHNEIDER
Spittelmarkt

∙∙∙∙∙∙∙∙∙∙∙∙∙∙∙∙∙∙∙∙∙∙∙∙∙∙∙∙∙∙∙∙∙∙∙∙∙

372 Seiten, Paperback.
ISBN 978-3-8392-1099-4.

PHARAONENKINDER Berlin im Herbst 1932. Der Anwalt Eugen Goltz reist im Auftrag des Bankiers Philipp Arnheim nach New York, um die Scheidung von dessen amerikanischer Ehefrau Florence zu regeln. Dort erfährt er von einem mysteriösen »Pharao«, dem Oberhaupt einer okkulten Geheimgesellschaft in Berlin, die mit der nationalsozialistischen Bewegung in Verbindung zu stehen scheint. Kurz darauf kommt Florence Arnheim auf rätselhafte Weise ums Leben.

Goltz kehrt nach Berlin zurück. Angewidert und fasziniert zugleich nähert er sich dem Geheimbund und macht eine furchtbare Entdeckung ...

Wir machen's spannend

WOLFGANG BRENNER
Alleingang
·····································
270 Seiten, Paperback.
ISBN 978-3-8392-1227-1.

DAS FÜNFTE OPFER Marie Blau lebt mit ihrem kleinen Sohn Felix am Rande von Koserow auf Usedom. Ihr Mann Karl ist Berufssoldat und derzeit in Kundus stationiert. Eines Tages erreicht Marie die Nachricht, dass ihr Mann bei einem Selbstmordanschlag der Taliban ums Leben gekommen ist. Sie reist mit dem Jungen zur Trauerfeier nach Berlin. Dort weigert man sich jedoch, ihr den Leichnam ihres Mannes zu zeigen. Angeblich ist er entstellt. Und dann erhält Marie einen Anruf ihres totgesagten Gatten …

MAREN SCHWARZ
Treibgut
·····································
230 Seiten, Paperback.
ISBN 978-3-8392-1232-5.

ABGRUNDTIEF Elena Dierks gibt sich die Schuld am Tod ihrer Tochter Lea, die an einem stürmischen Wintertag im Kinderwagen über die Klippen der Kreidefelsen auf Rügen ins Meer gestürzt ist. Sie verliert darüber den Verstand und wird in die Psychiatrie eingeliefert. Jahre später glaubt sie, ihre Tochter im Fernsehen in einem Bericht aus Amerika erkannt zu haben. Das Schicksal der jungen Frau geht einer in der Psychiatrie beschäftigten Schwester derart unter die Haut, dass sie dem pensionierten Kommissar Henning Lüders davon erzählt. Er nimmt sich der Sache an und macht eine unglaubliche Entdeckung …

GMEINER

Wir machen's spannend

Unsere Lesermagazine

2 x jährlich das Neueste aus der Gmeiner-Bibliothek

DIN A6, 20 S., farbig   *10 x 18 cm, 16 S., farbig*   *24 x 35 cm, 20 S., farbig*

Alle Lesermagazine erhalten Sie in Ihrer Buchhandlung oder unter www.gmeiner-verlag.de.

GmeinerNewsletter

Neues aus der Welt der Gmeiner-Romane

Haben Sie schon unsere GmeinerNewsletter abonniert?

Monatlich erhalten Sie per E-Mail aktuelle Informationen aus der Welt der Krimis, der historischen Romane und der Frauenromane: Buchtipps, Berichte über Autoren und ihre Arbeit, Veranstaltungshinweise, neue Literaturseiten im Internet und interessante Neuigkeiten.

Die Anmeldung zu den GmeinerNewslettern ist ganz einfach. Direkt auf der Homepage des Gmeiner-Verlags (www.gmeiner-verlag.de) finden Sie das entsprechende Anmeldeformular.

Ihre Meinung ist gefragt!

Mitmachen und gewinnen

Wir möchten Ihnen mit unseren Romanen immer beste Unterhaltung bieten. Sie können uns dabei unterstützen, indem Sie uns Ihre Meinung zu den Gmeiner-Romanen sagen! Senden Sie eine E-Mail an gewinnspiel@gmeiner-verlag.de und teilen Sie uns mit, welches Buch Sie gelesen haben und wie es Ihnen gefallen hat. Alle Einsendungen nehmen automatisch am großen Jahresgewinnspiel mit attraktiven Buchpreisen teil.

Wir machen's spannend

Alle Gmeiner-Autoren und ihre Romane auf einen Blick

ANTHOLOGIEN: Mords-Sachsen 5 • Secret Service 2012 • Tod am Tegernsee • Drei Tagesritte vom Bodensee • Nichts ist so fein gesponnen • Zürich: Ausfahrt Mord • Mörderischer Erfindergeist • Secret Service 2011 • Tod am Starnberger See • Mords-Sachsen 4 • Sterbenslust • Tödliche Wasser • Gefährliche Nachbarn • Mords-Sachsen 3 • Tatort Ammersee • Campusmord • Mords-Sachsen 2 • Tod am Bodensee • Mords-Sachsen 1 • Grenzfälle • Spekulatius **ABE, REBECCA:** Im Labyrinth der Fugger **ARTMEIER, HILDEGUNDE:** Feuerross • Drachenfrau **BÄHR, MARTIN:** Moser und der Tote vom Tunnel **BAUER, HERMANN:** Philosophenpunsch • Verschwörungsmelange • Karambolage • Fernwehträume **BAUM, BEATE:** Weltverloren • Ruchlos • Häuserkampf **BAUMANN, MANFRED:** Wasserspiele • Jedermanntod **BECK, SINJE:** Totenklang • Duftspur • Einzelkämpfer **BECKER, OLIVER:** Die Sehnsucht der Krähentochter • Das Geheimnis der Krähentochter **BECKMANN, HERBERT:** Die Nacht von Berlin • Mark Twain unter den Linden • Die indiskreten Briefe des Giacomo Casanova **BEINSSEN, JAN:** Todesfrauen • Goldfrauen • Feuerfrauen **BLANKENBURG, ELKE MASCHA** Tastenfieber und Liebeslust **BLATTER, ULRIKE:** Vogelfrau **BODENMANN, MONA:** Mondmilchgubel **BÖCKER, BÄRBEL:** Mit 50 hat man noch Träume • Henkersmahl **BOENKE, MICHAEL:** Riedripp • Gott'sacker **BOMM, MANFRED:** Mundtot • Blutsauger • Kurzschluss • Glasklar • Notbremse • Schattennetz • Beweislast • Schusslinie • Mordloch • Trugschluss • Irrflug • Himmelsfelsen **BONN, SUSANNE:** Die Schule der Spielleute **BOSETZKY, HORST (-KY):** Der Fall des Dichters • Promijagd • Unterm Kirschbaum **BRENNER, WOLFGANG:** Alleingang **BRÖMME, BETTINA:** Weißwurst für Elfen **BÜHRIG, DIETER:** Schattenmenagerie • Der Klang der Erde • Schattengold **BÜRKL, ANNI:** Narrentanz • Ausgetanzt • Schwarztee **BUTTLER, MONIKA:** Abendfrieden • Herzraub **CLAUSEN, ANKE:** Dinnerparty • Ostseegrab **CRÖNERT, CLAUDIUS:** Das Kreuz der Hugenotten **DANZ, ELLA:** Geschmacksverwirrung • Ballaststoff • Schatz, schmeckt's dir nicht? • Rosenwahn • Kochwut • Nebelschleier • Steilufer • Osterfeuer **DIECHLER, GABRIELE:** Vom Himmel das Helle • Glutnester • Glaub mir, es muss Liebe sein • Engpass **DOLL, HENRY:** Neckarhaie **DÜNSCHEDE, SANDRA:** Nordfeuer • Todeswatt • Friesenrache • Solomord • Nordmord • Deichgrab **EMME, PIERRE:** Zwanzig/11 • Diamantenschmaus • Pizza Letale • Pasta Mortale • Schneenockerleklat • Florentinerpakt • Ballsaison • Tortenkomplott • Killerspiele • Würstelmassaker • Heurigenpassion • Schnitzelfarce • Pastetenlust **ERFMEYER, KLAUS:** Drahtzieher • Irrliebe • Endstadium • Tribunal • Geldmarie • Todeserklärung • Karrieresprung **ERWIN, BIRGIT / BUCHHORN, ULRICH:** Die Reliquie von Buchhorn • Die Gauklerin von Buchhorn • Die Herren von Buchhorn **FEIFAR, OSKAR:** Dorftratsch **FINK, SABINE:** Kainszeichen **FOHL, DAGMAR:** Der Duft von Bittermandel • Die Insel der Witwen • Das Mädchen und sein Henker **FRANZINGER, BERND:** Familiengrab • Zehnkampf • Leidenstour • Kindspech • Jammerhalde • Bombenstimmung • Wolfsfalle • Dinotod • Ohnmacht • Goldrausch • Pilzsaison **GARDEIN, UWE:** Das Mysterium des Himmels • Die Stunde des Königs

Alle Gmeiner-Autoren und ihre Romane auf einen Blick

GARDENER, EVA B.: Lebenshunger **GEISLER, KURT**: Friesenschnee • Bädersterben **GERWIEN, MICHAEL**: Isarbrodeln • Alpengrollen **GIBERT, MATTHIAS P.**: Menschenopfer • Zeitbombe • Rechtsdruck • Schmuddelkinder • Bullenhitze • Eiszeit • Zirkusluft • Kammerflimmern • Nervenflattern **GOLDAMMER, FRANK**: Abstauber **GÖRLICH,HARALD**: Kellerkind und Kaiserkrone **GORA, AXEL**: Die Versuchung des Elias • Das Duell der Astronomen **GRAF, EDI**: Bombenspiel • Leopardenjagd • Elefantengold • Löwenriss • Nashornfieber **GUDE, CHRISTIAN**: Kontrollverlust • Homunculus • Binärcode • Mosquito **HÄHNER, MARGIT**: Spielball der Götter **HAENNI, STEFAN**: Scherbenhaufen • Brahmsrösi • Narrentod **HAUG, GUNTER**: Gössenjagd • Hüttenzauber • Tauberschwarz • Höllenfahrt • Sturmwarnung • Riffhaie • Tiefenrausch **HEIM, UTA-MARIA**: Feierabend • Totenkuss • Wespennest • Das Rattenprinzip • Totschweigen • Dreckskind **HENSCHEL, REGINE C.**: Fünf sind keiner zu viel **HERELD, PETER**: Die Braut des Silberfinders • Das Geheimnis des Goldmachers **HOHLFELD, KERSTIN**: Glückskekssommer **HUNOLD-REIME, SIGRID**: Die Pension am Deich • Janssenhaus • Schattenmorellen • Frühstückspension **IMBSWEILER, MARCUS**: Schlossblick • Die Erstürmung des Himmels • Butenschön • Altstadtfest • Schlussakt • Bergfriedhof **JOSWIG, VOLKMAR / MELLE, HENNING VON**: Stahlhart **KARNANI, FRITJOF**: Notlandung • Turnaround • Takeover **KAST-RIEDLINGER, ANNETTE**: Liebling, ich kann auch anders **KEISER, GABRIELE**: Engelskraut • Gartenschläfer • Apollofalter **KEISER, GABRIELE / POLIFKA, WOLFGANG**: Puppenjäger **KELLER, STEFAN**: Totenkarneval • Kölner Kreuzigung **KINSKOFER, LOTTE / BAHR, ANKE**: Hermann für Frau Mann **KLAUSNER, UWE**: Engel der Rache •Kennedy-Syndrom • Bernstein-Connection • Die Bräute des Satans • Odessa-Komplott • Pilger des Zorns • Walhalla-Code • Die Kiliansverschwörung • Die Pforten der Hölle **KLEWE, SABINE**: Die schwarzseidene Dame • Blutsonne • Wintermärchen • Kinderspiel • Schattenriss **KLIKOVITS, PETRA M.**: Vollmondstrand **KLUGMANN, NORBERT**: Die Adler von Lübeck • Die Tochter des Salzhändlers • Schlüsselgewalt • Rebenblut **KOBJOLKE, JULIANE**: Tausche Brautschuh gegen Flossen **KÖSTERING, BERND**: Goetheglut • Goetheruh **KOHL, ERWIN**: Flatline • Grabtanz • Zugzwang **KOPPITZ, RAINER C.**: Machtrausch **KRAMER, VERONIKA**: Todesgeheimnis • Rachesommer **KREUZER, FRANZ**: Waldsterben **KRONECK, ULRIKE**: Das Frauenkomplott **KRONENBERG, SUSANNE**: Kunstgriff • Rheingrund • Weinrache • Kultopfer • Flammenpferd **KRUG, MICHAEL**: Bahnhofsmission **KRUSE, MARGIT**: Eisaugen **KURELLA, FRANK**: Der Kodex des Bösen • Das Pergament des Todes **LADNAR, ULRIKE**: Wiener Herzblut **LASCAUX, PAUL**: Mordswein • Gnadenbrot • Feuerwasser • Wursthimmel • Salztränen **LEBEK, HANS**: Todesschläger **LEHMKUHL, KURT**: Kardinalspoker • Dreiländermord • Nürburghölle • Raffgier **LEIMBACH, ALIDA**: Wintergruft **LEIX, BERND**: Fächergrün • Fächertraum • Waldstadt • Hackschnitzel • Zuckerblut • Bucheckern **LETSCHE, JULIAN**: Auf der Walz **LICHT, EMILIA**: Hotel Blaues Wunder **LIEBSCH, SONJA / MESTROVIC, NIVES**: Muttertier @n Rabenmutter **LIFKA, RICHARD**: Sonnenkönig **LOIBELSBERGER, GERHARD**: Mord und Brand • Reigen des Todes • Die

GMEINER

Wir machen's spannend

Alle Gmeiner-Autoren und ihre Romane auf einen Blick

Naschmarkt-Morde **MADER, RAIMUND A.**: Schindlerjüdin • Glasberg **MARION WEISS, ELKE**: Triangel **MAXIAN, JEFF / WEIDINGER, ERICH**: Mords-Zillertal **MISKO, MONA**: Winzertochter • Kindsblut **MORF, ISABEL**: Satzfetzen • Schrottreif **MOTHWURF, ONO**: Werbevoodoo • Taubendreck **MUCHA, MARTIN**: Seelenschacher • Papierkrieg **NAUMANN, STEPHAN**: Das Werk der Bücher **NEEB, URSULA**: Madame empfängt **NEUREITER, SIGRID**: Burgfrieden **ÖHRI, ARMIN/TSCHIRKY, VANESSA**: Sinfonie des Todes **OSWALD, SUSANNE**: Liebe wie gemalt **OTT, PAUL**: Bodensee-Blues **PARADEISER, PETER**: Himmelreich und Höllental **PARK, KAROLIN**: Stilettoholic **PELTE, REINHARD**: Abgestürzt • Inselbeichte • Kielwasser • Inselkoller **PFLUG, HARALD**: Tschoklet **PITTLER, ANDREAS**: Mischpoche **PORATH, SILKE / BRAUN, ANDREAS**: Klostergeist **PORATH, SILKE**: Nicht ohne meinen Mops **PUHLFÜRST, CLAUDIA**: Dunkelhaft • Eiseskälte • Leichenstarre **PUNDT, HARDY**: Bugschuss • Friesenwut • Deichbruch **PUSCHMANN, DOROTHEA**: Zwickmühle **RATH, CHRISTINE**: Butterblumenträume **ROSSBACHER, CLAUDIA**: Steirerherz • Steirerblut **RUSCH, HANS-JÜRGEN**: Neptunopfer • Gegenwende **SCHAEWEN, OLIVER VON**: Räuberblut • Schillerhöhe **SCHMID, CLAUDIA**: Die brennenden Lettern **SCHMÖE, FRIEDERIKE**: Rosenfolter • Lasst uns froh und grausig sein • Wasdunkelbleibt • Wernievergibt • Wieweitdugehst • Bisduvergisst • Fliehganzleis • Schweigfeinstill • Spinnefeind • Pfeilgift • Januskopf • Schockstarre • Käfersterben • Fratzenmond • Kirchweihmord • Maskenspiel **SCHNEIDER, BERNWARD**: Todeseis • Flammenteufel • Spittelmarkt **SCHNEIDER, HARALD**: Blutbahn • Räuberbier • Wassergeld • Erfindergeist • Schwarzkittel • Ernteopfer **SCHNYDER, MARIJKE**: Stollengeflüster • Matrjoschka-Jagd **SCHÖTTLE, RUPERT**: Damenschneider **SCHRÖDER, ANGELIKA**: Mordsgier • Mordswut • Mordsliebe **SCHÜTZ, ERICH**: Doktormacher-Mafia • Bombenbrut • Judengold **SCHUKER, KLAUS**: Brudernacht **SCHWAB, ELKE**: Angstfalle • Großeinsatz **SCHWARZ, MAREN**: Treibgut • Zwiespalt • Maienfrost • Dämonenspiel • Grabeskälte **SENF, JOCHEN**: Kindswut • Knochenspiel • Nichtwisser **SKALECKI, LILIANE / RIST, BIGGI**: Schwanensterben **SPATZ, WILLIBALD**: Alpenkasper • Alpenlust • Alpendöner **STAMMKÖTTER, ANDREAS**: Messewalzer **STEINHAUER, FRANZISKA**: Sturm über Branitz • Spielwiese • Gurkensaat • Wortlos • Menschenfänger • Narrenspiel • Seelenqual • Racheakt **STRENG, WILDIS**: Ohrenzeugen **SYLVESTER, CHRISTINE**: Sachsen-Sushi **SZRAMA, BETTINA**: Die Hure und der Meisterdieb • Die Konkubine des Mörders • Die Giftmischerin **THIEL, SEBASTIAN**: Wunderwaffe • Die Hexe vom Niederrhein **THADEWALDT, ASTRID / BAUER, CARSTEN**: Blutblume • Kreuzkönig **THÖMMES, GÜNTHER**: Malz und Totschlag • Der Fluch des Bierzauberers • Das Erbe des Bierzauberers • Der Bierzauberer **TRAMITZ, CHRISTIANE**: Himmelsspitz **TRINKAUS, SABINE**: Schnapsleiche **ULLRICH, SONJA**: Fummelbunker • Teppichporsche **WARK, PETER**: Epizentrum • Ballonglühen **WERNLI, TAMARA**: Blind Date mit Folgen **WICKENHÄUSER, RUBEN PHILLIP**: Die Magie des Falken • Die Seele des Wolfes **WILKENLOH, WIMMER**: Eidernebel • Poppenspäl • Feuermal • Hätschelkind **WÖLM, DIETER**: Mainfall **WOLF, OLIVER**: Netzkiller **WUCHERER, BERNHARD**: Die Pestspur **WYSS, VERENA**: Blutrunen • Todesformel

GMEINER

Wir machen's spannend